幻·奇动物文学

ANIMAL NOVELS

[英] R.吉卜林/著 龚勋/编译

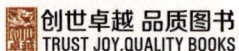

图书在版编目（CIP）数据

吉卜林丛林书 / 龚勋编译. —重庆：重庆出版社，2015.5
ISBN 978-7-229-09825-4

Ⅰ. ①吉… Ⅱ. ①龚… Ⅲ. ①童话—作品集—英国—现代 Ⅳ. ①I561.88

中国版本图书馆CIP数据核字（2015）第100336号

幻·奇动物文学
吉卜林丛林书
Jibulin Conglin Shu

总策划	邢涛	网　址	http://www.cqph.com
原　著	R.吉卜林［英］	电　话	023-61520646
编　译	龚勋	发　行	重庆出版集团图书发行有限公司发行
设计制作	北京创世卓越文化有限公司		
出版人	罗小卫	经　销	全国新华书店经销
责任编辑	郭玉洁　李云伟	印　刷	北京丰富彩艺印刷有限公司
责任校对	廖颖	开　本	787mm×1092mm　1/32
印　制	张晓东	印　张	8
出　版	重庆出版集团 重庆出版社 出版 景亮文化传播公司 出品	字　数	165千
			2015年5月第1版
			2015年5月第1次印刷
			ISBN 978-7-229-09825-4
地　址	重庆市南岸区南滨路162号1幢	定　价	19.80元
邮　编	400061		

前言

最惊心动魄的丛林历险记……
感人至深的动物故事

在动物生存的世界中，有着太多的秘密和故事，它们总能给我们带来无限的憧憬和向往。你是否想象过，当你只身一人进入森林中，会和这些动物伙伴们发生什么事情呢？你是否想象过，每天生活在森林中的伙伴们到底都经历了哪些神奇的冒险，拥有怎样的动人故事呢？……

英国著名小说家R.吉卜林就是这样一位热爱想象和幻想的作家，他用巧妙的手法和动人的文字，将森林中发生的故事生动形象地展现在读者的面前。R.吉卜林是英国著名的小说家、诗人，他撰写的《丛林历险记》和《丛林历险记续篇》在英国家喻户晓。此外，R.吉卜林还凭借细腻动人的描写、感人至深的叙述荣获了诺贝尔文学奖，成为举世闻名的小说家。

为了能让读者更加深刻地体会经典著作的魅力、领略最动人的动物故事，我们特地整理了这本《吉卜林丛林书》。本书分别精选了吉卜林故事集《丛林历险记》《丛林历险记续篇》和短篇小说集《许多发明》中的经典篇目。其中，《莫格利的兄弟们》《巨蟒卡阿狩猎》《老虎！老虎！》《白海豹》《利基—蒂基—塔维》和《大象图麦》选自《丛林历险记》，《在丛林中》选自《许多发明》短篇小说集，其他篇目则选自《丛林历险记续篇》。

 目录

莫格利的故事　　1

- 第一章　莫格利的兄弟们　2
- 第二章　巨蟒卡阿狩猎　30
- 第三章　老虎！老虎！　60
- 第四章　国王的驯象棒　85
- 第五章　春天的奔跑　111
- 第六章　在丛林中　131

白海豹　　169

利基—蒂基—塔维　197

大象图麦　　223

ANIMAL NOVELS

>> 莫格利的故事

　　《莫格利的故事》讲述了一个名叫莫格利的小男孩的冒险故事。当莫格利还是婴儿的时候，因为遭到老虎希尔汗的追杀，不幸和父母走散。幸运的是，当他误闯狼群后，被好心的狼妈妈收留了。接着，在大棕熊巴卢和黑豹巴希拉的帮助下，莫格利顺利地被狼群接受，并最终成为丛林之王。作者以动物和大自然为主要写作对象，一方面表达了自己对大自然的热爱，另一方面也讽刺了人类的贪婪和残忍。

Chapter 01 | 第一章
莫格利的兄弟们

蝙蝠盲哥解放了黑夜，
于是，苍鹰切尔把它带回了家——
牛儿全被关进茅舍、牛棚，
我们要在天亮之前一直保持欢笑。
这是我们耀武扬威的时候，
用尖牙利爪发起进攻。
噢，听那呼唤！
——请遵守丛林法规，
希望大家捕猎成功！

——丛林夜歌

西翁伊山迎来了一个十分温暖的傍晚，狼爸爸美美地睡了一整天，当他醒来的时候，已经是七点钟了。他躺在地上抓了抓痒，然后打了一个大哈欠，接着将爪子慢慢舒展开，以驱散疲惫的睡意。狼妈妈仍旧躺在那边，她一边轻轻地抽动着她那灰色的大鼻子，一边低声责备那几只到处乱爬、呜呜叫唤的狼崽。天空中，月光照进了他们居住的洞穴。"啊呜!"狼爸爸叫道,"我该去抓捕猎物了!"正当他要跳出洞口时,一个黑色的影子挡在了门口。那是一个长着蓬松尾巴的东西,只听他低声说:"希望您今天能捕捉到好的猎物!大王,也希望您的儿子们好运,他们都会长出一副白白净净的好牙齿,希望在那个时候,他们还能惦记着这个世上还有许多没有东西可以吃的朋友。"

说话的正是豺狗——塔巴几,一个专门吃别人剩菜残羹的家伙。所有来自印度的狼都不喜欢他,因为他总是喜欢挑拨离间,到处惹麻烦。不仅如此,他还喜欢在垃圾堆里寻找破皮革和烂布吃。可与此同时,狼又很害怕见到他,因为塔巴几在整个丛林里是最容易犯疯病的,只要疯病一犯,见谁咬谁,天不怕地不怕。塔巴几犯的疯病就是我们人类常说的"狂犬病",在他们口中,也称为"迪望尼"。这种病被野兽们认为是一种最丢脸的病,任何一种野兽对此躲都躲不及,所以,尽管塔巴几身材短小,但在他犯病的时候,连老虎都得让他三分。

"既然这样,那你进来看看吧!"狼爸爸的语气中透露着一种生硬,"我家确实没有什么美味的东西。"

"对于你们来说,也许是没有。"塔巴几一边走进洞穴,一边说,"可对我这样一个卑微的东西来说,哪怕只是一根骨头,也可以美美地吃一顿!"说完,他快速地钻进了洞穴。不一会儿,他就找到了一根残留着肉丝的骨头,顺势蹲在地上,开始美滋滋地嚼起骨头来。

"非常感谢你们的美食!"吃完骨头后,塔巴几舔了舔嘴巴说,"让我看看贵公子,瞧!一个个长得多好看啊!看

这眼睛，多大啊！我早该知道，原本王族家的子弟一出生就是气宇轩昂的！"

实际上，塔巴几心里最明白不过了：在丛林里，最忌讳的事就是当面说孩子的好话。看着眼前的狼爸爸、狼妈妈面露不快，塔巴几早就开始幸灾乐祸起来。他一动不动地坐在那里，忍不住为自己刚刚的恶作剧而得意。过了一会儿，他又不怀好意地说："你们知道那个大块头吧？就是希尔汗，他要把自己的捕猎战场转移到这一带的山里来了！"

塔巴几说的那个大块头就是住在几十英里外的一只名叫希尔汗的老虎。

"混蛋，他根本没有这个权利！"狼爸爸忍不住发火，"依照丛林法规，凡是没有事先通知大家的，都没有权利搬家！他的行为会影响到这一带的所有猎物。而我，我还要替整个家族寻找食物……"

"依我看，他的妈妈喊他'瘸子'也不是没有原因的！"狼妈妈在一旁安静地说，"他一出生就是一个瘸子——少了一条腿，因此，他只能捕食耕田的牛。如今，他惹恼了居住在河边的农民，现在又准备搬过来惹怒我们的居民和农民。到时候，人们会漫山遍野地搜寻他，当找不到他的时候，人们就会点燃火把，烧掉我们的家园，到那个时候，我们就得四处躲避。照么说，我们还真要好好感谢这个家伙呢！"

"那么，需要我来为你们传达这份感谢吗？希尔汗一定会非常乐意的！"塔巴几站起身，慢慢说道。

"你赶紧给我滚出去！"狼爸爸高声吼道，"去跟随你的主人吧！哼，就这么一个晚上，你干完了所有的坏事！"

"别着急嘛，我马上就会离开的！"塔巴几不慌不忙地说，"不过，我想我本来是没有必要来跟你们说这件事情的，但是，你们能听到吗？希尔汗现在就在山脚处的林子里面呢！"说完，塔巴几便离开了。

听他这么一说，狼爸爸不由得竖耳细听。很快，他就听到在通向小河的沟谷里传来一阵单调、愤怒、干涩、粗犷的吼叫声，狼爸爸猜想，希尔汗肯定什么都没有抓到。再说了，就算整个丛林都听说了这件事，希尔汗也绝对会表现出一副无所谓的样子的。

"笨蛋！"狼爸爸说，"晚上捕猎的时候还发出这么大的动静，他是不是认为我们这儿的猎物和他原来捕捉的耕牛是一回事儿呢？"

"小声点儿！你听，他今天晚上是不准备抓耕牛的，更不是要抓鹿，他想抓的是人！"狼妈妈说。这时，希尔汗的吼叫声俨然变成了一种唱歌似的欢叫声，这声音好像是从各个方向传过来的。同时，也正是因为这个声音，神奇地迷惑了夜宿在外的樵夫以及周围的居民，这声音的神奇魔力在于让他们将自己送到老虎的口中。

"人类！"狼爸爸不由得露出满口大牙，"难道满池塘的虫子和青蛙都不够他吃吗？为什么要吃人类？而且还要在我们的地盘上吃？"

丛林法规规定，除了教导自己的孩子如何追捕猎物外，禁止任何吃人类的行为。而且就算是在教导自己的孩子的时候，也绝不能在丛林里进行，必须离开猎场。他们之所以这么规定，是因为这样的行为会导致非常可怕的后果——招来骑着大象、背着枪的人类和不计其数的武器、锣鼓、火把。只要这样的事情发生，所有居住在丛林里的居民就惨了！没错，丛林的法规是不会随便做出决定的，他们的理由是：人类是所有动物中最懦弱、最没有自卫能力的一类，所以，如果野兽们去招惹他们，就会显得自己太野蛮、太无礼了。此外，他们还说，据说吃了人的野兽会长疥癣，并且有的还会掉牙齿。

此时，那阵吼叫声越来越响，最后竟然演变成了一种只有野兽在扑食的时候才会发出的咆哮声。随后，又是一阵号叫——没有任何威信可言的号叫——没错，确实是希尔汗发出来的。

"他竟没有抓住！怎么回事儿？"狼妈妈自言自语道。

狼爸爸赶紧冲出洞穴，希尔汗的声音变得更加清晰了，只听他在丛林里跌跌撞撞，嘴里还不时发出狠狠的吼叫。

"没有脑袋的傻瓜！竟然一下子跳进了樵夫生起的篝火中，还烧坏了自己的脚！"狼爸爸说，"难道塔巴几和他在一起？"

"当心！是不是有什么东西上山来了？"狼妈妈抽动了一下耳朵。

草丛中传来了一阵"沙沙"声，狼爸爸弯下腰，做好了扑上去的准备。可随后发生的事情，要是你亲眼看到的话，一定可以见证这个世界上最奇妙的事——狼爸爸的身子在向上跳跃的过程中，立即又收回了脚。原来，就在他跳起来看清自己要捕捉的对象时，随即又想办法要收住自己的力量，

这样,他的整个身子就停留在半空中,接着又回到了原地。

"是人类!"狼爸爸大声叫道,"看!是个小人崽子!"

此时,在狼爸爸的正前方,有一个刚刚学会走路的小孩子,他光着身子,棕色的皮肤。只见这个小孩子直挺挺地站立在狼爸爸面前,手中还握着一根树枝。这可是从来没有发生过的事情——一个稚嫩的、长着酒窝的小孩子夜访狼窝。小孩子天真地抬起头,对着狼爸爸笑起来。

"你看清楚了吗?他真的是个人崽?快将他带过来,我还没有见过人崽呢!让我看看!"狼妈妈在洞口说。

狼爸爸习惯用嘴巴叼自己的幼崽,如果需要,他完全可以做到用牙齿叼住鸡蛋而不咬破鸡蛋壳。因此,当狼爸爸把小孩子放进自己的幼崽当中时,小家伙的皮肤没有受到丝毫损伤。

"真小!他的皮肤多么细腻!你看他的胆子,真大!"狼妈妈温柔地说。只见这个刚刚躺进狼窝的小家伙不一会儿便挤进了狼崽当中。"快看!他竟然和其他狼崽一样吃起东西来了。原来人崽是这个样子的!不知道还有哪只狼能说自己的孩子中间竟然躺着一个人崽呢?"

"我以前听说过这样的事情,可是现在却发生在了我们的狼族里,而且是我这一辈子都不可能遇到的事儿!"狼爸爸望着小孩子说,"你看!全身都是光溜溜的,没有一根毛,哪怕我的手只是轻轻地一碰,都可能会要了他的命!但他完全不害怕!而且还抬头望着我!"

这时,一个黑色的影子挡在了洞穴门口,月光也不见了。原来,这个影子正是希尔汗的。他那宽大的脑袋和肩膀正试图挤进洞穴，身后传来了塔巴几尖锐的声音："主人！看到了吗？那个人崽就在这儿！"

"哟，这不是希尔汗吗？见到您真是我们的荣幸！"狼爸爸虽然嘴巴上这么说，但还是掩饰不住他满眼的怒火，"请问您有何贵干？"

"我是来抓捕我的猎物的！刚刚他跑了过来，没错，是一个人崽！"希尔汗抬起头，高傲地说，"这个人崽的爸爸妈妈全都逃走了，所以，你就将他交出来吧，把他给我！"

狼爸爸果真没有判断错，这个希尔汗刚刚在抓捕猎物的时候跳进了一堆篝火中，结果烧伤了腿，现在正疼得火冒三丈。但狼爸爸明白，洞口非常狭窄，这个家伙是没有办法轻易进来的。可不是吗，你看，希尔汗的肩膀和前爪已经被洞口给卡住了，丝毫不能动弹。

"我们狼是自由民！"狼爸爸义正词严地说，"我们只遵循狼族头领的指挥和命令，不会听从于身上长满横纹、专门捕杀耕牛的家伙。听着，这个人崽是我们的！我们要不要把他交给你，是我们自己的事情。"

"你在说什么？什么叫你愿不愿意！我可是希尔汗，难道要我进入你们的洞穴，亲自找到我的东西才肯罢休？"希尔汗气得火冒三丈，接着，他又发出一阵恐怖的吼声，这声音响彻云端，震动了整个丛林。

就在这个时候，狼妈妈冲了过来。她一个箭步跳到洞口，两只眼睛直勾勾地盯着希尔汗，眼珠在黑夜中闪着绿色的光芒。

"说话的正是我！我是魔鬼！听着，这个人崽是我们的，听到了吗，你这个瘸子！他是我们的！没有哪个动物能在我的面前杀死他！他会和我们狼群一起奔跑，一起抓捕食物！等着看吧，你这个专门杀害光身小孩的罪人！在未来的某一天，这个人崽一定会杀了你！现在，赶紧给我离开这儿，我凭借自己捕杀雄鹿的行为发誓，我可不像你那样专门捕杀死去的耕牛！如果你再不滚出这儿，我保证等你再去找你妈妈的时候，绝对比刚刚出生的时候还要瘸，而且，你还是整个丛林中受到烧伤最严重的一个！听清楚了吗？快给我离开这儿！"

站在一旁的狼爸爸无比惊讶地望着狼妈妈，他差不多都要忘记过去的日子了。那时，狼爸爸是经过了五场战斗才赢得狼妈妈的注意的。而当狼妈妈在奔跑时，大家绝不是因为恭维她才叫她"魔鬼"的。

现在的情况对于希尔汗来说，对付狼爸爸或许是没有问题的，但要同时对付狼妈妈的话，可能就有些难度了，因为希尔汗深深地知道，狼妈妈现在占据了一切优势：她不仅有地理优势，而且还准备和希尔汗进行一场殊死搏斗。想到这儿，希尔汗只好慢慢退出洞穴，他一边离开，一边大声叫嚷道："只有狗才有胆量在自己家的院子里汪汪乱叫，好！我们就走着瞧好了！看看你们的狼族怎么处理这个人崽！告诉你们，人崽注定是我的！就在不久的将来，他将会成为我口中的美食！你们这些贼，就等着好好看吧！"说完，希尔汗便转身离开了。

狼妈妈一屁股坐下来，仍旧不停地喘着粗气。

"不过，希尔汗确实说出了一个事实。亲爱的，我们必须要带这个人崽到狼群中去,让他们也看看。即使是这样,你也要坚持收留这个人崽吗?"狼爸爸在一旁认真地说。

"必须收留!"狼妈妈坚定地说,"他一个人孤零零的、光着身子来到我们家,而且还可怜巴巴的,饿着肚子……你看到了吗,他丝毫没有感到害怕!快看,他还很大方地将我们的孩子挤到了一边。孩子他爸,要是我们把这个可怜的小家伙交给了希尔汗,他不但会杀了他,而且还会跑到别处去杀人,到时候,这儿的村民就会对我们进行报复,破坏我们的家园!到底要不要收留他?你说呢,这个必须要答应我,一定要收留!"狼妈妈低下头,温柔地望着那个光着身子的小孩子,"噢,我的乖乖!天啊,你就是个莫格利——你就叫莫格利吧!——听着,莫格利,你总会在某一天杀死希尔汗的,就像他现在要杀死你一样!"

"但是你真的想过了吗?我们的狼群会怎么处理这件事儿呢?"狼爸爸忧心忡忡地说。

狼爸爸这么担心也是有道理的。丛林里有这样一个规定:狼可以在结婚之后离开狼群单独生活,当他们的狼崽出生后,等到能独立行走的时候,必须要将狼崽带到狼族的会议上,这样,狼群里的其他成年狼就能认识这些狼崽。狼族的会议一般是在每个月的月圆之夜进行,等所有的狼崽都被成年狼认识后,他们就能四处奔跑了。而在这些狼崽能独立杀死一头雄鹿之前,狼族里的任何一匹成年狼都不能伤害这些狼崽。要是有成年狼这么做了,一旦被发现,就会被立即处死。因此,在面对这些规定时,狼爸爸开始犹豫起来。

当所有的狼崽都学会了奔跑的时候,狼爸爸和狼妈妈带

着几个狼崽和莫格利一起参加了狼族的会议，他们慢慢走到月光下的会议岩旁。这个会议岩是由各种岩石组成的，能一次容纳下近百匹成年狼。

狼族的首领——阿克拉是一匹力大无穷、才华横溢的大灰狼，他也因此成为众狼的头领。此时，他正端端正正地躺在他的岩石上，身旁蹲满了不同毛色、大小各异的狼，他们之中有能独立对付雄鹿的老狼，也有自认为有此种能力的小狼。阿克拉已经做了整整一年的首领了，他在年轻的时候，曾两次误入人类布置的陷阱，更有一次遭到了人类的痛打，最后被当成死狼扔在了一边。由于和人类有过几次接触，所以他很明白人类的习惯和风俗。

大家在开会的时候通常是不怎么讲话的。所有的狼爸爸和狼妈妈都会围成一个圈坐下来，而狼崽们则在圈里相互追逐、打闹。有时，会有一两匹老狼慢慢地靠近一匹狼崽仔细打量，然后又慢吞吞地回到原地。有时，狼妈妈们会故意将自己的狼崽推到月光之下，让所有的狼都能看到他，以至于不被忽略。而阿克拉则总是躺在他的岩石上，然后喊道："大家都是知道法规的！请注意看啊！"那些迫不及待的狼妈妈们则急忙在一旁喊道："大家快看啊！注意了！"

这时，轮到狼爸爸和狼妈妈的狼崽们上场了。狼妈妈全身的毛发一下子竖了起来，狼爸爸则冷静地将莫格利连同所有的狼崽们推到狼圈子中间。只见莫格利只是一个劲儿地笑，他一边乖乖地坐在地面上，一边捡起地上的石子玩耍。

阿克拉并没有什么特殊表现，只是继续将头埋在爪子里，一个劲儿地发出一阵简单而又单调的声音："各位请注意看！"突然，岩石后面发出一声低低的咆哮——当然，这是希尔汗发出来的："听着，这个人崽子是我希尔汗的！快将他交还给我！我说，一个人崽子究竟和你们自由民有什么关系呢？"阿克拉依旧没有什么动静，只是淡淡地说："大家要注意看！你们只能听取自由民的命令，其他任何一个命令都和我们没有关系。各位一定要注意看！"

于是，整个会场响起了一片喧哗声，一匹小狼主动站了出来，他将希尔汗刚刚提出来的问题又抛给了阿克拉："那么，一个人崽子到底和我们有什么关系呢？"按照丛林法规：如果当狼崽在被认识时发生了争辩，除了他的父母外，至少还要有两只成年狼出面为他进行申辩才行。

"既然这样，那谁要出面为他申辩呢？"阿克拉继续说，"有没有哪个自由民愿意为他申辩？"

四周一片寂静。这个时候，狼妈妈已经做好了准备，她心里很清楚，如果要用武力解决的话，这将是她的最后一次搏击。

这时，唯一一个被准许参加狼族会议的异类动物——巴卢直直地站立起来，他不慌不忙地抖动了一下身子，然后开始说话了。这个巴卢是专门给丛林里的狼崽子们教授法规的，他是一只喜欢打瞌睡的老棕熊，因为只吃干果、蜂蜜和草，所以他总能在丛林中自由行走。

"什么？有人崽？"他喃喃地说，"那我就来帮他申辩吧！他是不会带来任何坏处的！这个我知道，可能我并没有什么本事，但我说的那句话没有错！所以留下他吧，让他和狼族里的狼们一起自由奔跑，至于各种法规，我完全可以教导好他!"

"好,现在只要再有一个人站出来为他申辩就行了!"阿克拉说,"我们可敬的法规老师——巴卢,他已经站出来了!还有谁站出来?"

突然,又一个黑影走进了圆圈中,原来是黑豹子巴希拉。巴希拉全身都是黑点,可只要在一丝光线的照耀下,就会显露出波纹般的豹斑。没有哪一只狼不认识巴希拉,同时,也没有任何一种动物想得罪他——巴希拉和塔巴几一样,有着狡猾的性情,有着野牛一般的凶猛脾气,有着像受伤的大象一般不顾生死的冲劲儿。可与此同时,巴希拉还有着如同蜂蜜一般甜美的声音,还有一身华美、柔软的皮毛。

"尊敬的阿克拉,还有各位自由民啊!"他柔声说道,"虽然我没有什么权利来参加你们狼族的会议,可是,依照规定:要是对一个幼崽的存活与否产生了疑虑,而且这个疑虑并没有上升到一定要杀死他的程度,那么这个幼崽的生命就是能够被赎下来的!我没说错吧?而我们的法规也并没有说谁有权利出钱,谁没有权利干涉,对吗?"

"没错,确实是这样的!确实是这样的!"几个经常因为捕捉不到食物而饥肠辘辘的小狼们纷纷喊道,"就听他的话吧!将这个人崽子买下来,让他活下去。这就是我们的法规,难道不是吗?"

"很抱歉,我知道自己是没有权利发言的,可是,我请求诸位能允许我发表我自己的看法。""请你继续说吧!"巴希拉话音刚落,又有二十几只成年狼异口同声地喊道。

"听我说,对于你们来讲,杀死一个人崽子并不是一件什么好事儿,也十分不光彩!更何况要是他能长大,那以后还能好好地为你们打猎呢!刚刚巴卢已经为他说过话了,我想,现在如果除了巴卢的申辩外,我还能加上一头刚刚死去的新鲜公牛——他正躺在离这儿不远的地方,要是你们能依照法规收留这个人崽子,这件事难道还不好商量吗?"

"这没有什么的!"好几只狼开始叫道,"就凭这个人崽子,什么保护也没有,光着身子,肯定会在冬日里被严寒冻死,在夏日里被太阳烧化。你们说说,一个浑身光溜溜的人崽子,他能给我们带来什么威胁?所以就把他留下来吧,让他跟着我们一起奔跑……巴希拉,你刚刚说的那头公牛在哪里?巴希拉,我们已经将他留下来了!"

接着,阿克拉发出一阵低吟声:"各位,请你们仔细看,看清楚!"

此时,毫不知情的莫格利仍坐在地上玩小石子,他完全没有注意到身边走过的狼,他们一个个过来端详他,然后急急忙忙去寻找公牛了。不一会儿,会议场上就只剩下阿克拉、巴卢、巴希拉,还有莫格利和狼爸爸一家了,当然,希尔汗也留在会议场上,他躲在一旁,不时地发出一阵低吼,他之所以会这样,全是因为恼怒——狼族没有交出人崽!

"噢,亲爱的,你就好好地吼一吼吧!"一个声音从巴希拉的胡子底下传出来,"总有一天,你听着,这个家伙哪怕浑身光溜溜的,总会在某一天让你换着调子吼的!如果不是这样,那就是我不通人事了!"

"没错,是这样的!"阿克拉笑道,"人类和他们的孩子都是非常聪明的动物。将来,这个家伙说不定还能成为我们的得力助手呢……"

"可不是吗？关键时刻他一定能帮上忙，因为没有哪一匹狼能一辈子都做狼族的首领。"巴希拉意味深长地说。

阿克拉默不作声地听着巴希拉的话，他只是在内心想，每一个首领都会有力量衰竭的那一天，当身体变得越来越虚弱的时候，群狼就会杀了他，然后又有一个新首领上位，不过这个新首领到最后也难逃一死。

"请把他带走吧！"阿克拉转身对狼爸爸说，"好好教育他，让他成为一名合格、优秀的自由民！"

事情的结果就是这样的：在巴卢、巴希拉的帮助下，莫格利存活下来，并成为西翁伊山狼族中的一员。

现在，我必须请求你跳过十多年的岁月，然后自己想象莫格利在这十多年的时间里是如何度过的，因为我要是将这些美好的生活全都记录下来，恐怕要写出好几本书了。在这段时间里，莫格利和狼爸爸的四个狼崽一起生活、一起成长，当然，在狼爸爸的狼崽们都长成成年狼时，莫格利还是一个少年。狼爸爸总是细心地教导莫格利各种做狼的本领，为他讲解生活中所有事物的不同含义。在狼爸爸的耐心教导下，莫格利很快对丛林里的大部分事物都了如指掌，比如一花一草的动静、黑夜中吹过的暖风、栖息在大树上的猫头鹰的啼叫、牢牢抓住树枝休息的蝙蝠的小爪子、小鱼儿在池塘中跳跃时溅起的水花……他对这些事物的熟悉程度就好像一个商人熟悉自己的办公室一样。

莫格利在不用学习的时候，就总是独自一人坐在太阳照耀下的草地里。他每天吃了睡，睡了再吃。当他感到身上有些脏臭了，或是觉得热了，就扑进池塘中游泳；当他想喝蜂蜜了（巴卢曾经告诉他，蜂蜜和干果就仿佛鲜肉一样美味），他就顺着树干爬上去，然后吃个痛快。他的这些本事都是巴希拉教给他的。巴希拉经常躺在一根树干上，然后对着莫格利喊道："快过来吧，兄弟，你能上来的！"刚开始的时候，莫格利就好像懒熊一般贴在树干上不敢动弹，可过了不久，他就能在各个树枝之间随意游走了，仿佛比猿猴的胆子还要大上好几倍呢！

开狼族会议的时候，莫格利也会有一席之地，每当这个时候，他就会发现：如果他紧紧地盯着一匹狼看，那匹狼就会慢慢地低下头，因此，他经常盯着狼看，认为这很好玩。而有时，他对狼群又很友好，他总会细心地为他们拔出手里的刺，这些刺会让他们感到非常难受。

莫格利经常在深夜的时候下山去到耕地中，他对居住在茅屋里的居民非常感兴趣，但同时又充满了怀疑和不信任。因为在很早的时候，巴希拉就带着他去见过居民设计的一个箱子。那是一个带有活门的铁盒子，巴希拉告诉他那就是专门用来抓捕丛林中的野兽的陷阱，居民将它们巧妙地放置在草丛中，莫格利还差点儿掉进去。

莫格利平时最爱干的一件事就是跟着巴希拉一起走进树林，然后好好地睡上一天，当黑夜来临，他就看着巴希拉捕猎。当巴希拉饿坏了的时候，总是见一个杀一个，莫格利也是如此，但他唯独不杀一种猎物——公牛。在莫格利还不太懂事的时候，巴希拉就告诫他：不能杀害公牛，因为他（莫格利）的性命就是用公牛换来的！"所有的猎物你都可以捕杀！"巴希拉说，"只要你有足够的力量，但是，请看在公牛曾经救过你的命的分上，不要杀害他们。这是规定！"莫格利就这么照着办了。

渐渐地，莫格利长成了一个健壮的男孩子。有几次，狼妈妈对他说："希尔汗是个坏蛋！你得在将来杀了他！"尽管所有的狼崽都记住了这个教导，但莫格利却早已将其抛到了九霄云外，因为他还是一个小孩子，但要是他会用一种人的语言来说话的话，一定会说自己是匹狼的。

与此同时，因为阿拉克的身体越来越差，希尔汗出现在丛林里的频率也越来越高了。希尔汗经常不怀好意地讨好狼族里的成年狼，带着他们去吃自己的剩菜残羹，如果阿克拉对这样的行为严厉禁止的话，那些年轻的狼就不能这么做了。希尔汗趁机对年轻的狼们百般奉承，还时常表现得非常惊诧：这样一群优秀的狼怎么就甘愿被一匹老了的狼和一个人管束！"据说你们在会议上都不敢正眼看那个人崽！"希尔汗挑拨道，每次听到这些话，狼群们便开始低低地号叫起来。

巴希拉对希尔汗做的事早有耳闻，便在平时的教导中时常告诫莫格利："总有一天，你一定要杀死希尔汗！"可单纯的莫格利却笑道："我为什么要怕他？我有你、巴卢，还有狼群呢！虽然希尔汗确实也有不想活的意思，但是我想大家还是会帮助我的！"

在一个温暖的日子里，巴希拉产生了一个新想法，这或许是他从某次听来的事中联想而来的，也或许是伙伴豪猪告诉他的。当他们来到树林中的时候，莫格利将头深深地埋在了巴希拉柔软的皮毛中，巴希拉问道："关于你和希尔汗是仇家的事，我跟你说过多少次了？"

"不计其数了！"莫格利懒懒地说，"可那没有什么，我困了，巴希拉，不用担心他，他只不过是一只长着尾巴、喜欢吹牛的家伙！"

"嘿，现在可不是睡觉的时候！所有动物都知道，就连鹿都知道了，塔巴几也跟你说过许多次了吧？"

"是啊！"莫格利笑了笑，"他前不久还找过我，还非常傲慢地对我说，说我是个可悲的人崽。我当时什么都没说，只是抓住他的尾巴，把他往树上撞了几下，让他明白一些规矩。"

"这真是件愚蠢的事儿！他虽然很喜欢捣蛋，但他说的这件事儿跟你却是大有关系的呀！快清醒一些吧，希尔汗当然不敢公然在丛林中杀害你，可是你别忘了，阿克拉慢慢老了，他杀不动鹿的日子也快到了，等到那个时候，他就会失去首领的位置。而当初第一次在会议上看到你的那些狼也都老去了，就像希尔汗挑拨的那样，有力量的年轻狼是不会接受狼群中的人崽的！过一段时间，你就要长成大人了！"

"长成大人了又能怎样？难道就不能和狼兄弟们一起跑了吗？"莫格利天真地说，"我出生在丛林，而且一直遵循各种法规。他们之中谁没有得到过我的帮助？我为他们拔刺，所以他们肯定把我当兄弟！"

巴希拉伸了伸腰，眯了眯眼睛，说："莫格利，摸摸我的下巴！"

莫格利伸出粗壮的双手，碰到了巴希拉光滑的下巴，在

一块皮毛遮掩的地方，他找到了一个小凸物。

"没有人知道我身上的这个记号，这是戴项圈留下的。小兄弟，我是在人类的世界中出生的，而我的妈妈也是死在了人类的世界中，就在王宫的铁笼子中。正因如此，我当初才会冒险赎买你。没错，那时，我出生在人类的世界中，没见过树林，能见到的只有铁笼，还有喂食的盘子。直到有一天，我突然意识到自己是只黑豹，而不是宠物，于是，我便抓破铁笼逃跑了。由于我见多了人类的各种做法，所以在这个丛林中，我是比希尔汗更可怕的，你不这么认为吗？"

"这是当然！"莫格利说，"所有动物都怕你，除了我以外！"

"对，因为你是一个人！"巴希拉无比温柔地说，"就像我是动物，最终要回到丛林中一样，你也终将回到人类的世界中去！小兄弟，人类才是你真正的兄弟啊！当然，要是你不在狼族大会上被杀害的话！"

"你在说什么呢！为什么要在会议上杀害我？"

"看着我的眼睛。"巴希拉严肃地说。于是，莫格利便用眼睛直直地盯着巴希拉的双眼，没过半分钟，巴希拉就把头扭了过去。

"这就是原因！"巴希拉动了动爪子，"我在人类中间出生，而且我非常爱你，但连我都不敢正眼看你。你看，他们都恨你，正因为不敢直视你，因为你太聪明了，因为你能拔出他们的刺，因为你是一个人！"

"我不明白……"莫格利双眉紧锁。

"这就是丛林的法规——先下手，再说话。他们知道你是个人，但是你自己一定要心里有数，放聪明一点儿。阿克拉越来越老了，在抓鹿的时候一次比一次吃力，如果他下次没有抓到猎物，那么整个狼族都会来反对他，同时，他们也会开始反对你。到时候，他们会在岩石上开会——到那个时候——我知道啦！"巴希拉激动得跳了起来，"快到山下的居民那儿去，取上一些红花，这个东西可比我，比巴卢，比狼族中所有爱你的狼们都要厉害，都要强大！快去把它取过来吧！"

巴希拉所说的红花其实就是火，因为丛林中没有一种动物敢叫出它的名字。所有动物都非常畏惧火，所以经常编出一些词汇来代替它。

"你说红花？"莫格利说，"我知道它们会在黄昏时出现，就在居民的房子外面，我这就去取一些过来。"

"对，这才是你应该说的话！"巴希拉无比自豪地说，"记得将它放在盆子中，赶紧取一盆过来，好好保存起来，这样我们就能在需要的时候发挥它的作用了。"

"没问题，可是，我的巴希拉……"莫格利用双手搂住巴希拉的脖子，轻声说，"你确定这一切都是希尔汗在使坏，对吗？"

"小兄弟，我肯定，凭那个曾经锁过我的铁笼起誓。"

"那我也起誓，就凭那头赎买我的公牛，我得和希尔汗好好算算账了，或许我们之间还有更多的秘密呢！"说完，莫格利便往山下走去。

"对，这才是一个人嘛！"巴希拉喃喃地说，"希尔汗啊，你遇上的真是一件晦气事儿，但谁让你在十年前要抓捕这个人崽呢?"

莫格利快速地穿过树林,一路上,他都心急如焚。在夜幕降临的时候,莫格利来到了狼爸爸的家门口,休息了一会儿,又喘了一口气,接着他向远处的山谷望去。狼崽们都出门了,只有狼妈妈在家,她一听到莫格利的叹息声,就明白他在发愁。

"发生了什么事情,我的儿子?"狼妈妈温柔地说。

"希尔汗这个坏家伙!"他说,"我今天要去一趟耕地。"说完,他就快速地跑开了。当他来到一条小河边时,听到了群狼发出的号叫声,还有一只雄鹿的鸣叫。接着,几匹年轻的狼又发出一阵低吼:"阿克拉啊,阿克拉,你就发挥一下吧,让我们看看你的威风!大家赶紧让开!好了,跳跃吧,我们伟大的阿克拉!"

接着,莫格利听到了一声清脆的"咔嚓",阿克拉一定是跳了,可是没有扑到,他磕破了自己的牙齿。然后又传来了一阵低吼,雄鹿利用自己的前蹄将阿克拉踢翻在地。

莫格利再也等不及了,他加快速度,当他到达居民的房子旁时,已经听不见群狼的声音了。"看来巴希拉说的是对的!"他趴在地面上喘着粗气,自言自语道,"明天,就在明天,不管是对阿克拉,还是对我,都是一个非常关键的日子。"然后,他将脸贴近窗子,看到屋子里有一个炉子,上面烧着烈火。只见农民的妻子半夜起来往里面添了一块黑色的东西,然后又看到孩子拿起涂了泥巴的盆子往炉子上放了几块红色的木炭,接着将盆子塞在自己身上披的毯子中,随后就出去查看牛棚了。

"原来是这样。一个小人崽子都能对付得了的红花,一点儿都不可怕。"说完,他便冲到孩子面前,一把抢过盆子,然后一溜烟地消失在了雾气中,那孩子被突如其来的一切给吓坏了,顿时大哭起来。

"那人崽子长得和我确实挺像的!"莫格利一边想着一边往盆子中哈气,因为刚刚那妇人就是这么干的,"要是不这么做,这东西就活不了了。"于是,他又找了一些树枝扔了进去。当莫格利爬到山腰的时候,他遇见了巴希拉,"阿克拉失败了!"巴希拉说,"他们本来是准备在昨晚杀了他的,可他们想要把你也一起杀掉,刚才还找你呢!"

"我去了一趟耕地,看,早就准备好了!"莫格利指了指火盆。

一整天,莫格利都待在洞里保护着火盆,他将树枝扔进去,然后看到火苗一次次蹿高,这让他感到非常满意。黄昏的时候,趾高气扬的塔巴几来到洞口叫道:"莫格利,赶紧去一趟会议场!"莫格利听后不由得大笑起来,这反倒让塔巴几不知所措起来,只得慌忙逃开。接着,莫格利放声大笑着去了会议场。

阿克拉正躺在岩石旁边,这说明首领的位置已经空出来了。于是,希尔汗在一群年轻狼的簇拥之下,摇摇摆摆地走进了会场,随处都响起奉承的声音。巴希拉和莫格利紧紧地躺在一起,火盆就藏在莫格利的两腿之间。等所有的狼都到齐之后,希尔汗准备讲话了,在阿克拉强大的时候,这可是他从来没有胆量做的一件事。

"他不能讲话,"巴希拉小声说,"你就这样说,说他是个狗崽,他一定会被吓到的!"

莫格利立即站起来,"诸位,"他高声叫道,"难道这个狗崽和我们伟大的首领有什么关系吗?他又不是我们的首领!"

"因为首领暂时没有定下来,而且我也是受邀说话的!"希尔汗说。

"谁邀请你了?"莫格利打断道,"我们又不是狗崽子,为什么要奉承这个专门屠杀牛的坏家伙!我们的领导是由我们自己决定的!"

这时,狼群开始议论纷纷起来。"人崽子,你给我闭嘴!""不,让莫格利讲,他向来都是遵循法规的!"

终于,年迈的老狼发出了一阵长鸣:"就让死狼发表一下看法吧!"当群狼的首领不能杀死猎物时,哪怕他还活着,都被称为"死狼"。一旦遇到这样的情况,这个首领也就活不长了。

"自由民,还有希尔汗的走狗们,我带领你们打猎应该也有许多个季节了。在我任职期间,从来没有谁发生过落入陷阱或是受伤的情况,可是现在,我抓不到猎物了……你们深知这是一个陷阱,并将我带到身强体壮的雄鹿身边,让我失败。聪明!这会儿又想杀死我。请问,谁来结束我的生命?依照规定,我还能和你们一一决斗!"

一片沉默。没有哪一匹狼敢和阿克拉进行单独搏斗。于是,希尔汗吼叫道:"我们管他干什么?他总是要死的!我倒觉得这个人崽活的时间太长了,快将他交给我吧,我烦透他了,一个既不是人又不是狼的家伙!我们的丛林竟然让他打扰了整整十一年！快把他给我，要不然我就不给你们美味了，听到了吗？这个人崽，我讨厌他！"

这时，一匹上了年纪的老狼说道："人和我们到底有什么关系？他从哪里来的，就让他回哪里去吧！"

"不，这可不行，他回去了会招来更多的人来找我们的麻烦，还是把他交给我吧！"希尔汗大声说。"他从来没有触犯过任何一条法规，他和我们一起生活，一起奔跑！"阿克拉虚弱地说。

"另外，我当初是用公牛将他赎下来的，你们要是敢动他，就是伤了我的荣誉，这可保不准会让我为此拼死一搏呢！"巴希拉说。

"十年前的骨头我们可没有吃上……"狼群怒叫起来。

"总之，人崽是不能在这个丛林中生存的！交给我！"希尔汗大叫。

"我们之间除了血统以外，不管怎么说，他绝对是我们的兄弟！"阿克拉说，"可你们却想杀了他！老实说，我确实是活腻了。你们竟然在希尔汗的怂恿下去抢孩子，有的还吃起了耕牛。所以，我知道你们都是一群胆小鬼，可是，为了维护狼族的荣誉，我承诺，只要你们不动他，当我必须死的时候，我保证不会反抗你们。不用搏斗，我甘愿就这么死去，这样一来，至少能挽救你们中的三条性命，其他的我就没有办法了。当然，这个办法能让你们不会因为杀害了自族的一个兄弟而蒙受耻辱——这个小兄弟可是按照法规，经过了申辩和赎买才进入狼群的！"

"可是，他是人，是人，人！"众狼开始朝着希尔汗围过去,而希尔汗也慢慢地抽动起自己的尾巴。

"莫格利,现在就由你来应对了。"巴希拉说,"我们只能搏斗。"

莫格利笔直地站着,他双手端起火盆,然后将双臂往后一拉伸,对着会场打了一个哈欠。可事实上,他的内心充满了愤怒与悲伤,虽然他们都是狼,但他们并没有对他表达过有多么憎恨他。"听好了!"莫格利说,"我们不用再纠缠下去了。今晚,你们无数次告诉我一件事情,就是我是人的事实(其实我本想着能和你们一样,做一辈子的狼)。没错,你们说得对,我确实是个人,所以我也不想当你们是兄弟了!我要和人一样,叫你们狗!不管你们想做什么,或是不想做什么,都不由你们了!这些都是由我来决定的!为了让你们看清事实,我,一个人,给你们带来了一些红花,也就是你们这些狗惧怕看到的东西!"

莫格利将火盆使劲往地上一扔,满地的杂草瞬间被点燃,面对熊熊烈火,所有的狼群都吓得连忙往后倒退,不敢上前。

莫格利捡起一根树枝丢进火堆里,过了一会儿那树枝就猛烈地燃烧起来。莫格利高高地举起树枝,站在周围的狼个个惊恐万分。

"你成功了!"巴希拉低低地说,"可别忘了阿克拉,救救他吧,他是你一辈子的朋友。"

莫格利看了看阿克拉,这匹一辈子都没有向谁低过头的狼,现在正向莫格利投去了乞求的目光。莫格利浑身光溜溜的,黑黑的长发披在肩头,会议场周围全是熊熊燃烧的烈火，无数个黑影子在火光中颤抖着。

"没问题！"莫格利环顾了一下四周，缓缓说道，"因为你们全是一些低贱的狗，所以我现在要离开你们！我要回到我的世界中去，属于人类的世界！丛林现在对我关上了大门，我便只能忘记你们，忘记你们之前对我说过的话，还要忘记与你们的友谊。但是，我觉得我还是比你们有良心的！尽管我们没有血缘关系，更算不上亲兄弟，但我们之间还存在一些关系。因此，我承诺：当我成为人类的时候，我不会像你们出卖我这样出卖你们！我不会将你们出卖给人类！"

说完，莫格利一个箭步冲到希尔汗跟前："快站起来！你这只狗！"此时的希尔汗完全被眼前的烈火给惊呆了。

"要是不老老实实地站起来，我就烧光你的皮毛！在人类说话的时候，你必须站起来！"那火光离希尔汗太近了，以至于他睁不开眼睛。

"你准备在这儿杀了我，只因为在我小的时候没能被你杀死！你这个瘸子，要是敢动一下，我就把火把扔进你的嘴巴里！"莫格利一边抽打着希尔汗一边说道，希尔汗惊恐万分，不断地发出"呜呜"声。

"给我滚！记住，下次当我作为一个人类站在这儿的时候，我的头上会有你希尔汗的皮！而阿克拉，你们绝不能动他！因为我不允许！他要自由自在地生活。你们也不要再坐在这儿了，摆出一副自命不凡的模样！听着，你们只是一群狗，被我撵走的狗！"莫格利挥了挥手中的树枝，狼群便纷纷四处逃走。这时，会议场上只留下阿克拉、巴希拉，还有十几匹跟随莫格利的老狼了。突然，有什么东西一下子刺痛了莫格利的心,他从未体会过这样的痛,随着一声哽咽,他埋头痛哭起来。

"我怎么了?脸上的这些都是什么?"莫格利有些慌张,他伤心地说,"恐怕我是要死去了吧!我不想离开丛林,巴希拉……"

"亲爱的小兄弟,你不会死的,那只是你们人类经常流下来的眼泪而已。"巴希拉说,"莫格利,你已经成为一个大人了,不再是以前那个小孩子。以后,丛林将对你关上大门。尽情地流吧,那只是泪水而已。"莫格利坐在地上,有一种心碎的感觉,这是他有生以来第一次哭泣。

"我要走了,去人类的世界。"莫格利说,"可我必须要和爸爸妈妈道别。"他走到洞穴门口,趴在狼妈妈和四个狼崽的身上哭了好久。

"你们会忘记我吗?"莫格利说。

"不会的,除非我们不能辨别嗅迹了。"狼崽们说,"只要你来山脚,我们就和你聊天,夜晚的时候,我们还能在耕地里玩耍。"

"来,"狼妈妈说,"儿子,我对你的爱胜过对我自己的孩子。"

"我会回来的。"莫格利说,"等我再回来的时候,一定会将希尔汗的皮挂在岩石上。请相信我!请大家都要相信我!"

天将破晓。莫格利走下山坡,去找寻那些被称之为人的种群。

Chapter 02 | 第二章

巨蟒卡阿狩猎

斑纹是豹子的骄傲，犄角是公牛的自豪。

要保持干净和整洁，光亮的皮毛代表着猎手的力量。

要是有幼小的公牛将你撞倒，野鹿将你的胸膛刺穿，

不要丢下这个工作来向我汇报，因为在很久以前我就知道。

不要欺负陌生的小动物，好好打招呼，就像对待自己的兄弟姐妹。

虽然他们很小，但他们的母亲极有可能就是大熊。

"没有人能超越我！"新手在第一次成功捕猎时总爱这样说，

可丛林是非常大的，而他却还小。他需要静心思考。

——巴卢名言

接下来所要讲述的故事全是在莫格利还没有被赶出狼群前的那段时间里发生的。那个时候，他还没有和希尔汗算清恩怨，而巴卢则每天都会教导他关于丛林的各种法规。巴卢是一只非常严肃而又认真的老棕熊，他经常为有这么一个聪明的学生而感到自豪，因为所有的狼崽只要学一点儿能在狼族里用得上的法规便可以了，他们经常在只背会了这首捕猎诗之后就一溜烟地逃走："足下悄无声息，双眼在黑夜中依旧清晰，耳听四方风声，牙齿洁白而锋利，这就是我们狼族的标志，除了可恨的豺狗塔巴几和鬣狗们。"可因为莫格利是个人崽子，因此，他必须要学会比狼崽多得多的法规才行。有时，巴希拉会在丛林中四处溜达，看他深爱的莫格利生活得如何。在莫格利老老实实地对着巴卢背诵学过的法规时，巴希拉就把自己的头靠在树干上。

莫格利非常优秀，他攀爬的本领堪比游泳的本领，他游泳的本事堪比奔跑的本事，因此，巴卢就告诉莫格利有关树木和河水的法规，比如：怎样分辨好树枝和死树枝；当他碰到野蜂窝的时候，应该怎样有礼貌地和蜜蜂谈话；要是不小心打扰了正在午休的蝙蝠时，应该如何道歉；在扑进河水之前，应该怎样和水蛇打招呼；等等。

居住在丛林中的野兽们都很讨厌被打扰，所以他们会毫不客气地对一个不速之客展开猛烈攻击。为此，莫格利还学习了在陌生地方进行捕猎时应该使用的呼喊声：必须要大声重复喊叫，直到有人回应才行。这种呼叫的大意是："我很饥饿，请允许我在这儿捕猎。"对方回应："你可以为了食物捕猎，但请不要为了玩耍。"

不久，莫格利就对这种反复记忆的东西感到厌倦了，因为他需要记住更多的东西，而且每天都要重复记忆几百次。一天，巴卢一怒之下打了莫格利一巴掌，莫格利就生气地跑走了。后来，巴卢对巴希拉说："我也没有办法，但他毕竟是人崽，必须要学会所有的法规才行。"

"可他还小啊，你的长篇大论他怎么记得住？"巴希拉温柔地说。

"丛林里没有打不死的居民，因此我必须教会他所有的东西。当他忘记的时候，我得通过打他的方式来提醒他，我只是轻轻地打。"

"那叫轻吗？"巴希拉心疼地说，"脸都抓破了！"

"我这么做总比没有人管教他好啊！"巴卢严肃地说，"我现在在教他学习各种要语，这些要语可以使他免遭飞鸟、走兽、蛇类的攻击，难道让他为了学习到本领而受一些鞭打不行吗？"

"可你还是要小心一点儿才行啊，不然会要了他的小命！他可不是你练爪子的树干！对了，你说的那些要语都是些什么？我虽然不需要其他动物的保护，但还是想了解一下。"巴希拉看了一眼自己的爪子说。

"我的脑袋一直在嗡嗡地响。"一个生气的声音从巴希拉的头顶上传下来。莫格利很快地跳了下来，他看起来很生气，一见巴希拉就说："我要见的是巴希拉，不想见巴卢，那个胖子。"

"随便吧，这是一码事儿。"巴卢虽然表面上这么说，但心底还是很难过的，"把今天学到的要语讲给巴

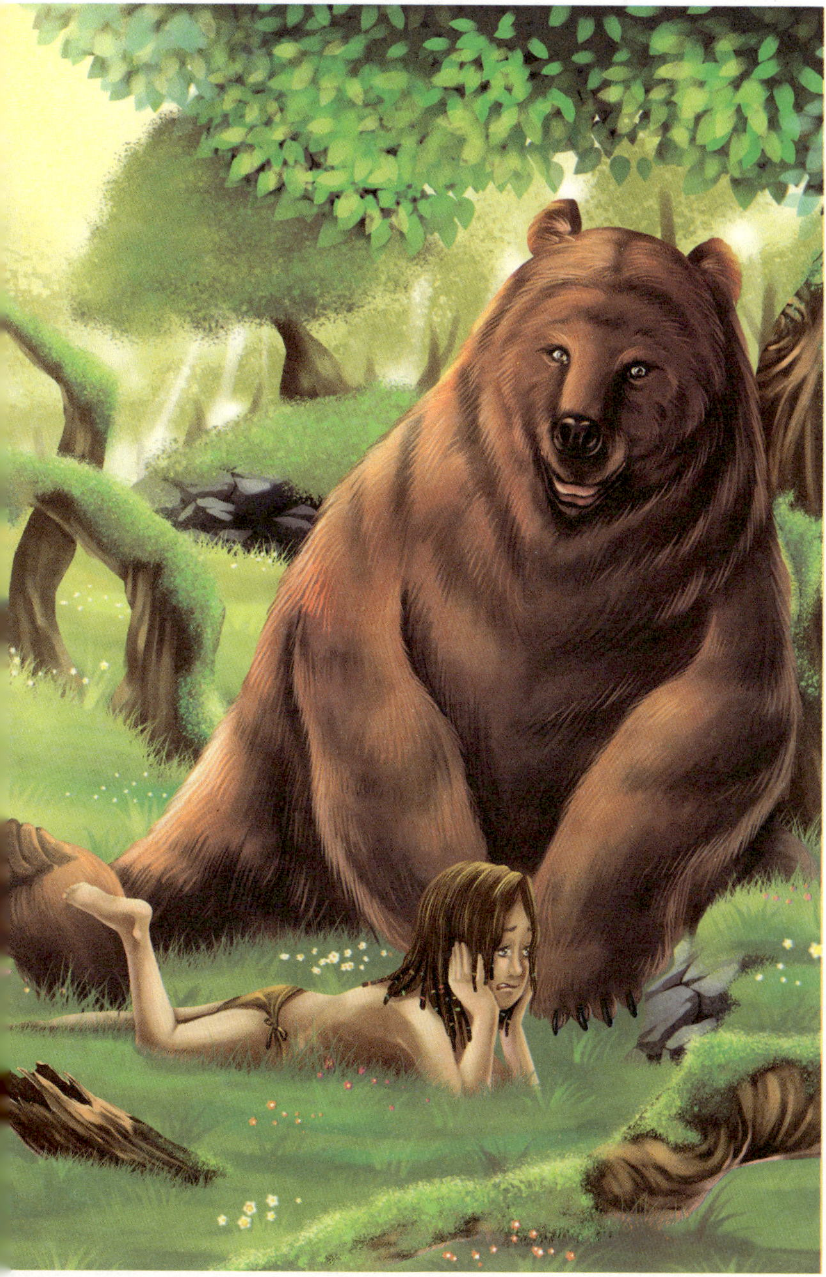

希拉听吧。"

"想听哪个要语?"莫格利高兴地说,"我知道所有的要语。"

"其实你知道的并不多。看,从来没有哪一个狼崽子记得感恩他的老师。好了,快念吧,我们的大学问家。"巴卢说。

"我们是亲人。"莫格利带着熊的口吻说。

"念一个鸟的要语。"巴卢说道。

莫格利想都没想就念出来,在结尾的时候还加上了苍鹰的呼啸。

"小兄弟,再念一个蛇的要语吧。"巴希拉说。

回应的是一声精彩绝伦的"咝咝"声,同时,莫格利还快速地拍起巴掌,然后又灵活地跃上了巴希拉的背部,用脚不停地踢着巴希拉滑嫩的皮毛,接着又朝巴卢做了一个非常难看的鬼脸。

"好吧,看来受伤也值了,"巴卢轻声说,"将来你总会明白我是为你好的。"说完,他又转身对巴希拉讲诉他是如何请求野象哈蒂的,因为只有他知道这些要语。他还告诉巴希拉哈蒂是怎样带着莫格利跳进水里请教水蛇的要语的。

"现在,不管丛林里发生什么事情,莫格利都不会受到伤害了,所有的野兽都会保护他!"巴卢拍了拍他的肚子,无比自豪地说。

"但要小心狼族啊!"巴希拉小声道,随后他又高声对莫格利说,"小心我的骨头,我的小兄弟,你为什么要这样上下跳来跳去?"

原来他这么做是为了让巴卢和巴希拉注意到自己,他高兴地说:"那我将拥有自己的种群了,我要每天都带着他们在树林中穿梭。"

"你在说什么呢?我的好兄弟。"巴希拉不解地问道。

"我记起来了,还要朝巴卢扔脏东西!他们早就答应过我了!"莫格利继续说自己的,完全不理会巴希拉。

突然,巴卢一双大手将莫格利从巴希拉的背上搂了下来。现在,莫格利正躺在巴卢宽大的手掌中,看样子,巴卢是生气了。

"莫格利,你是在和那些猴子们来往吗?"巴卢认真地说。

莫格利看了一眼巴希拉,发现他的眼神冰冷而生硬。

"耻辱!你竟然和那些没有规矩的族群来往,他们什么都吃!"

"你打了我后,"莫格利躺在巴卢的手中说,"我就离开了,猴子们来到我的面前,很同情我,因为你们都不管我。"莫格利抽泣着。

"可悲的猴子!"巴卢轻声说,"他们还做了什么?"

"他们给了我许多好吃的东西,还有,他们利用自己灵活的胳膊把我抱到了树上,他们说我们是嫡亲,唯一不同的是我没有尾巴,还说要我长大以后当他们的首领。"

"不,他们总爱说谎,他们根本没有首领!"巴希拉说。

"他们很友好,而且还欢迎我下次再去玩,我为什么不能和他们一起玩耍?他们和我一样直立,而且还不会打我，我们只会在一起玩耍。巴卢，你放我下来，我要去找他们了！"

"好好听着！"巴卢表情严肃地说，他的声音比夏日里的雷声还要低沉，"我已经把丛林里所有的法规都教给你了，当然，猴子的法规除外，因为他们根本没有法规，他们是被丛林驱逐的一类。我告诉你，他们也没有语言，全是在树枝上偷听、盗窃来的话语。我们的行动和他们的截然不同。他们没有族群，没有首领，他们只会吹嘘、唠叨，总是摆出一副好像要干出伟业的样子，但只要有一颗果子从树上掉下来，他们就会傻笑一天，然后将所有的事情抛到九霄云外。丛林里的居民们从来不理会他们：他们去过的地方我们就不去，有他们喝水的地方我们就不去，他们捕猎过的地方我们也不去，他们死去的地方我们就不会在那里死去……在今天之前，我跟你提起过猴子们吗？"

"没有。"莫格利低声说，因为当巴卢停下来时，丛林安静得可怕。

"所有的居民都不谈论他们，也不在心里想他们。他们不仅数量多，而且非常坏、脏、无聊。他们很希望——要是他们还有什么长久的愿望的话——让丛林里的居民注意到他们。但即使他们朝大家的头上扔脏东西，还是没有一个居民会注意到他们……"巴卢话音还没落，头上就掉下许多树枝，他们能听清头顶传来愤怒的呼吸声。

"请你记住，猴子永远是被禁止的一类，他们被禁止靠近丛林里的任何一个居民！"巴卢语气冰冷地说。

"没错，应该禁止！"巴希拉说，"可我还是觉得巴卢你应该多提醒他一下,让他多多提防那帮猴子。"

"天啊!我怎么想到他会和那帮家伙玩在一起!肮脏的猴子!"

又一阵雨点般的树枝掉落到他们头上,于是巴希拉和巴卢便带着莫格利一路小跑地离开了。其实,巴卢对猴子的评论没有半点儿假话:他们在树上活动,又因为野兽很少抬头向上看,所以猴子们和野兽几乎没有相逢的机会。可每当猴子发现地面上有一只受伤的野兽,他们就会想方设法地去折磨他,并且会拿在地面上行走的野兽寻开心——随时向他们扔树枝或是坚果。与此同时,他们又非常希望自己的行为能引起别人的注意:他们经常在树上唱一些极具挑衅的歌曲,由此引得野兽爬到树上和他们搏斗;要么就是他们自己突然发生战争,然后再将被打死的猴子丢弃在野兽们能看到的位置。

他们总想着要建立自己的种群,选出自己的首领,形成自己的法规,但一直到现在都没有成功过。当然,原因是他们在今天决定的事情,往往到了明天就会被遗忘,为此他们还给自己编造了一句话:"我们今天想到的,丛林马上就会在明天想到。"所以,就算是事情半途而废了,他们仍旧感到很欣慰。没有哪一种野兽能和他们一样爬上树干,当然,也没有哪一种野兽想注意到他们。所以,当莫格利愿意和他们一块儿玩耍时,他们感到欣喜万分,他们也看到了巴卢是如何生气的。

他们从来没有决心要干一件事,而且说话不算数,但有一只猴子还是想出了一个自认为很绝妙的主意:将莫格利留在群里，他会发挥他的作用的。因为这只猴子知道莫格利会编织挡风板，只要能抓住他，他就能把这个本领教给他们。而莫格利虽然是跟着狼群一起长大的，但他还是继承了樵夫的所有习惯，他总会自觉地将树干做成房子，这一点引起了猴子们的强烈兴趣。这次，他们真的就要有自己的首领了！而他们也即将成为丛林中最聪明、最优越的种群，所有动物都会羡慕他们。因此，他们经常追随莫格利，直到他睡午觉为止。可慢慢地，莫格利觉得被猴子追随非常丢脸，就下定决心不再和他们来往了。

莫格利还记得有一件事：一只健壮的小手抓住了他的胳膊，接着迎来铺天盖地的树枝。莫格利透过树枝看到巴卢正在低吼着，他要唤醒丛林，而巴希拉则露出了所有的牙齿。猴子们在树枝上尖叫，他们一边跳到了巴希拉不敢上去的高处枝头，一边欢呼道："他们在看我们！整个丛林都在羡慕我们的伟大本事，还有我们的心机！"

接着，他们一把抓起莫格利，开始飞跃起来，要是没有带着这个孩子，他们的速度可能会更快。莫格利在高空中虽然感到十分晕眩，但还是忍不住欣喜若狂起来，这是一次疯狂的奔跑。

在奔跑的时候，莫格利能低头看见地面离自己很遥远，这让他吓了一跳。后来，猴子带着他猛地停下，脚下没有任何支撑，唯有空荡荡的空气，这确实让他心惊胆战。猴子将他扔在一棵树上，结果那细细的枝丫开始"嘎嘎"直响，接着他开始慢慢掉落下去。随着一声呐喊，猴子迅速往下俯冲，又是猛的一下，他们在各个粗树枝之间穿梭起来。有时，他能看到连绵不断的丛林，就好像茫茫大海一般。接着，无数的树枝、树叶迎面打来，猴子带着他差不多又回到了地面。他们就这么又蹦又跳、又喊又叫地带着莫格利穿越了整个丛林。

在飞跃的过程中，莫格利非常担心猴子会将自己扔下去，后来他又开始恼怒起来，可他心里知道：绝对不能挣扎！随后，他开始思考起来，第一件事是要给巴希拉和巴卢报告行踪，因为猴子的速度实在是太快了，他们早就逃出了巴希拉和巴卢的视野。而莫格利朝下看也是没有用的，因为除了满眼的树枝之外就别无他物了。于是，他只能抬头眺望远方，突然，一个仿佛尘埃一般的东西向着这边飞来，没错，那是苍鹰切尔！他正在天空中盘旋，等待着猎物。切尔也发现了猴子，看见他们手里正抓着一个物体，于是便飞到近处观察。见到莫格利，他非常惊讶，因为莫格利朝着他叫了一声："我们是亲人。"于是，切尔也回应了一声。"请关注我们的行踪，"莫格利叫道，"请你将我们的行踪告诉给居住在西翁伊山的巴卢和巴希拉。"

"你叫什么，我的兄弟？"切尔从没有见过莫格利，但他听说过有关莫格利的事情。

"就叫我青蛙莫格利吧。丛林里的居民们都叫我人崽子，请你一定要关注我们的行踪……"莫格利最后几个字几乎是喊出来的，因为他被猴子带到了半空中。切尔对莫格利点了点头，然后挥舞着翅膀飞走了。当切尔距离莫格利足够远的时候，他就停留在半空中，利用自己的千里眼密切地注视着猴子们的行动。

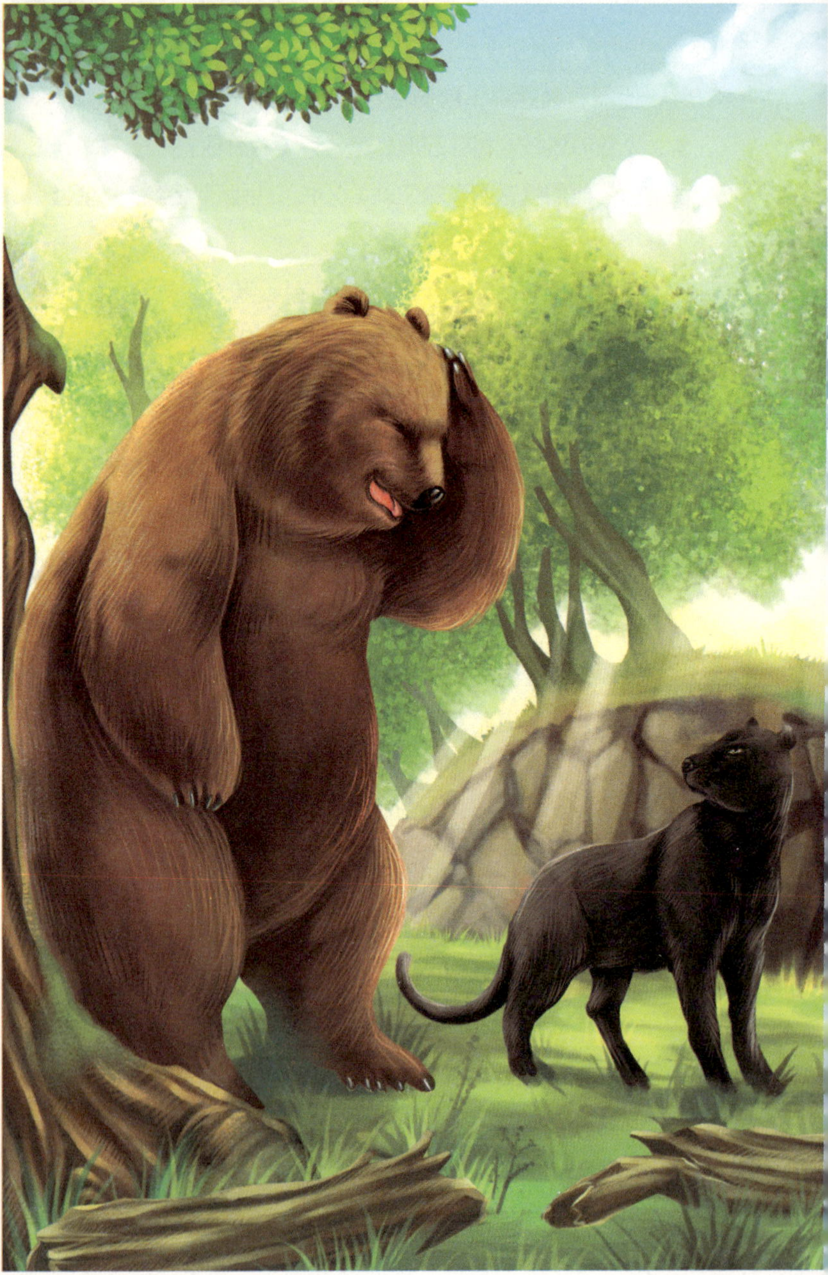

"我保证他们是走不远的,"切尔笑着说,"猴子们从来都会半途而废,他们只对新鲜事物感兴趣,可这一次啊,要是我没有说错,他们可为自己找了不少麻烦呢。首先,巴卢的来头就不小,再加上那个巴希拉,听说他经常捕杀猴子,比猎杀山羊的数量还多。"看了一会儿后,切尔便拍了拍翅膀,将双爪放置在身体下,继续等待着。

而在这段时间里,巴卢和巴希拉都要急疯了。巴希拉爬上了他从来没有去过的高枝,把那一片的树枝全都给弄断了,最后他只得下来,爪子里满是木头屑。

"为什么当初不告诫他,让他远离猴子!"巴希拉生气地责备道。此时,巴卢已经迈着沉重的步子跑了起来,他想这样就能追上猴子。巴希拉忍不住吼道:"你不告诫他,还将他打个半死,这有什么用?"

"赶紧!我的伙伴,或许……或许我们还能追得上……追得上他们!"巴卢喘着粗气说。

"就凭你的速度?就算是一头受伤的母牛像你这样跑都不会觉得累。我亲爱的老师,你这个打人的家伙,还是先冷静下来,好好想想办法,我们这样是追不上他们的,如果追得太紧反而不好,逼急了他们什么事都干得出来,或许还会将莫格利扔下来。"

"天啊!或许已经扔下来了!由于太累,带不动了……天啊,谁都不知道猴子们会干出什么事儿来!莫格利,我为什么没有告诫你要远离那些猴子呢?反而还打了你,天啊,我会不会下手太重,把那些要语从你的脑袋里都打了出来呢?"巴卢痛苦地在地上打起滚儿来。

"至少刚学的要语他都说对了,不是吗?"巴希拉有些不耐烦地说,"你这个家伙,一点儿记性都没有,还不会关心人。要是我和你一样像野猪那样躺在地上乱叫,你想丛林里的居民会怎么说?"

"这和我有什么关系?或许莫格利已经惨遭杀害了。"

"要是他们只是为了玩乐,或是无聊,才会将莫格利扔到树枝上,除了这两种情况,我完全不为他担心。你想,莫格利不仅聪明、有教养,而且最重要的一点是,他有一双让野兽感到恐惧的眼睛。只是他现在被猴子们控制着,又因为居住在树上,所以那帮家伙才会有恃无恐,完全不将我们放在眼里。"巴希拉分析道。

"噢,天啊,我真是个笨蛋,真是个傻瓜!"巴卢突然大声叫道,"哈蒂曾经说过,就是那头野象,他告诉我一物降一物,那些可恶的猴子们最怕的就是大蟒蛇卡阿了!他有着和猴子们一样出色的攀爬本领,常在深夜时分偷袭猴子。一说到卡阿的名字,猴子们都吓得面如土色。很好,我们这就去找卡阿,怎么样?"

"可是他既没有脚,又不是我们的成员,他能为我们做什么呢?另外,他还有一双最凶狠、最残暴的眼睛。"巴希拉说。

"你要懂得利用他的弱点——总是吃不够,我们承诺到时候会给他许多只山羊。"

"可他一般是吃饱一餐就得休息一个月。或许他现在刚刚吃饱呢?或许他宁愿自己去抓山羊吃怎么办呢?"巴希拉因为不了解卡阿,所以非常担心。

"你还是和我一起去找他吧,这样你就能明白我说得没错了。"说完,巴卢便和巴希拉一起去找卡阿了。

当他们发现卡阿的时候,他正躺在一块巨大的石头上享受温暖的阳光,与此同时,他还在欣赏着自己刚刚换上的新衣服——这是他花了十几天的时间蜕化的,现在,他的新装看上去华美极了。他将自己的大头放在地上蹭来蹭去,巨长的身子扭成好几个弯和结,他的舌头慢慢地伸了出来,因为他感觉到美食就在附近。

"你看,他饿坏了。"巴卢说。他一看到卡阿美丽的新衣服就松了一口气,并叮嘱道:"小心,巴希拉,卡阿刚刚蜕皮,虽然他的眼睛不太好,但出击速度是非常快的!"

卡阿并不是毒蛇,而且他非常瞧不起那些毒蛇,因为他认为他们是胆小鬼,而他完全是凭借自己拥有的力量来获取食物的——只要他的身子缠上对方,那对方就没有什么存活的机会了。

"打猎顺利!"巴卢蹲下身子说。和所有的大蟒蛇一样,卡阿的听力不是很好,他刚刚没有听到巴卢的那声招呼,当他做好防备的时候,才点了点头。"大家打猎顺利!"卡阿说,"巴卢,你怎么来这儿了?还有巴希拉,打猎顺利!你们有猎物的行踪吗?我可真是饿坏了,哪怕只是一只小鹿都行!"

"没错,我们是在进行捕猎。"巴卢假装很平淡地说,他可不能逼迫卡阿,因为他实在是太强大了。

"就让我和你们一起走一趟吧,"卡阿说,"对于你们来说,多打一只或是少打一只都没有什么关系吧?可对我来说，我得在路上等好几天，或许还得在半夜的时候爬上树枝去抓小猴子。噢，你知道，现在的树枝和当年的已经很不一样了，都是一些枯枝烂叶。"

"或许是因为你的身子太大、太重了才会这样的。"巴卢说道。

"确实，我的身子是比较大，"卡阿得意地说，"但即便是这样，还是得怪那些新长出来的树枝，上次还差点儿让我摔下来。由于我没有缠紧树干，还吵醒了那帮没礼貌的猴子，结果被他们乱骂一通。"

"是不是骂你是没有长脚的黄虫子？"巴希拉回忆道。

"咝咝，他们是这么骂的吗？"卡阿严肃地说。

"我记得上个月他们就这么骂过，但你知道，我们从来都不予理睬。什么话都能从他们的嘴巴中说出来，比如说你的牙齿没有了，比如讽刺你连小山羊都捕杀不了了，因为你害怕他们的羊角，等等。"巴希拉以一种极其温柔、甜美的声音说。

一条老练的蟒蛇绝不会轻易暴露自己的情绪，但谁都能看出卡阿两边的喉咙已经在鼓动、颤抖了。

"猴子们在今天早上的时候搬家了，"卡阿样子很平静地说，"早上出来的时候，我听到他们在树上叫喊。"

"那个……那个时候我们正要追赶他们……"巴卢说，但他立即又停了下来，因为他想到这恐怕是丛林里第一次有动物对猴子感兴趣。

"你们是整个丛林中最强大的猎手，竟然去追赶猴子，我想这件事肯定非同小可。"卡阿非常礼貌地说，他的身子都好奇得鼓了起来。

"没错，"巴卢说，"我只是个迂腐的老师，可巴希拉也在这里。"

"是这么回事儿，"巴希拉说，"卡阿，那帮可恶的猴子将我们的人崽子给带走了，或许你也听说过他了吧？"

"我从豪猪伊基那儿听说过，但我有些不太相信，他的脑袋里装的经常是一些道听途说的故事，而且讲得也是乱七八糟的。"

"但确实有这么一回事儿，你只是没有见过他而已。"巴卢自豪地说，"我的学生，他是人崽子中最聪明、最杰出的人，他会让我名扬天下的，而且，我们都非常喜欢他，卡阿。"

"咝咝，咝咝……我知道什么叫喜欢。"卡阿摇着脑袋说，"说到这儿，我也有一些故事要说呢……"

"啊，还是等哪天我们都吃饱了，在一个月圆之夜，坐在岩石上再好好欣赏吧。"巴希拉打断他，说道，"人崽还在那帮猴子手中，而在整个丛林中，他们最害怕的就是你了，卡阿。"

"他们只怕我，他们可真是有理由的家伙！愚笨、虚伪、肮脏，这些就是猴子的特点。但一个人崽子落到他们手里可就不好了，他们玩腻了，就会将他丢下来。或许想让他干一番大事儿，但过不了多久就会将他折成两半。对了，那帮可恶的猴子是怎么说我的？黄鱼是吗？"

"不，黄虫子……"巴希拉说，"还说了一些，但我实在说不出口。"

"我得好好提醒一下他们了！不能在主人背后说难听话。呲呲……我要帮助他们好好修理一下记性，你说他们带着人崽去了哪儿？"

"谁知道……"巴卢泄气地说，"我还以为你或许会知道呢。"

"不，我不知道。要是他们经过我的身边，就会被我杀死。不过，说老实话，我不抓捕猴子，还有青蛙。"

"快往上看！快往上看！快往上看！居住在西翁伊山的巴卢。"

巴卢抬起头，只见苍鹰切尔快速飞了下来，他为了找到巴卢，已经不知疲倦地飞了好久。

"怎么了？"巴卢说。

"我见到莫格利了，他被猴子带着去了猴子的城市——寒洞。他们或许会在那儿停留一个晚上，或许是十几天，又或许只停留一两个小时。在来到这里之前，我吩咐了蝙蝠，让他们帮助监视猴子的行踪。这就是我要告诉你们的消息，下面的朋友们，大家打猎顺利！"

"切尔，谢谢你，"巴希拉感激地说，"下次捉到猎物后我会惦记着你的，我会为你留下最好的脑袋，最杰出的苍鹰！"

"这不算什么，莫格利知道了要语，我能做的也只有这些了。"说完，切尔就扑着翅膀回去了。

"他的要语运用得很好，"巴卢自豪地说，"看，年纪轻轻就掌握了鸟类的要语，并且还是在那样危险的情况下运用的。"

"要语已经深深地刻在了他的心里，"巴希拉说，"我为他感到骄傲，但我们现在必须尽快赶到寒洞去。"

丛林里的每个居民都知道寒洞的位置，但几乎没有人去过那里。因为那其实是一座被人类遗弃的古老荒城，居民们不愿意使用人类曾经逗留过的地方。而且猴子们现在还居住在那里，所以他们就更不会去了。除了遇上干旱，那儿的水池里还残留着一些水的时候。

"走到那儿大约需要半天的时间，并且是在加快速度的情况下。"巴希拉急切地说。巴卢的表情也非常严肃："我尽量加快速度。"

"不能再等你了，你休息一会儿再追上来吧，巴卢。我和卡阿得加快速度。"巴希拉转身对巴卢说。

"不管有没有脚，我都能和你同步前进。"卡阿简洁地说。这时，巴卢在后面加快了速度，可最后还是不得不停下来喘气。巴希拉飞快地向前奔跑，而卡阿则不慌不忙地与巴希拉齐头并进。在经过一条小河的时候，巴希拉抢先跳了过去，而卡阿则只能慢慢地游过去，但当他一上岸，便又追了上去。

"凭借解脱我的那个铁笼子发誓，"当夜幕来临的时候，巴希拉对卡阿说，"你走得确实很快。"

"因为我饿坏了，而且他们竟然叫我黄虫子！"

寒洞中，猴子们做梦也想不到莫格利的朋友们会知道他们的行踪。他们高高兴兴地将莫格利带进荒城，然后开始手舞足蹈起来。莫格利从来没有见过城市，这是一位国王在很久之前建造的宫殿，虽然这座荒城俨然一堆废墟，但仍然不失昔日的风采，眼前仍旧可以看到通往大门的石道，还有木门上残留的铁环。城墙里长满了树木，各种藤蔓从窗户中探出脑袋，远远望去，这座荒城就好像一座秘密丛林。

山顶上坐落着一座没有屋顶的王宫，宫殿和池塘中铺的石头早已破裂，随处可见花花绿绿的污迹。站在王宫里，你可以看到组成城市的一列列整齐的房屋，远远望去，它们就仿佛密密麻麻的蜂窝一样。在广场上，一块大石头倒在地面上，那本来是一尊雕塑。猴子们无比清高地称眼前的这座宫殿为他们的城市，并且瞧不起居住在丛林里的居民们，认为他们只配居住在丛林中。

可是，这群猴子们永远都不知道这座宫殿的用途以及为什么要修建它。他们只是坐在宫殿里，然后互相捉虱子，同时还要摆出一副人类的模样来。有时，他们在那些没有屋顶的宫殿中上下乱跳，将搜集到的砖块放在一个地方，然后很快就忘了将它们放在了什么地方，于是，他们便为此大打出手。不一会儿，他们又会四处散开，然后在花园中到处玩耍。他们喜欢在花园中猛烈摇晃橘子树，当所有的果子都掉下来的时候，他们就会非常开心。有时，他们会搜遍整个王宫的走廊，还有那些不计其数的暗道、密室，但他们永远不记得自己看过什么，没看过什么。他们就整天三五成群地到处游晃，所有生物都说他们的行为和人类的举动简直一模一样。他们在池塘中取水喝，然后将池塘里的泥土翻腾起来，接着就开始打水仗，打完后，他们又手拉手地欢呼道："我们是丛林中最聪明、最强大、最善良、最勤劳的族群。"等他们玩腻了这座荒城时，便会回到丛林中的树上，继续吸引居民们的注意。

莫格利的生活习惯和猴子们的完全不同，所以他根本不能理解，也非常讨厌猴子们的生活方式。下午的时候，猴子们将他带到了寒洞。经历了这么远的路程，莫格利真是累坏了，本来想要好好休息一会儿，可那帮猴子不仅都不睡觉，反而手舞足蹈、活蹦乱跳起来，他们还欢天喜地地唱了许多傻透了的歌曲。有一只猴子表情激动地发表了一个演讲，他说莫格利的到来意味着猴子迎来了历史性的一刻，他们有了一个新开始，因为聪明的莫格利会教他们怎么编织防寒挡雨的工具。于是，莫格利便捡起几根藤蔓，开始慢慢地编织起来。猴子们纷纷模仿，但不过几分钟，他们就没有耐心了，有的扯弄身边伙伴的尾巴，有的则跳上跳下。

"我的肚子饿坏了，"莫格利说，"我是新到这儿的，你们要是不给我食物吃，那么我就要自己去捕猎了。"

于是，立即有几十只猴子跳了出去，他们准备为莫格利摘野果子。但在半途中，他们就忍不住打闹起来，好不容易才将剩余的一点儿果子带了回来。莫格利看着野果子，心里又气又急，只能一个人在荒城中乱转，同时，他还不断地发出要求捕猎的呼叫声，但没有任何回应，因此，他确信这是一个乱七八糟的地方。"巴卢是对的，"莫格利心想，"这些猴子不仅没有首领，还没有法规。他们有的只是一些小聪明和卑鄙的手段。要是我在这儿被杀死了，也全是我自己咎由自取。可是，我还是要想办法离开这儿，回到丛林中去。没错，巴卢肯定会打我，可那也比待在这里和猴子们一块儿摇晃橘子树好！"

一旦莫格利靠近城墙，猴子们就会马上将他拦住，然后告诉他，他是多么幸福，而且逼迫他表达感恩之情。莫格利只是咬着牙，什么都不说，可最后还是会跟着猴子踏上一个高高的平台。平台的正下方有一个水池，里面盛了大半池子的雨水。平台的正中间有一座乳白色的宫殿，那是国王为王后修建的。一个屋顶堵住了王后宫殿通向平台的道路。周围的墙壁全是用大理石做成的，上面镶嵌着用各种宝石、玛瑙做成的精致浮雕。尽管莫格利既饥饿又疲劳，但每次一听到猴子们的大声欢呼：莫格利是最强壮、最聪明、最温柔、最伟大的人！他一想到自己离开这儿是一个多么愚笨的行为时，就忍不住跟着猴子们大声欢笑起来。

"我们是最伟大的，我们是最了不起的！我们都这么说，所以这就是真理！"猴子们纷纷叫喊道，"因为你刚来不久，并且能将我们的话转述给那些居民们，这样他们就能关注到我们了，因此我们可以将自己最伟大、最优秀的品德全都告诉你！"

猴子们见莫格利并没有表示拒绝，便一下子全都聚集到平台上，开始为猴子唱起赞歌来。一旦有猴子停下来喘气，他们就立即高呼道："没错，这就是真理！大家都这样说！"

当猴子们向莫格利提问时，他只是淡淡地点头，眨了眨眼睛，说声"是的"，他的脑袋都要被吵大了。"塔巴几是不是咬过他们？"他心想，"所有的猴子似乎都发疯了！难道他们都不用休息吗？一朵云飘过来了，要是它能再大一些就好了，我便能趁它挡住月亮的时候逃走，可是，我真的是累坏了。"

刚刚到达荒城的巴希拉和卡阿也正抬头望着这片云朵，他们深知猴子们数量多、力量大，因此他们不敢轻举妄动。猴子在没有伙伴的时候是不会进行战斗的，所以，丛林中几乎没有动物敢轻视他们的力量。

"我去西墙，"卡阿小声说，"然后从那条有利于我行动的斜坡处滑进去。那些猴子肯定不会一下子全都扑过来，可是……"

"我明白，"巴希拉说，"如果巴卢也在这里就更好了，可是，我们只能尽力而为了。当云朵遮挡住月亮的时候，我便跳到平台上。那帮猴子正坐在那里开会，商讨着有关莫格利的事情。"

"捕猎顺利！"说完，卡阿便向西墙爬去。不料，西墙正好是受损情况最严重的，卡阿找了好久才发现安全的道路。这时，云朵遮挡住了月亮，就在莫格利在心里想接下来会发生的事情时，他听见巴希拉的脚落到平台上发出的声音。巴希拉轻盈地跳落在地面上，接着胡乱地在猴群之间冲撞起来——他可没有时间去抓咬这些猴子。莫格利正坐在猴子们围成的圆圈之中，这个圆圈里里外外大约有五十层。伴随着一阵惊恐的号叫，巴希拉踩着猴子们的身体快速地奔跑着。突然，一只猴子尖叫道："快杀了他，只有他一个！"于是，所有的猴子便开始乱扯乱抓起来，不久，他们便将巴希拉围起来了。同时，有几只猴子连忙抓住莫格利，将他推进了一个洞中。如果莫格利是在人类的世界中长大的，那他一定会被摔得粉身碎骨，因为这个洞至少有十五米深。可由于莫格利是按照巴卢教导的方法落地的,所以他并没有受到伤害。

"老老实实地待在这儿!"猴子在洞口嚣张地叫喊道,"等杀死了你的那些坏朋友之后,我们再一块儿玩耍——不过,要是你到时候还活着的话。"

"我们是亲人。"莫格利小声喊道,因为他听到周围发出了一阵"咝咝"声,接着,他又叫了一次,蛇群的叫声更加欢快了。

"所有兄弟将头抬起来!"几个声音小声说道(原来这是一座印度王宫,而每一座印度的荒城最终都将成为蛇的地盘,这个洞正是眼镜蛇的窝),"好好站着,不要动,不然你的脚会伤到我们的,兄弟。"

莫格利尽量保持冷静地站在那儿,他能听到外面的吼叫声——猴子们的叫喊、厮杀声,还有巴希拉的咳嗽声,因为那些可恶的猴子们全都压在了巴希拉的身体上,除了冲、撞,他别无他法。这恐怕是巴希拉长这么大以来第一次如此拼命地厮杀了。

"巴卢绝对也在附近,巴希拉是不会单独行动的!"莫格利一边想着一边冲外面大声喊道,"快去旁边的水池,巴希拉,快冲过去。"

外面的巴希拉听到了,这就意味着莫格利还是安全的,顿时,他便充满了信心和勇气,他奋力杀出了一条血路,直直地遁向池塘。这时,城墙边响起了巴卢的吼叫声,尽管他已经全力以赴了,但还是没有追赶上巴希拉和卡阿。"等着我,我马上就来了,你们这些卑鄙的猴子们!"他刚刚踏上平台，就被猴子们给包围了。只见他一屁股坐到地面上，然后伸开双臂，尽力将猴子们揽入怀中，接着便开始猛烈地厮打起来。然后又传来一阵"哗啦"声，这说明巴希拉已经跳进了池塘中，猴子们不能再继续跟着巴希拉了。

巴希拉刚刚露出水面，就看到猴群站在台阶上，他们一个个气得吹胡子瞪眼，一旦巴希拉要出来帮助巴卢，他们就准备扑过去。这时，巴希拉抬起头，无助地发出了一声蛇的暗语"我们是亲人"，因为他猜想卡阿在这个时候已经做了逃兵。而巴卢在平台上尽管遭受到猴群的攻击，但当他听到巴希拉发出的呼叫时，还是不由得笑出声来。

卡阿这时才爬上西墙，当他落地的时候，无意间将一块石头撞进了城墙里面，这让他失去了地势上的优势。面对这样的状况，他只得反复伸展自己的身子，以保证身子能灵活弯曲，他就要展开行动了。而就在这段时间里，巴卢继续和猴子们纠缠；而另一群猴子则围着池塘对着巴希拉吼叫；蝙蝠们在天空中鸣叫，他们将战事传播到了丛林里的每一个角落；野象哈蒂得知此事后，愤怒地发出了一阵喇叭似的声音；在遥远的地方，一群群零零星星的猴子听到了消息，连忙朝着这边赶来，他们想要援助寒洞中的伙伴们。这次的厮杀惊天动地，连遥远的鸟儿都受到了影响。

这时，卡阿风驰电掣般地朝着这边杀来，他急迫地想要展开一场激烈的厮杀。这条蟒蛇的强大战斗力足以令你瞠目结舌，他的力气以及惊人的重量，还有用来支配身体的冷静头脑，所以你能大致想象到卡阿的战斗力吧，要是有一条四米长的大蛇击中人类的前胸，那这个人马上就会翻倒在地，但卡阿足足有三十多米长，他一下子就不动声色地击中那群猴子的前胸，然后再也不用打第二次了。猴子瞬间慌乱了，他们惊恐地叫道："是卡阿！快跑，快跑啊……"然后纷纷逃走。

不知过了多少年，也不知过了多少代，猴群只要一听见卡阿的故事，立即就会老实起来。卡阿在树丛间滑来滑去，悄无声息，他甚至能战胜猴群中最强壮的猴子们。卡阿还有一个本领，就是将自己伪装成树枝或是树桩，他的伪装是那样真实，连最聪明的猴子也察觉不到，然后不知不觉地就被这些"树枝"给捉住了。卡阿是猴子们恐惧的来源，没有哪只猴子敢正眼看他，更没有哪只猴子能逃离他的怀抱，因此，现在他们一个个吓得惊慌失色，纷纷向着屋顶跑去。而巴卢总算可以松一口气了，他的长皮毛在这次搏斗中可算是吃了大亏。此时，一旁的卡阿这才开口发出了一阵"咝咝"声，这声音令刚刚赶来救援的猴子们吓得半死，纷纷待在原地不敢动弹。

整个王宫的猴子都安静下来，在这片寂静之中，莫格利听到巴希拉从池塘中爬起来的声音，他还用力抖了抖身上的水。过了一会儿，又一阵呼喊声爆发了：有的猴子爬上高处，有的猴子紧紧抱住雕塑，而有的猴子则尖叫着到处乱蹦。莫格利在洞里高兴极了，他欢快地发出猫头鹰似的叫喊声，以表达对猴子们的鄙视和嘲讽。

"我们没有办法了，赶快把莫格利救出来吧。"巴希拉无力地说道，"我们得快一点儿，不然那帮猴子又要发动进攻了。"

"不用担心,除非我下达命令,不然他们是不敢再动一下的。"卡阿自信地说,王宫又一次安静下来。"很抱歉,我没有和你们一起赶来,但我听到了你的求救声。"巴卢对巴希拉说。

"那是,那是我在打斗中喊的。"巴希拉说,"你受伤了吗?"

"我不确定他们是不是将我撕成了上百只小熊,"巴卢开玩笑地说,"疼死我了。卡阿,谢谢你,我想,是你救了我和巴希拉的命。"

"这没有什么。你们的人崽子在哪儿?"

"我在这里,在这个洞里面,可是我出不去。"莫格利喊道。

"快带他走,他这样活蹦乱跳,会踩死我们的。"眼镜蛇说。

"这个人崽子,可真有本事,到处都能交上朋友。好了,你们都让开,还有眼镜蛇,你们也让开,我想打倒这面墙。"卡阿说。

经过一番观察,卡阿发现墙面上有一处裂缝,这就是突破口了。卡阿点了点头,量好距离后,将身子立起来,用头使劲地往墙上撞了几下。接着尘土飞扬,墙面倒塌,莫格利跳了出来,终于和巴卢、巴希拉重新团聚了,他来到巴卢和巴希拉中间,一只手搂一个脖子。

"没有受伤吧?"巴卢轻轻地说。

"我又累又饿,但没受伤。兄弟们啊,你们受伤了,还流了血。"

"他们也没好到哪里去。"巴希拉看着满地的死猴子说道。

"这不算什么,只要你没事儿就行!"巴卢哽咽道。

"关于这件事,我们以后可以好好评论一番。"巴希拉冷冷地说,这种口气令莫格利感到十分难受,"这是卡阿,正是因为他,我们才会取得胜利。所以我们好好感谢一下他吧,莫格利。"

莫格利转身看见一个大脑袋在半空中晃来晃去。

"原来你就是莫格利。"卡阿说,"你和猴子还真有些相像,小心了莫格利,我刚换了新衣服,可能会在某个傍晚错将你当成了猴子。"

"我们都是亲人,"莫格利说,"我的命是你救的,如果你感到饿了,那我的猎物就是你的,卡阿。"

"非常谢谢你,兄弟。"卡阿说,他的眼睛中竟泛着一丝泪光,"不过这样一个冒冒失失的孩子,到底能抓到什么猎物?我可要看看。"

"我当然不能捕猎,因为还小,但是我能将猎物赶到能杀死他的兄弟那里去。你要是饿了就找我吧,看看我的本事。"莫格利伸出双手继续说,"这双手还有一个本事,就是当你们掉进陷阱的时候,我便能还了你们,还有巴卢和巴希拉的情。捕猎顺利,我的老师们。"

"非常好。"巴卢叫喊起来,因为所有的感情都被莫格利表达得非常到位。卡阿将头放在莫格利的肩膀上靠了一会儿,然后说:"有胆量,又会讲话。巴希拉会带着你离开这儿的,现在快离开,好好休息,因为月亮要下去了,一会儿发生的事情我相信你们是不想看见的。"

月亮就要下山了,所有的猴子都挤在城墙上,他们一个个不停地哆嗦着。巴卢到池塘边喝了一些水,巴希拉则梳理了一下皮毛,卡阿来到平台中间,突然,他合拢了嘴巴,这一举动吓坏了猴子们。

"月亮下山了,"卡阿说,"你们还可以看得见吗?"

城墙上发出细微的声音:"是的,我们可以看见,尊敬的卡阿。"

"好,那我开始跳舞了,卡阿的饥饿之舞,坐着好好看啊。"

卡阿先是左右摇摆了一下自己的脑袋,接着将身子摆成一个圆圈以及8字形,然后又摆成了三角形、四边形,随后弯变成一个圆盘。他没有半点儿疲惫,也没有丝毫慌乱,只是一直哼唱着那低沉的歌曲,最后,竟然看不到那不断变化形态的身体了,但仍然能听见蛇皮在地面上摩擦时发出的"咝咝"声。

巴希拉和巴卢在一旁站着,一动不动,他们从喉咙中发出一声声低沉的吼叫,身上的皮毛全都立了起来,莫格利惊讶地望着他们。

"猴子们,"卡阿开始说话了,"要是没有我的命令,你们能动弹吗?快回答我。"

"如果没有你的命令,我们是绝不会动弹的,尊敬的卡阿。"

"那好,都向着我走近一步。"

猴子们全体向前移动,连巴卢和巴希拉也都朝前走了一步。

"再近一些。"卡阿话音刚落,大家又挪动了一下。莫格利赶紧抓住了巴卢和巴希拉,这两个猛兽猛地一抖,好像做了一场噩梦似的。

"快抓住我,"巴希拉低声说,"不然我们又要去卡阿那儿了。"

"卡阿只是画了几个圈圈而已,"莫格利好奇地说,"不过,我们快离开这儿吧。"于是,三个影子从城墙的裂缝中溜走了。

"啊!"巴卢站在大树下说,"以后我都不想再和卡阿结盟。"他抖了抖身上的木屑。

"他懂得很多,"巴希拉颤抖道,"要是我们继续待在那里,现在可能已经是他嘴巴里的美食了。"

"在月亮再次上升的时候,"巴卢说,"会有更多的野兽经过那里,到时候,他又可以美美地吃一顿了——用他的方式来捕猎。"

"这意味着什么呢?"莫格利说,因为他完全不能理解卡阿的魔力,"我看见他只是在地上转圈圈,一直转到了天黑的时候,而且他的大鼻子还破了,哈哈……"

"莫格利!"巴希拉生气地说,"他的鼻子之所以会破,还不是因为你!而我的身子、爪子、皮毛,还有巴卢的肩膀、脖子,也全是因为你才受伤的!一连好几天,我们都不能好好地打猎了。"

"这不算什么,"巴卢心疼地说,"只要人崽子能回来就好。"

"这没错,可是我们为了救他而付出了沉重的代价!本来是可以开开心心地捕猎的!现在我们不仅身受重伤,最重要的是我们的面子全都丢光了。莫格利,你给我记住,我们被迫乞求了卡阿的保护,后来又被卡阿的舞蹈弄得晕头转向的。莫格利,这一切都是因为你,因为你贪玩,和猴子们一起玩耍,知道吗?"

"你说的没错,完全正确。"莫格利低下头说,"我是坏人,我后悔透了,我很伤心。"

"巴卢,法规上是如何说的?"

巴卢一时不知如何是好,他既不想伤害莫格利,又不能无视法规,最后,他只能低声说:"即使悲伤,也不能不处罚。巴希拉,他还小。"

"我知道,但他做了错事,所以必须要挨打!莫格利,你觉得呢?"

"是的,我应该接受惩罚,你们都受伤了,我该打。"

巴希拉不痛不痒地打了几下,这对于一只野兽来说完全不能惊醒一只熟睡的幼崽,可对莫格利这样一个只有七岁的小孩子来讲,却是非常厉害的。挨完打,莫格利只是默默地站起来,轻轻地咳嗽一声,然后一句话也不说。

"小兄弟,"巴希拉说,"爬到我背上来,我们一起回家。"

法规有这样一个特点,就是受完惩罚后,所有的事情就一笔勾销,谁都不会再提起。莫格利舒舒服服地躺在巴希拉的背部,不久便进入了梦乡。他一直熟睡着,直到回到狼妈妈的身边时,都还没有醒过来。

Chapter 03 | 第三章

老虎！老虎！

英勇的猎手啊，你打猎顺利吗？

兄弟啊，你经过了长久而寒冷的等待。

你的猎物究竟在什么地方？

兄弟啊，你的猎物正静静地徘徊在这丛林中。

你那令人叹服的力量去了哪儿？

兄弟啊，它正慢慢地从我的腰间退去。

你如此匆忙，是要去哪儿呢？

兄弟啊，我要回到我的窝中——我要死在那儿！

现在，我们要接着第一个故事讲下去了。莫格利在狼群的会议场上与大家大战一场之后，便离开了狼群。他慢慢走下山，来到了村民们的耕地边。可是，他并没有在那里过久地停留，因为这儿离丛林还是非常近的。他的内心非常明白，这次的搏斗，让他结下了不少仇怨，因此，他便顺着崎岖不平的山路一直跑，这一口气竟跑了二十多英里，终于，他到达了一个陌生的地区。他轻轻地走出山谷，眼前一下子豁然开朗。这是一片广阔的平原，地表被几条沟壑分割成了几块区域，岩石零零星星点缀其间。平原的一边分布着一个小小的村庄，而另一边则是葱郁的丛林。放眼望去，在丛林消失的地方有一个牧场，牧场旁的地方光溜溜的，仿佛被农民用锄头处理过一般。在广阔的平原上，随处可见正在吃草的牛群。当放牛的孩子们看到莫格利时，全都尖叫着跑开了。这时，有几只黄色的流浪狗看到了莫格利，他们冲着莫格利大声吠叫。在印度，到处都可以看见这种无人喂养的野狗。莫格利饿坏了，他摸着肚子往前方走去。当他来到村庄的大门前时，看见门口的荆棘已经被移到了一边，那是晚上用来堵住大门的。

"哼……"莫格利自言自语地说，原来莫格利之前在夜间出来捕猎的时候，曾好几次遇到过这样的障碍物，"看来所有人类都是害怕丛林里的野兽的！"说着，莫格利感到有些累了，便在大门边坐了下来。过了一会儿，大门里走出一个男子，莫格利赶紧站起来，用手使劲拍了拍嘴巴，表示他想吃点儿东西。男子一见莫格利就立刻惊呆了，他连忙转身跑进村庄喊来了村子里最具威望的祭司。这个祭司长得高高瘦瘦的，穿着一件长长的衣服，带着上百个人向着莫格利走来。所有人都目不转睛地盯着莫格利，有的人交头接耳地议论着，有的人则对着莫格利指指点点，他们叫嚷着，不时发出一阵惊叹声。

"人类还真是没有规矩，一点儿礼貌都没有。"莫格利默默地说，"我看只有猴子们才会这么做，像他们一样没有

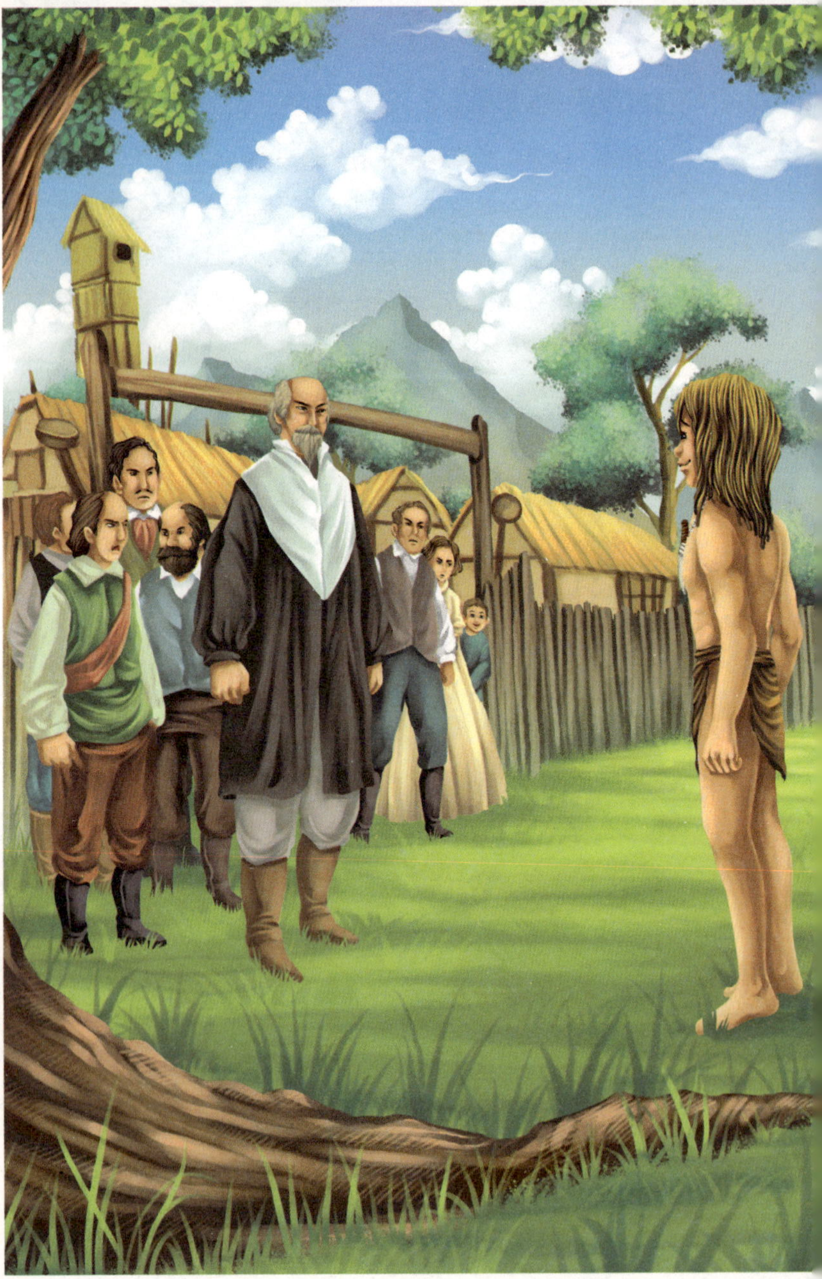

礼貌。"于是，莫格利不满地将头发弄到后面，朝他们皱起了眉头。

"这没有什么可怕的！"祭司淡淡地说，"你们好好看看他的胳膊，还有腿，到处都是伤疤，这些都是被狼咬的。我敢肯定，他只是一个刚刚从丛林中逃出来的孩子。"

当然，说到莫格利身上的伤疤，那是狼群在和他玩耍的时候，不小心咬得重了一点儿，这才造成莫格利身上到处都是伤疤。可对于莫格利来说，狼群的咬并不是真正的咬，因为他明白什么才叫野兽的咬。

"啊，天啊！"几个妇女突然一起喊道，"真是一个可怜的孩子，他竟然被狼给咬了。他是一个漂亮的孩子，你看他的眼睛，就好像熊熊燃烧的烈火一样。我敢以我的荣誉发誓，莫苏阿，你仔细看看，他是不是和你丢失的那个孩子长得很像，就是那个被老虎叼走的孩子！"

"我仔细看看！"一个妇女走了出来，她的胳膊和脚踝上戴满了各种沉重的铜环。她伸出一只手，轻轻地搭在莫格利的头上，然后开始仔细地打量起莫格利来，"没错，有点儿像。只是这个孩子太瘦了，但模样倒是非常相像，简直是一模一样的！"

祭司是个非常聪明的人，他明白莫苏阿的家族在整个村庄中是有名的大富豪。因此，他微微抬起脑袋，然后严肃地说："莫苏阿，从前被丛林夺走的，现在总算是还回来了。我亲爱的姐妹啊，请带走这个可怜的孩子吧，最后不要忘了向祭司致敬，因为祭司能看清人的命运。"

"我用曾经赎买我的那头公牛发誓，"莫格利喃喃地说，"看看这些人，就仿佛我又一次接受了别人的审查，就像以前被狼群接纳时举行的仪式一般。既然我是一个人，那么我要变成一个真正的人！"

人群渐渐散开了，莫苏阿对莫格利招了招手，然后将他领进了一个茅草屋中。屋中放着一个红漆的铁床，靠着墙壁的地方还摆着一个用来储存粮食的陶制柜子，柜子的表面印刻着各种漂亮而奇异的花纹。柜子旁的桌子上放着六个铜制的大锅，另一边的壁橱中还放着一尊受当地人敬仰的印度神像，旁边的墙上挂着一面干净的镜子。所有的这些物品都能在村庄的集市上购买到。

莫苏阿先递给莫格利很多热牛奶，然后又给了他一块大面包，接着，她便用一只手轻轻地抚摸莫格利的头，注视着这个饿坏了的孩子。她想："或许这个孩子就是自己当年丢失的那个，当时他被老虎给偷走了，过了这么多年以后，他自己又回来了。"于是，她对莫格利说："纳苏，噢，纳苏！"可是莫格利只是望着莫苏阿，对这个名字没有做出任何反应。"你忘记了吗？那天，我亲手为你穿上了一双新鞋子！"她弯下腰摸了摸莫格利的双脚，那是一双满是老茧的脚，好像牛角一般坚硬。"不是的！"莫苏阿悲痛地说，"这是一双没有穿过鞋子的脚，可是你和我的孩子纳苏长得一模一样，那你就当我的儿子好吗？"

待在茅屋里让莫格利感到非常不安，因为他从来没有在带屋顶的房子中逗留过。他环顾了一眼茅屋，心里想着要是哪个时候他想离开了，随时都能掀开这个用茅草修建的屋子，而四周的窗户也并没有安窗户栓。莫格利在内心想道：

"要是我不能明白人类的语言,那么就不算是做人了!现在,我听不懂他们说的话,是个愚笨的哑巴,因此,我必须要学会使用他们的语言才行。"

莫格利以前在丛林中生活时,经常在巴卢的教导下学习各种动物的叫声,比如野鹿在搏斗时发出的嘶鸣声、野猪吃食的哼叫声……他学习这些绝不是为了好玩。因此,当莫苏阿每说出一个词语时,他都能轻而易举地模仿出来,而且能保证原音不变。因此在那天天黑之前,莫格利已经大致学会了屋子中陈列的物品的读音。

等到要睡觉的时候,莫格利却又碰到了一个新问题——在莫格利的印象中,眼前的这个茅屋像极了关野兽的陷阱,要是在这种地方睡觉,他一定会难受死的。所以,当莫苏阿关上房门的时候,莫格利便一溜烟地从没有上窗栓的窗子中逃了出去。

"你就让他去吧,"莫苏阿的丈夫拦住了正要追出去的莫苏阿说,"你要知道,他以前都没有在床上睡过觉。要是他的出现确实是来代替我们失去的孩子的,那么他就不会离开我们。"

莫格利走到耕地旁,将自己的身体舒舒服服地伸展在整洁且散发着清香的草地中,就在他要合上眼睛的时候,一个软绵绵的鼻子触碰了一下他的下巴。

"嘿!"灰哥(灰哥是狼妈妈的大孩子)说,"小兄弟,我一路跟着你跑了二十多英里路,可是这样的回报真是太不好了!我刚刚闻到了你身上散发出来的柴火味,还有耕牛的气息,这已经让你非常像人类了。快清醒一下,我为你带来了一些消息。"

"丛林中的伙伴都还好吗?"莫格利抱了抱灰哥,忧心忡忡地说。

"是的,大家都安然无恙,除了那些被红花烧到的狼以外。另外,希尔汗严重烧伤了,所以逃到了很远的地方疗伤,他说要等到皮毛长好后才会回来,还说一回来就要杀你,把你的骨头取出来扔到荒野中。"

"我也说过这样的话,我们都保证过。但这总算是个好消息,对吧?我今天太累了——人类的那些东西累坏了我。灰哥,丛林中一有什么消息,一定记得告诉我。"

"你会不会忘记自己是一匹狼?"灰哥担心地说,"和人类待在一起,不会让你忘记自己是一匹狼吧?"

"灰哥,我永远不会忘记的。我时常记起你们,还会想起我深爱着你,深爱着我的全家。但同时,我也经常想起被狼群驱赶的事实。"

"人类同样也有可能会驱赶你的,"灰哥说,"他们毕竟是人类啊,兄弟,他们说话时的样子就仿佛池塘中的那些青蛙一样。下次我就在那边的竹林中等你吧,就在牧场边。记住了!"

从这以后,莫格利便一直在村庄中待了三个月,在这段期间里,他一步都没有离开过村子。每天,莫格利都要忙于学习各种人类的语言、风俗和习惯。他要学习的第一点就是在自己的身体上裹上一块大布,这块大布让他感到十分难受。然后,他又学习如何使用大小不同的钱币,但是他完全不能理解为什么要这么做。在学习劳作、耕地时,莫格利对

这些举动也毫无概念。在村庄里，经常有调皮的孩子惹得莫格利火冒三丈，然而他在丛林中学到的控制情绪的能力却帮了他大忙，因为要想在丛林中保住性命，并且得到食物，就一定要学会控制自己的怒火。村庄中的那些小孩子们经常嘲笑莫格利太笨，因为他既不会放风筝，又不会玩游戏，有时，他们还嘲笑莫格利不会说话，发音总是怪里怪气的。对于莫格利来说，如果不是因为杀人崽是一件不光彩的事，恐怕他早已将这些坏孩子撕成碎片了。

莫格利对自己的力量没有什么概念，因为在丛林中，他知道自己是很弱小的，但在村庄中，所有人都说他的力气比公牛还大。

莫格利也完全不能理解人类之间的等级区别。一次，当陶器匠的驴子不小心掉进泥坑中时，莫格利赶紧去帮他把驴子拉出泥坑。当陶器匠告诉他自己准备将做好的陶器放在驴子上拖到集市上去时，莫格利又帮他将所有的陶器都搬到了驴身上。听说这件事的人没有哪一个不惊讶的，他们说因为陶器匠是最低等的人，因此他的驴子也是最低等的。祭司得知此事后，狠狠地指责了莫格利。莫格利不能理解，还说要把祭司也搬到驴身上。于是，祭司就对莫苏阿的丈夫说要让莫格利尽早开始干活。村庄里负责干活的工头找到莫格利，让他第二天去看管水牛。这件差事可把莫格利乐坏了。由于莫格利被分配了任务，因此他也成为了村庄里的工人，依照村庄的习俗，他参加了当晚工人们的聚会——每天，当工人们干完活，就会在晚上聚在一起。他们坐在一棵大树下的石块上，所有的工人、巡逻人、理发师（理发师知道村庄里各种流言蜚语），还有村庄中的老猎人布尔迪欧（这个老猎人有一支大步枪），所有人都抽着烟聚在一起。树上有几只猴子不停地叽叽喳喳着，而大石头下面则居住着一条巨大的眼镜蛇，人们说他是一条神蛇，每天都会给他喂一杯鲜牛奶。他们经常会坐在大树下闲聊，一直聊到半夜。他们谈论各种有关人类和灵魂的稀奇事。而布尔迪欧的话更是让人瞠目结舌，他经常讲有关丛林中野兽们的故事，这些故事常常使得坐在周围的小孩子们听得瞪大眼睛。故事大部分和野兽有关，因为他们的村庄就在丛林周围，时常有各种野兽半夜出来刨弄耕地，而就在大家的可视范围内，曾经就发生过老虎偷走孩子的事。

对于发生在丛林中的故事，莫格利当然知道得清清楚楚。每当这个时候，他都要将手臂挡住脸，这样才能防止别人发现他在偷笑。看着布尔迪欧装神弄鬼的样子，莫格利忍不住笑得双肩颤抖。

布尔迪欧神秘地说，是鬼魂附体的老虎偷走了莫苏阿的儿子，因为有一个德行败坏的老鬼魂依附在了老虎的身上，那个老鬼魂已经死了很多年了，生前是投放高利贷的，他的名字叫布朗达斯。"我说的都是事实啊！"布尔迪欧严肃地说，"在一次动乱中，这个布朗达斯挨了打，而且还被烧了账本。从那次动乱之后，他就瘸了一条腿。而那只偷走孩子的老虎也是个瘸子，因为他的两个脚印不一样。"

"没错，这是真的，是真的！"一旁的老人们纷纷点头附和道。

"简直是胡说八道！"莫格利忍不住了，他大声说道，

"你们说的那只老虎一生下来就是瘸腿,所有人都知道这件事。根本就没有什么鬼魂附体的事情,你们说的话真是太可笑了!"

面对莫格利的这番言论,布尔迪欧一时不知所措,他瞪大了眼睛,只是直勾勾地盯着莫格利。

"啊,就是你吗?那个从丛林中逃出来的小子!"过了半天,布尔迪欧才缓缓说道,"你既然什么都知道,那就杀了那只老虎,将它的皮拿去领赏,政府正在悬赏,谁要是杀了那只老虎,就能获得一百卢比!可是,当长辈们在说话的时候,你这个小子还是不要说话的好!"

莫格利没有立即回答,他只是站起来准备离开。过了一会儿,他才转身说:"我听你们说了整整一个晚上,可是,布尔迪欧讲的那些关于丛林的事情,除了几句是实话以外,其他的全都是假的,所以,我并不能相信那些他见过的有关鬼神的传说。"

"以后,他必须整天放牛去。"工头生气地说。布尔迪欧望着莫格利的背影,抽了一口烟,然后又哼了一声,表示对莫格利的行为很不满。

大部分印度村庄都有这样一个习俗:在清晨的时候,让男孩子带着耕牛去吃青草,到了晚上再将他们带回村子。这群牛有着非常大的力量,他们能活活将人给踩死,可那些身材还不到牛鼻子高的小家伙们却敢对着这些耕牛又打又骂、大声嚷嚷。男孩们只要能和牛群们待在一起,就会非常安全,因为就算是老虎也不愿意攻击牛群。而一旦这些孩子们离开了牛群,去附近的地方玩耍、摘花,就很有可能被野兽偷走。

在天还没有亮的时候,莫格利坐在了大公牛拉马的背上。他是牛群中最大的公牛,所有青灰色的公牛都跟着拉马走出了牛棚,他们一个个都长着长长的犄角、凶狠的眼睛。莫格利带着牛群走过了村庄的大道。随后,莫格利对和他一起放牛的男孩子们说,他就是这里的头,是首领。他手拿一根细长的枝条赶着水牛,然后又吩咐一个名叫卡姆垭的小男孩,让他带领其他男孩子去看管黄牛,他还特地嘱咐他们一定不能离开牛群。莫格利自己则看管水牛。

这一带的牧场上随处可见石块、树木、青草,还有深邃的沟壑,牛群一散开,就不见踪影了。水牛一般喜欢待在池塘中,或是泥泞的小河里,他们会在泥水中泡着,然后舒舒服服地晒上好几个小时的太阳。莫格利将牛群赶至平原的边缘地方,随后,他从拉马的背上跳下来,然后在竹林中找到了灰哥。"嘿!"灰哥说,"我已经等你好几天了,你为什么要放牛?"

"这是他们的命令,"莫格利说,"我只是暂时为他们放牛而已。对了,有没有希尔汗的消息?"

"是的,希尔汗在前不久已经回来了,他等了你很长时间。那儿没有什么猎物,所以他又离开了。我知道,他一直想要杀了你。"

"好的,"莫格利说,"当希尔汗不在的时候,你或者是其他三个兄弟,只要站在那边的岩石上,我就能从村庄里看到你们,这样,我就知道他离开了。要是希尔汗回来了,你们就去那棵长在平原中间的大树下等我。这样,我们就可以不用自投罗网了。"

随后,莫格利又找到了一个十分阴凉的地方,躺下去没多久便睡着了,这时,水牛就乖乖地在一旁吃草。这个世界上,在印度放牛是最轻松的事情。比如说放黄牛,他们通常是边走边吃,然后躺下来休息好一阵子,接着又继续向前走,他们不会发出很大的动静,只是哼叫几声。而放水牛,就更加轻松了,放牛的孩子可以完全不用呼唤,这些水牛就自己一个接一个地钻进池塘中,只留下一个鼻子和一双圆圆的眼睛在水面上,仿佛漂浮在水中的木头一般。在放牛孩子们的头顶处,那高得几乎看不清东西的地方,有一只苍鹰(他们永远只能看到一只)发出了一阵长啸。孩子们知道,要是他们死去了,或是有一头牛死了,那苍鹰就会快速冲过来。一旦这只苍鹰飞过来,在附近的另外一只也会迅速过来,接着,又会飞来一只苍鹰,还没等他们或是牛完全断气,又不知道从哪里飞来无数只饿坏了的苍鹰。

这些放牛的孩子们整天就是醒了睡,睡了醒。他们还喜欢拿干草编织篮子,然后捉几只蚂蚱或是螳螂放进去,看他们在里面打斗;有的时候,他们又会在丛林中捡几颗颜色各异的坚果,然后把它们做成项链;要么就是盯着蜥蜴,看他们舒服地趴在岩石上享受阳光;要么就是观察蛇是怎么捕捉青蛙的,等等。随后,他们就开始唱歌,在结尾的时候,发出一声当地村民特有的颤音。他们的一天是很长的,好像比别人的一辈子都要漫长。有的时候,他们还会做手工活:捏城堡、泥人、牛马,他们将芦苇秆放进泥人的手中,然后假装自己是国王,而那些泥人则是军队,要么就假装自己是很受人崇拜的神仙。傍晚时分，孩子们就大声呼唤，牛群便慢慢聚拢过来，发出枪声一般的响声，然后和孩子们整齐地穿过平原，回到村庄中。

时间就这样一天天过去了，莫格利照例赶着水牛去池塘中。他每天都能看见坐在岩石上的兄弟们的背影（这就意味着希尔汗还没有回来）。许多天过去了，莫格利每天都把耳朵紧贴着地面，倾听四周的动静，这让他回忆起在丛林里的生活。在所有安静而又漫长的时间里，只要希尔汗来到附近，只要他踏出了一步，都会被莫格利发觉。

这一天总算来了，莫格利没有在岩石上发现狼兄弟。他淡淡一笑，赶去了大树下的小溪边，只见灰哥蹲坐在那儿，全身的毛都竖立起来。

"希尔汗为了让你放松警惕，他可是躲了一个月才出来的。昨晚，他和塔巴几一起闻着你的脚步找到了这儿，他们的速度非常迅疾。"灰哥仍没有缓过劲。

莫格利面露不快地说："我倒不害怕希尔汗，可塔巴几太狡猾。"

"不用担心，"灰哥舔了舔嘴巴，继续说，"早上我碰到塔巴几了，当时他正在对苍鹰吹嘘自己有多么明智、多么聪明，可是，就在我结束他的性命之前，他告诉了我所有的事情。他说今天晚上，希尔汗准备在村庄门口等你，现在，他正在一条深沟里休息呢。"

"他今天吃过食物了吗？"莫格利问，这对他来说非常重要。

"在黎明的时候，他吃了一头猪，还喝下许多水。他从来不会亏待自己,让自己少吃一口的。"

"这个愚蠢的东西,吃饱喝足,难道他还想睡个好觉不成?他现在躺在哪儿?我们只要在他熟睡的时候,叫上十几个兄弟,就能轻而易举地杀死他。水牛们在嗅到老虎的气息时,就会冲过去,但我不懂牛的言语。如果我们跟随希尔汗的脚步找过去,你说牛群能闻到他的气息吗?"

"希尔汗在河中游了很久,已经闻不到他的气息了。"灰哥说道。

"我明白,肯定是塔巴几告诉他这么做的,因为他自己绝想不出这个办法。"莫格利若有所思地说,"你说的那条大沟离这儿很近。我可以带着牛群绕过丛林,然后在高处扑过去。可要是希尔汗向另一个方向逃走了怎么办呢,所以我们还要想办法堵住另一边,兄弟,你有办法将牛群分成两个群体吗?"

"我可没那本事!但我为你找了一个好帮手!"灰哥说完便转身钻进了一个洞中。随后,一个再熟悉不过的脑袋探出洞口,这时,燥热的空气中顿时响起了一声凶猛的长啸——狼在捕猎时发出的声音。

"阿克拉,亲爱的阿克拉!"莫格利激动地说,"我就知道,你是不会忘记我的!我们现在有非常重要的任务:将水牛分成两群。阿克拉,请将母牛和幼崽分在一块儿,再将公牛和耕牛分到一块儿。"

于是,两只狼仿佛跳舞一般地在牛群中跑开了。很快,这些水牛就被分成了两小群:所有的母牛将幼崽围在中间,她们全都瞪着眼睛,做好了只要狼敢上前一步就冲过去踩死他的准备；成年的公牛和耕牛愤怒的模样更是可怕，但他们因为不用保护幼崽，所以反而没有母牛那么好斗。哪怕是有六个强壮的成年男子，也不可能在这么短的时间里就将牛群分开。

"还有什么命令？"阿克拉喘着粗气说，"牛群又想跑到一起了。"

莫格利赶紧爬上拉马的背，然后对阿克拉说："你负责带领公牛去左边，灰哥，你等我们离开后，将母牛赶到深沟的出口处。"

"赶到深沟多远的地方呢？"灰哥非常急切地说。

"直到希尔汗不能跳上深沟两旁的地方为止。"莫格利说，"让母牛们都守在那边，然后等我们过来。"

在阿克拉的一声吼叫下，所有公牛都狂奔起来。灰哥停在了母牛面前。她们凶猛地朝着灰哥发动进攻，灰哥赶紧在不远不近的地方开始奔跑，将母牛引向了深沟的出口处。这时，阿克拉带领公牛奔向了左边。

"棒极了！让所有的公牛都奔跑起来吧！当心，没问题了，阿克拉，当心，要是扑得再猛烈一点儿，这群牛就可以冲了。噢！这可比驱赶野鹿有趣得多。阿克拉，你肯定没有想过这些家伙这么能跑吧？"

"没错，我在年轻的时候也捕杀过他们。"阿克拉气喘吁吁地说，"是让他们去丛林中吗？"

"是的，可以让他们转弯了。噢，我的拉马很生气，可是没有办法，要是我能让他知道今天究竟要做什么该多好呀。"

这时，牛群闯进了一丛灌木林中。不远处，一群孩子正在看管黄牛，他们见到这样的情形，便一面叫着"水牛发疯了"，一面向村庄跑去。

莫格利的攻击计划其实非常简单，他设想先上山，然后到深沟上面，接着将牛群赶到深沟中，等母牛也到达了，便将希尔汗夹在公牛与母牛中间。莫格利深知，吃饱了的希尔汗是不适合打斗的，而且因为身体沉重，他也没有办法攀爬深沟的两侧。这时，莫格利发出了一阵温柔的声音，试图安抚一下这些疯狂的水牛，而阿克拉则跟在牛群后面，只是不时地轻叫几声。他俩不想这么早就将牛群赶到深沟附近，因为这样很容易惊动希尔汗，所以他们特地绕了一个大圈子。终于，莫格利将所有的公牛都驱赶到了一片通往深沟的草地中。站在草地上，可以很清楚地看到深沟，但莫格利却聚精会神地盯着深沟的两侧。过了一会儿，他的脸上浮现出满意的笑容，因为深沟两侧长满了藤类植物，这非常有利于莫格利，因为希尔汗根本不可能在这里找到能落脚的地方，因此他绝不可能从两侧逃走。

"让牛群们好好休息一下吧，阿克拉。"莫格利说，"他们还没有嗅到老虎的气息，让他们休息一会儿。现在，我必须要告诉那个希尔汗，告诉他是谁来看他了！"莫格利在说这话的时候，将双手放在了嘴边，做出一个大声喊叫的姿势，那声音在深沟里回荡开来。

过了很久，深沟里才传出一声长长的老虎的吼叫声，看样子希尔汗还没有睡醒呢，因为吃饱了东西，他的睡眠是非常好的。

"是谁在上面喊?"希尔汗慵懒地说。这时,一只伸展着美丽羽翅的孔雀鸣叫着飞出了深沟。

"是你的老朋友,莫格利!希尔汗啊,你是个可耻的盗贼,现在该回到会议场了吧?快下去——阿克拉,快将这些牛群赶下去吧,快下去,拉马,下去吧!"

在面对这个斜坡的时候,牛群迟疑了,阿克拉见状,立刻发出了一阵只有在捕猎时才会发出来的吼叫声。于是,牛便一头接一头地向下俯冲过去。他们的脚步非常急切,踩得砾石四处飞溅。对牛群而言,一旦开始行动,便不能停下来了。在还没有进入到深沟之前,拉马就嗅到了希尔汗身上散发出来的气息,这让他吼叫起来。

"哈!拉马!"莫格利坐在拉马的身上说,"你明白过来了吗?"这时,所有的牛都发狂地朝着深沟冲去。他们一个个仿佛滚入河水中的圆石块一样,全都长着厚重的犄角,圆睁双眼、口吐白沫。一些体力不太好的牛被挤到了两侧,他们在拼命冲下去的过程中扯断了长在两侧的藤蔓,没错,这帮疯狂的水牛已经明白前方有什么东西了——他们闻到了希尔汗的气息。面对如此猛烈的冲击,没有哪一只野兽能站稳脚步。

希尔汗此时仍旧站在深沟中,他呆呆地听着水牛奔跑时发出的声响,过了一会儿,才笨拙地移动了脚步,环顾四周后,竟然发现找不到任何可以攀爬的地方,没有办法,他只得硬着头皮继续往前走。这是他最不喜欢搏斗的时候,因为刚刚填饱肚子,身子非常沉重。

牛群怒吼着冲到了希尔汗刚刚逗留的地方,牛脚将池塘

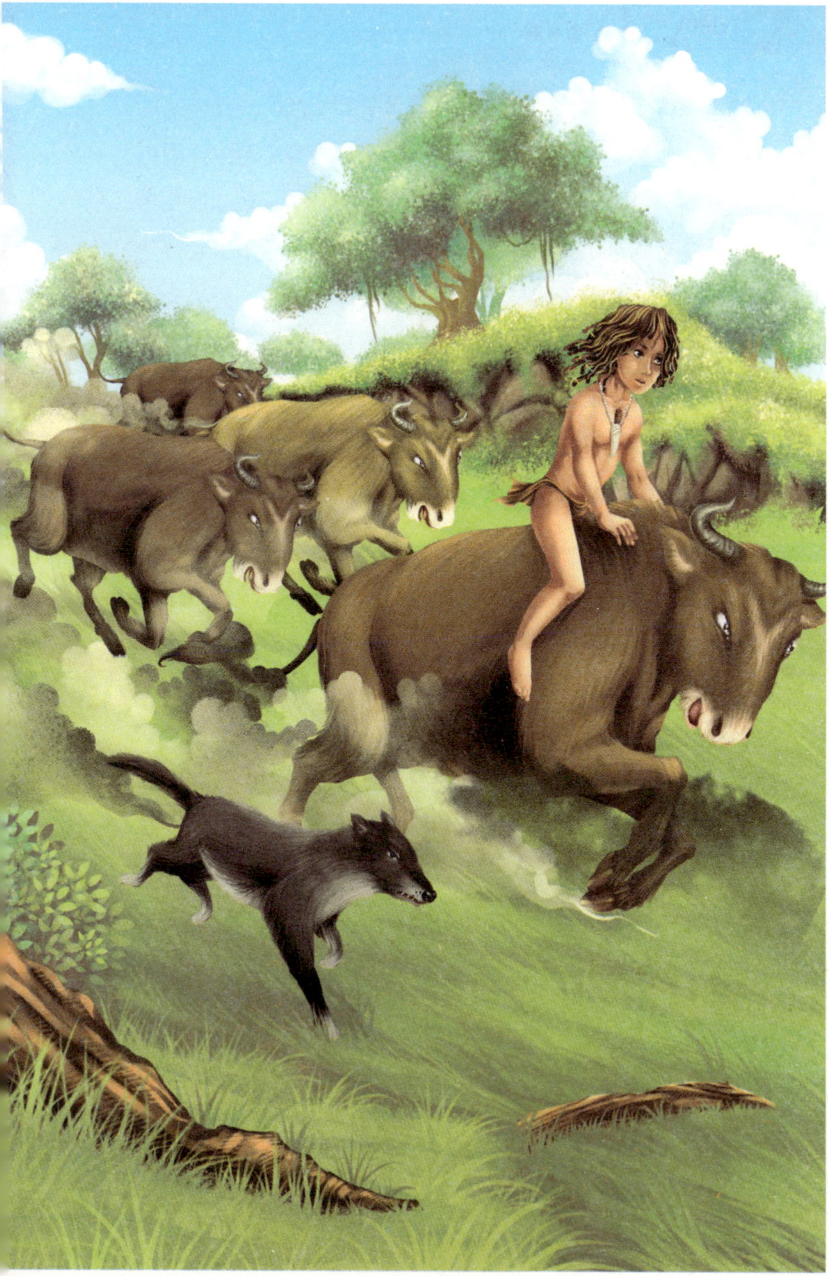

中的水踩得到处都是。莫格利在原地听到了从另一处传来的吼叫声，他看见希尔汗在慌乱之中转了一个身（希尔汗明白自己受到了夹击，但在面对公牛和母牛的时候，他知道公牛比带着幼崽的母牛攻击性小一些）。这时，拉马不小心被什么东西绊了一下，然后又不知道踩到了什么东西。公牛紧跟着拉马，一下子全都冲进了迎面扑来的母牛群中，两群牛瞬间撞到了一起，他们全都顶起了自己的犄角，使用蹄子相互踩踏，就这样怒气冲冲地踏进了平原。莫格利一直在旁边观察着，等到时机成熟的时候，便立即从拉马的背上跳下来。

"请快一点儿，阿克拉，将两群牛分开，不然他们就要准备打一架了。阿克拉，快一些，将他们赶开。嘿！拉马，嘿，拉马，我的伙伴们，我的好孩子，安静一些，安静下来，结束了，没有了。"

阿克拉和灰哥来来回回地奔跑于牛群之间，他们不停地咬着牛的腿，这时，牛群突然转身企图冲到深沟中去，幸好莫格利及时想到了办法，这才让拉马掉转方向，所有的牛群便跟着拉马向池塘慢慢走去。

不用再踩希尔汗了，他已经死去了，这时，一群苍鹰向这边飞来。

"好了，兄弟们，希尔汗就像一条狗似的死去了。"莫格利抽出刀说，自从进入到人类的世界中后，他就一直将这把刀挂在脖子上，"他从来都是毫无斗志可言的，如果将这张皮挂在会议场上，一定非常好看！嘿，兄弟们，我们开始干活吧。"

对于一个在人类的世界中成长起来的男孩子来说，独自一人剥老虎皮是一件不敢想象的事情，可对于莫格利来说，却是司空见惯的，他非常清楚野兽身上的皮和骨头都是怎么长的。但这个过程确实很费力，莫格利一边哼着歌曲，一边使劲地干了一个多小时才结束，而那两只狼则一直站在旁边，只要莫格利发出命令，他们就上前帮助撕扯老虎皮。

突然，一只手搭在了莫格利的肩头，他转身抬头一看，此人正是手拿步枪的布尔迪欧。原来就在刚刚，孩子们看到水牛跑走后，回到村庄将此事告诉给了布尔迪欧。布尔迪欧听后气得不行，立刻扛上枪走出村庄，他正想着要好好教训一下这个名叫莫格利的家伙。一见有人朝着这边走来，阿克拉便和灰哥躲了起来。

"这是怎么回事儿？"布尔迪欧生气地说，"看看你，竟然剥掉了老虎皮！那些疯狂的水牛是在什么地方杀死老虎的？而且还是那只瘸腿的老虎，他的命可值一百个卢比呢！好吧，好吧，我就不再追究你放走水牛的事情了，或许当我把老虎皮拿去政府那儿之后还会奖赏你一个卢比呢！"布尔迪欧从口袋里掏出一个打火石，接着便弯下身子去触摸老虎的胡须——当地猎人有一个习惯，为了预防老虎的灵魂附体，他们事先都要烧掉老虎的胡须。

"哼……"莫格利一边拨弄希尔汗前爪上的皮毛，一边自言自语道，"你果然是要拿这张皮去换取奖金，或许还能奖赏我一个卢比？可是，这张皮应该对我更有用呢！嘿，你这个老头儿，快把火拿开。"

"你怎么能这么对我说话？不管是你的运气还是那帮愚蠢的水牛杀死了这只老虎，要不是这只老虎吃饱了跑不动，现在恐怕早已逃到二十多英里外的地方去了。小子，还教训我不要烧胡须？好啊，莫格利，听着，我不会给你任何卢比了，而且还要好好打你一顿，快把皮给我！"

"我以赎我的公牛发誓，"莫格利一边剥着皮一边说，"布尔迪欧，我是不是要和你这个胡搅蛮缠的老头子唠叨一个中午？"

刚刚布尔迪欧还弯着腰站在老虎旁边，这时已经躺在地上了，身边还有一匹狼正狠狠地盯着他，而莫格利则继续在一旁拨弄希尔汗的皮，好像全世界都打扰不到他一般。

"是的，没错，"莫格利说，"布尔迪欧，你说的是对的。你不会给我任何赏金。但这只老虎跟我有仇，而且现在是我赢了他。"

说实话，布尔迪欧要是能年轻十多岁，如果在森林中遇见了阿克拉，或许还会跟这只狼一较高下，但这狼竟然听小孩子的话，而这个小孩子还跟一头吃人的老虎有仇，那么，这个小孩子，还有这匹狼一定是非比寻常的动物。"没错，他使用了巫术！"布尔迪欧心想，"那他脖子上的那把刀会不会也有什么魔力呢？"布尔迪欧想到这儿便更加害怕了，只能一动不动地待在原地，等着莫格利变成可怕的老虎。

"噢，大王啊！"布尔迪欧终于忍不住说道。

"你喊我什么？"莫格利暗地里觉得好笑。

"我只是个上了年纪的猎人，根本不知道您有这么大的来头。我能离开这里吗？不然您的仆人会杀了我的。"

"快走，下次千万不要再来打搅我捕猎了。让他离开吧，阿克拉。"

布尔迪欧赶紧慌慌张张地冲进了村庄，他还不时地回头张望，担心莫格利会变成什么强大的恶魔。进村后，他逢人便说莫格利会魔法的事，最后连祭司都不由得皱起了眉头。

"阿克拉，我们先将虎皮收起来，然后再把水牛赶回村庄吧！"

一片暮色中，水牛慢慢聚集起来。当他们走到村庄门口的时候，莫格利看到整个村庄都灯火通明，不时还能听到鸣钟的声音，几乎所有的村民都站在门口等候着他。"他们知道我杀死了吃人的老虎。"莫格利兴冲冲地想着，可迎接他的却是铺天盖地的犹如雨滴一般的石块。只听村民们大声叫道："魔鬼！丛林的巫师！快离开这儿，滚！布尔迪欧，赶紧开枪！快啊！"随着一声枪响，一头水牛怒吼起来。

"他又在使用巫术了！"村民人喊，"他刚刚让子弹转弯了，布尔迪欧，你刚刚打中的是你的水牛啊！"

"这是怎么了？"莫格利很不理解，飞来的石头越来越密集了。

"他们和当初赶走你的那些狼没有什么区别，"阿克拉淡淡地说，"在我看来，这样朝着你扔石头，正是想赶你离开村子。"

"快离开这儿，快滚！"祭司站出来，不停地挥舞着手中的树枝。

"上次因为我是人，被驱逐出狼群，这次因为我是狼，又被赶出人类的世界！阿克拉，我们快离开这里。"

这时，莫苏阿冲了出来，她撕心裂肺地喊道："天啊，我的儿子，儿子！他们污蔑你是巫师，但我知道你不是的，你不会变成魔鬼的。但是,我的儿子,你还是快离开这里吧,不然他们一定会杀了你。布尔迪欧刚刚说你是会魔法的巫师,但我知道你为纳苏报仇了。"

"快回来,不然我们连你一起砸死。"村民们怒吼道。

一颗石头击中了莫格利的嘴角,他狰狞地笑了一下,"回到村子里去吧,莫苏阿,这就是他们每天讲述的各种荒唐可笑的故事。莫苏阿,我至少为你报了仇。快走,因为我准备将水牛赶到村子中去,水牛的速度远远超过了石块。莫苏阿,我并不是巫师,好了,再见吧。"

"阿克拉,我们再来一次吧,"莫格利喊道,"将水牛赶进村庄。"

水牛们已经不用听命令就急着要冲进村庄了,很快,人群就被水牛冲散。"点一下水牛的数目吧,"莫格利嘲讽地说,"或许我还偷走了好几头水牛呢!好好数,因为我永远都不会给你们放牛了!再见了,好好感谢莫苏阿,因为她我才没有追杀你们。"

说完,莫格利转身带着阿克拉离开了。当莫格利抬起头,望见明亮的月亮和满天的星斗时,心里感到十分惬意,"我可以永远不用在那个仿佛陷阱一般的房子中睡觉了。阿克拉,我们带着希尔汗的皮离开这儿,我们不用伤害村民,因为莫苏阿对我真的非常好。"

当明月高高挂在夜空中时,极度惊恐的村民们亲眼看见莫格利带着两匹狼离开了村庄。他们用一种不慌不忙的速度奔跑着,莫格利的头顶上还放着一摞东西——那是希尔汗的皮。当莫格利消失在人们的视线中时,村庄中又响起了钟声，这次的声音比以往任何一次的都要响亮。莫苏阿大哭，而布尔迪欧则在这个故事中又添油加醋地说了好多，甚至还描述阿克拉像人一样地站起来说话了，最后，故事就那么结束了。

当月亮快要下去的时候，莫格利和两匹狼来到了狼妈妈的洞口。

"妈妈，人类把我赶了出来，"莫格利说，"但我带来了希尔汗的皮！"狼妈妈慢慢走出洞穴，其他三匹狼崽也跟着走了出来，一看见希尔汗的皮，他们的眼睛都亮了起来。

"我的儿子，干得好！那天他还拼命地想要挤进来杀你，我清清楚楚地对他说：捕猎者最终总该被杀。"

"小兄弟，干得漂亮！"一旁的丛林中发出了一个低沉的声音，"自从丛林中失去了你，我们都无聊透了。"巴希拉走到莫格利跟前。莫格利带着大家来到了会议场，他将希尔汗的皮铺在了岩石上。阿克拉躺了下来，然后像以往那样发出呼喊："看啊，大家请注意看啊！"

自从阿克拉被赶下来以后，狼族就没有首领了，所有的狼都自由地打猎。但他们早已习惯了以前有纪律的生活，所以还是顺从地回应了阿克拉。在这段时间里，有的狼掉进了陷阱中，有的狼被猎人击中，有的狼吃了人，身上长满毒斑，还有的狼至今下落不明。能剩下来的狼全都聚集在了会议场上，他们全都盯着希尔汗的皮。这时，莫格利开始哼起歌曲来，那是他自己编的。他一边唱着一边在希尔汗的皮下面跳跃，直至精疲力竭。灰哥和阿克拉则在一旁附和着莫格利的歌声。

"请大家仔细看,"莫格利唱完后,高兴地说,"我兑现了以前许下的承诺。"

"没错!"群狼异口同声地喊道。

这时,一匹皮毛脏乱的狼喊道:"阿克拉,来领导我们、指挥我们吧!还有人崽子,我们非常讨厌现在这种没有组织、没有法规的状况!我们都想成为自由民!"

"不!"巴希拉柔声道,"现在可说不好,保不准你们吃饱了又会发疯。你们并不是毫无理由地就被唤为自由民的,你们曾经为自由奋战过,现在,自由才是真正地属于你们!请好好珍惜吧!"

"狼族和人类都驱逐了我,"莫格利悲伤地说,"现在,我只能一个人待在丛林中了,只能一个人捕猎了。"

"不,我们都想和你一块儿捕猎。"狼妈妈的四个狼崽齐声说。

从此以后,莫格利离开了狼群,他每天和四个狼崽待在一起,他们在丛林中以捕猎为生。

可是,莫格利并没有一直孤单下去,因为在许多年以后,他不仅长大了,而且还结了婚。但那都是说给大人们听的故事了。

Chapter 04 | 第四章

国王的驯象棒

自从世界上出现露水那天起，
有四种东西永远不知足，
而且永远也填不满：
鳄鱼的嘴、苍鹰的胃、猴子的手，还有人类的眼睛。

——丛林谚语

这大概是蟒蛇卡阿自出生以来的第二百次换皮了。这天，莫格利特地找到了卡阿，为他庆祝。因为莫格利很清楚，自己的命全是靠着卡阿那一整晚在寒洞里搏斗才得以保全的，关于这件事，你们还记得吗？

对于一条蛇来说，蜕皮是一件非常劳累的事，它总能让蛇感到委靡不振、情绪低落，直到蜕皮完成了，他们才能恢复以往的情绪。卡阿从来没有取笑过莫格利，而且还和丛林中的所有居民一样，认为他就是丛林的大王，并且毫无保留地为他提供了自己所知道的所有消息。卡阿对居民口中的"中部丛林"简直无所不知，所谓"中部丛林"即是指生活在地表或是在地面上奔跑的、在石头中钻来钻去的,还有那些在树上攀爬的小生命。对于卡阿来说,他不知道的事情恐怕只要用一片最小的鳞片就能写完。

那天,莫格利舒舒服服地坐在卡阿用身体圈成的一个大圈中,还不停地用手拨弄着卡阿蜕下来的旧皮。从卡阿的身上蜕下来的旧皮全都遗留在了岩石中,这些旧皮有的仿佛一个大圆环,有的又乱七八糟、歪七扭八的。卡阿将自己的身体放在莫格利的肩膀下,这样,莫格利就好像坐在了一个软绵绵的椅子中了。

"这些旧皮可真完美啊,"莫格利一边玩着蛇皮一边温柔地说道,"我觉得这样非常奇怪,看着自己的皮从头蜕到脚。"

"确实有一点儿,但我没有脚!"卡阿笑着说,"因为蜕皮是我们这一类动物的习惯,所以就不觉得奇怪了,你不觉得你的皮很老吗?而且非常粗糙。"

"当我发现皮粗糙的时候,就会去清洗。但在天热的时候,我也希望能蜕皮,整天光溜溜地跑。"

"我也洗澡,而且还蜕皮。你看看,我的这件新衣服怎么样?"

莫格利伸手摸了摸卡阿的大脊背,"它和乌龟的壳一般坚硬,但他的壳远没有你的鲜艳,"莫格利微笑道,"青蛙的颜色和你的一样明艳,但又没有你的坚硬。你的新衣服非常美丽,就像花朵一样。"

"我的新装需要水,只要经过水洗,它的颜色就会更好地显露出来。"

"那我抱你过去吧。"莫格利笑着说,他轻轻地弯下腰,将手伸到卡阿的中间躯干,这正是卡阿身体中最强壮的一段。对莫格利来说,他现在的行为就像是要抱起一个直径粗大的水管一样。卡阿只是躺着,一动不动,他将腮帮子鼓得高高的,暗暗觉得有趣。接着,他们之间展开了一场正式的比赛——一场摔跤比赛!一边是精力旺盛的孩子,另一边是刚刚换上新装的巨蟒,这是一场有关力量和眼力的较量。当然,在这场比赛中,要是卡阿随心所欲地使出他的力量,哪怕有十来个莫格利也会被压得粉碎。卡阿非常小心,连十分之一的力气都没有用上。自从莫格利变得越来越强壮,能完成一定的搏斗之后,卡阿就经常试图教他进行这些比赛。再也没有哪种比赛比这能更好地锻炼莫格利四肢的力量了。有时,莫格利一动不动地站立着,卡阿就一个劲儿地缠上他的身体,当他要缠到莫格利的脖子时,莫格利就设法用一只胳膊掐住卡阿的咽喉。这个时候,卡阿就慢慢地松软下来,莫格利连忙趁着卡阿试图摸索石块或是树枝的时间,快速用双脚夹住卡阿的大尾巴,这是卡阿活动的支点。接着,他们就头顶头地不停摇晃,彼此都在伺机行动,最后,他们的打斗渐渐消失在了一团花纹和一双用力挣扎的腿中。

"嘿!嘿!"卡阿一边叫喊着一边向莫格利发起进攻,这速度就连莫格利那么灵活的双手都没有办法抵挡,"看,小兄弟,注意了,我触碰到了你的这里,还有这里,这里,快一点儿,小兄弟,你的手真慢!"

他们的比赛往往只有一个结尾,那就是卡阿用力一甩,然后莫格利重重地翻倒在地。莫格利一直没有学会如何抵挡

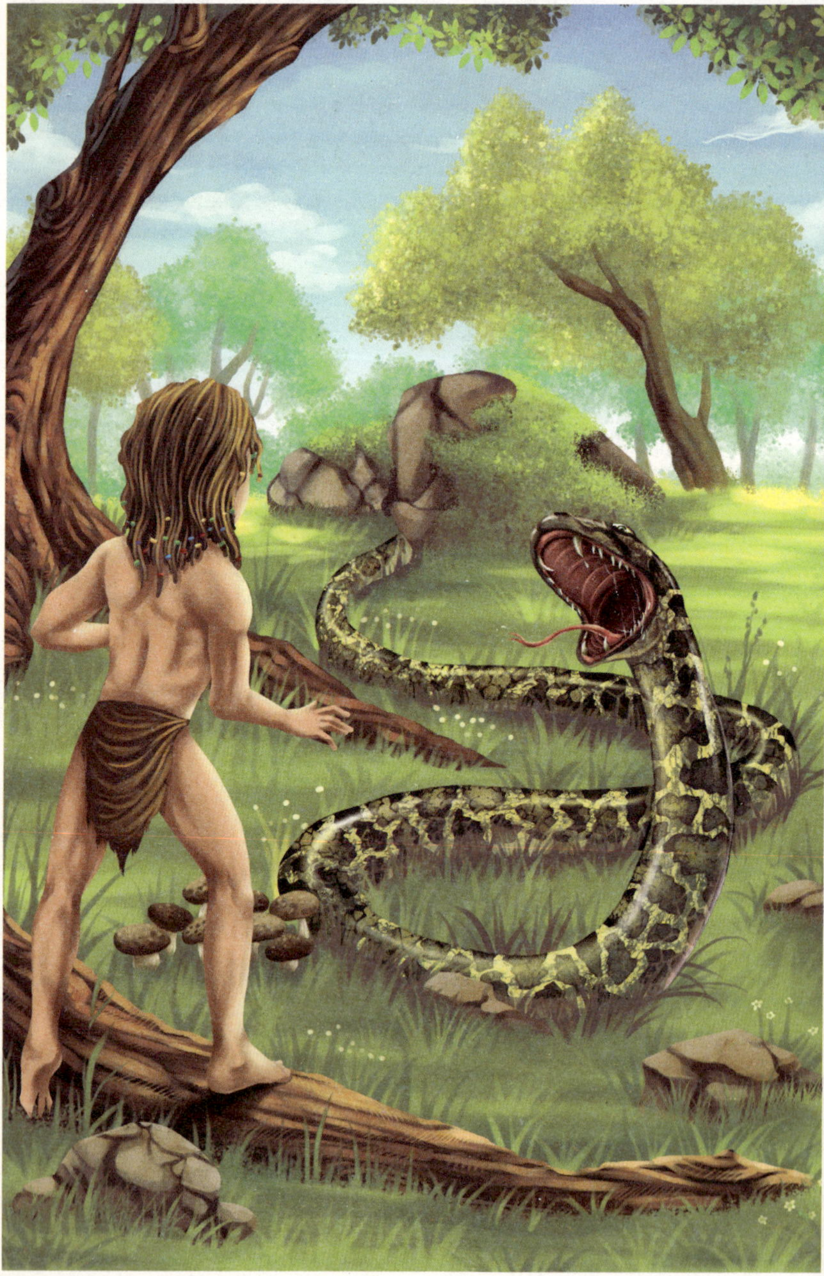

卡阿那闪电般的速度，就像卡阿说的，就算他再努力也没有用。

"大家捕猎顺利！"卡阿低声说，而莫格利就像以前一样被卡阿甩到了至少五六米之外的地方。他一边笑着一边爬起来，然后手握两把青草跟着卡阿来到了蛇最喜欢停留的池塘边。这是一个由岩石圈成的黑黝黝的深潭，水潭底部沉淀着许多没有露出水面的树木，这更增添了水潭的趣味。莫格利悄无声息地滑到水里，接着在水中游来游去，然后又轻轻地浮到水面上，把头倚靠在双臂上仰面漂浮着。他的双眼注视着天空中的月亮慢慢升起，双脚轻轻搅动水中的月亮影子。卡阿犹如石块一般的大脑袋立刻划开了水面，他慢慢浮上来，将头紧挨在莫格利的肩膀旁，他们就这么安静地躺在水中。

"真好，"莫格利略带几分睡意说，"我记得在人类的世界中，同样是在这个时间，他们会小心地将清新的空气关闭在外头，接着便在一个用泥土做的陷阱上躺下来，然后再往身上盖一些臭气熏天的布，随后从鼻子中哼出一首恶狠狠的歌曲。可在丛林中就是不一样的。"

这时，一条眼镜蛇急急忙忙地路过深潭边，他从岩石上滑下来，然后喝了一口水，接着说了一声："大家捕猎成功！"然后便离开了。

"咝咝……"卡阿回应道，突然，他又想起了什么，"那么丛林给你带来了你所希望的东西，是这样的吗，小兄弟？"

"不，不是一切。"莫格利说，"要是每个月都能杀死一个希尔汗就更好了。我现在可以凭借自己的力量杀死他，而不是借助水牛。我还希望在下着大雨的时候出现太阳；在天热的日子里能有云朵遮挡太阳；当我两手空空地出门时，总想着能抓到羊，杀了羊之后我又希望他是一只野鹿该多好，等抓到了野鹿我又渴望到手的是一只肥壮的羚羊。大家都有这种感觉。"

"难道你就没有其他愿望了吗？"卡阿问。

"我还能要什么愿望？"莫格利说，"我已经拥有了整个丛林，还有丛林赐予我的礼物。世界上还有什么地方比这儿更好？"

"嗯，那里有一条眼镜蛇……"卡阿慢慢地说。

"是哪条？刚刚离开的那条吗？他在捕猎，而且也没说什么呀！"

"不，是另外一条。"卡阿说。

"你不是很少和毒蛇来往的吗？你说的那条蛇是什么样子的？"

卡阿沉进水底，然后慢悠悠地游着，好像一艘轮船。"上次，我们去过寒洞，"卡阿说，"你没有忘记吧。我追着那帮猴子进入了一个房子，然后又钻进了地底下，我为了救你，还撞倒了一堵墙。"

"可那帮猴子并没有生活在地底下啊。"莫格利说。

"他们哪是在生活，只是想方设法地生活。"卡阿说，"那个猴子钻进了一个地洞，我连忙追过去，杀了他之后，我就在地洞中睡着了。等我醒来，就接着往前走。后来，我遇见了一条白色的眼镜蛇，他说了许多我都不知道的东西，他还带我看了很多不曾见过的事物。"

"他是新的猎物吗?那一次的猎物怎么样?"莫格利开始侧泳。

"他不是猎物,但力量非常强大,能弄断我的牙齿。白眼镜蛇说,人——他仿佛很了解人类——为了看那些东西,就算送了性命都行。"

"我们也去看看,"莫格利说,"别忘了,我以前也是人呢!"

"且慢,听我说,我们当时就聊了起来,还提到了你。这个和丛林一样苍老的白眼镜蛇说:'我已经很久没有见过人类了,带他过来,给他看这儿的东西,不知有多少人为了看一眼都丢了性命。'"

"他肯定是新的猎物,他们这类毒族在采取行动之前是不会告知别人的。毒族确实是一个不太友善的种群。"

"他不是猎物,但我也说不出他是什么。"

"我们还是去看看吧,我到现在还没有见过白眼镜蛇呢,还有那些东西,我也想看看呢,白眼镜蛇是在捕杀他们吗?"

"不,那些全是死东西。白眼镜蛇说自己是这些东西的守护者。"

"噢,是不是就像狼守护自己洞中的食物一样?我们快去吧。"

莫格利快速游到水潭边,在草丛中擦干身体后,便随着卡阿去往寒洞了。这个时候,莫格利已经一点儿都不害怕猴子们了,反而是猴子们非常惧怕莫格利。当莫格利和卡阿来到寒洞的时候,所有的猴子都去了丛林,因此,整个荒城在月光中显得格外空旷。卡阿来到平台处的废墟中,经过了一处垃圾堆,再去到通往地底下的那条楼梯处。莫格利小声地说了一句蛇族的要语,然后双膝跪地爬行起来。他们顺着这条杂乱不堪的小路爬了很久,终于来到了一棵大树的树根旁。这是一棵非常高大的树,它还将屋顶上的一块岩石给顶翻了。卡阿带着莫格利钻进一个窟窿,越过窟窿后,展现在眼前的是一间大地窖。这间地窖的顶也被高大的树木给顶破了,几道光线透过破洞照了进来。

"这里倒是非常安全,"莫格利站起来说,"但实在是太远了,没有办法每天都过来。卡阿,我们现在该看什么呢?"

"难道看我还不够吗?"一个声音响了起来。只见黑暗中闪过一个白色的东西,渐渐地,那东西在莫格利的面前竖立起来,那是莫格利从来没有见过的比卡阿还要大好几倍的眼镜蛇——因为长期生活在黑暗之中,他的皮肤已经变成了一种类似象牙白的颜色,而喉咙处的眼镜斑纹也变化成了一种淡黄色,眼睛是一种比宝石还要艳丽许多的大红色,总之,这条白眼镜蛇真的非常神奇。

"祝大家捕猎成功!"莫格利说。不管在什么样的情况之下,他都不会忘记要对丛林中的居民们有礼貌,这就像他从来不会忘了要携带他的尖刀一般。

"现在城里是什么情况呢?"白眼镜蛇并没有回应莫格利的招呼,"上面的大城现在如何?就是那个拥有几百头大象、几万匹战马,还有数不清的公牛的大城,那个国王之城，现在怎么样了？我在下面待了太长的时间，都快变成一个聋子了，我已经很久没有听说过上面的事情了，还有他们擂起的战鼓声。"

"我们的上面是丛林啊！"莫格利说，"而在象群中，我只知道哈蒂，还有哈蒂的孩子们，另外，巴希拉杀光了村庄里的所有马匹，嗯？你说什么，国王是什么？"

"我上次已经说过了，"卡阿温柔地对白眼镜蛇说，"在四个月之前，我告诉过你，你说的那个城早已经不存在了。"

"那座国王之城，那座森林之城是永远不会消失的。就在我父亲的父亲出生之前，人们修建了这座城，就算我儿子的儿子变成我现在这个样子，这座城还是会继续存在！这座城就是受人尊敬的耶佳苏里的儿子——维耶佳王子，维耶佳王子的儿子——钱德拉比王子，钱德拉比王子王位的继承人——萨隆王子修建的，知道吗？还有，你们是谁？"

"卡阿，这可真麻烦。"莫格利对卡阿说，"我听不懂他说的话。"

"我也听不懂，因为他实在是太老了。祖宗啊，眼镜蛇的祖宗，上面只有丛林，没有城啊！"

"他到底是谁？"白眼镜蛇说，"他什么都不知道，更不知道国王是什么！他还用人嘴说蛇话，这个拿尖刀和说蛇话的人到底是谁？"

"大家都叫我莫格利，"莫格利说，"我生活在丛林中，和狼是一个族群，而卡阿是我的好伙伴，那么祖宗，你究竟是谁呢？"

"我是神圣的守护者,守护着国王的宝藏。当我还是一条小黑蛇的时候,国王将一块石头放在了我的身体上面,他们是想让我告诉那些企图偷走宝藏的人什么是恐惧,什么是死亡。接着,他们利用石头把宝藏运下来,并且让我听了婆罗门唱的歌,婆罗门是我的主人。"

"噢!"莫格利心想,"在人类的世界中,我已经与婆罗门有过接触,因此我明白我所知道的事情——罪恶过不了多久就会来到这儿。"

"自从我来到这里,石头只被动过五次,每一次都会有人放下很多财宝,但从来没有人能从这儿拿走过。这是一百多位国王留下来的财宝,再也没有这样的宝贝了。距离上一次移动石块,已经过了很久,这么长时间没有人来,我还以为是人们忘记了宝藏的存在呢!"

"你自己出去看看,你说的城早就已经不存在了,那儿只有一棵顶开大石块的树!"卡阿劝说道。

"不过有几次,人类还是找到了这儿,"白眼镜蛇回忆说,他的语气充满了憎恨,"但他们没有发出一点儿声音,等我不经意间摸到他们时,那几个人才轻轻地叫唤了几句。但你们,一个人和一条蛇,试图让我相信上面根本没有城,你们是带着谎话进来的,想要结束我的使命。这么多年来,你们人类几乎没有什么变化,而且我也完全没有任何改变。当上面的石头再次被掀起来时,我的主人会唱着那熟悉的歌曲走下来,他还会端来一杯热牛奶,然后将我带回到充满光明的地方。我,我并不是别人,我正是国王财宝的守护者!你们刚刚说上面的城已经不存在了,到处都是树根?那你们就弯下腰吧,捡起地面上的宝贝,随便捡,这些可是外面找不到的宝物。会说蛇话的人啊,如果你能活着走出去,所有的王子都能成为你的仆人了!"

"我们遇到大麻烦了。"莫格利冷静地说,"难道是豺狗钻到了这里,然后咬了白眼镜蛇?他绝对是疯了!我说,这儿根本就没有什么可以让我带走的东西!"

"我以太阳和月亮发誓,是这个会说蛇话的孩子发了疯!他不想活命了。"白眼镜蛇说,"我会在你紧闭眼睛之前,让你知道这个好处,快看看,这些可是你们人类从来没有见过的东西吧?"

"你想让我明白好处,可这是行不通的!"莫格利说,"但我听说黑夜能改变一切。我倒想看看,要是你喜欢我这么做的话。"

莫格利环顾了一下四周,然后眯起眼睛,弯腰从地面上抓起一把闪着金光的东西。"啊!"莫格利说,"这像极了人类手中玩的东西,但他们用的是褐色的东西,而这些都是黄的。"说完,莫格利丢掉了手中的金币,继续向前走去。地窖满地都是堆积如山的金银钱币,它们最早的时候是被装在麻袋中的,但由于时间久了,麻袋纷纷被撑破,这些金币银币也越堆越多,慢慢地就像沙滩上的小沙丘一般了。在这些钱币下面,覆盖的是各种珠宝、玉石。地窖中还陈列着帝王们使用的轿子、床,这些全是用白银做成的框架,翡翠做成的抬手,琥珀做成的窗帘吊坠;一边放着用黄金做成的烛台,烛台上挂着无数颗翠绿色的宝石;摆在另一边的全是众神的神像,那是用银做的,一个个高大威猛,有着宝石镶嵌的眼睛；还有不计其数的钢铁盔甲，盔甲旁边堆着已经有些发黑的珍珠和宝石；盔甲上摆放着用宝石制成的头盔；头盔边罗列着用乌龟壳和犀牛角做成的盾牌，上面雕刻着精美的浮雕，还有用赤金连成的带子；还有一把把锐利的、带着宝石的匕首、宝剑；还有一个个用来祭祀的金碗、祭坛；还有精致的玉杯、华美的玉镯；还有厚重的香炉、牛角梳以及用来盛放香水的各种瓶子和罐子；其中还有数不清的各种手镯、耳环、戒指……

白眼镜蛇说得不错，这些珍宝是就算用钱也换不来的，它们都是历代帝王历经几百年，用抢夺、贸易、征收税款、战争等各种形式积攒下来的。光是那些钱币的数量几乎就无法计算，更别说珠宝了。要是只看金银制品，最起码也有三百多吨。如今，在印度，不管一个统治者多么贫穷，他都有一个属于自己的、不断变大的藏宝库。就算是哪个善良的王子、君主舍弃了自己的一部分财产用来换取人民的信任，但绝大多数还是不会对外界透露半点儿有关宝藏的消息的。

莫格利当然不能理解这些珠宝的意义，倒是一把猎刀吸引了他的目光，但这把猎刀仍旧不如他自己的小匕首那样好用，所以他把玩了一会儿之后便扔掉了。最后，莫格利在一堆钱币中发现了一个令人发狂的东西———一把大约一米长的驯象棒。这根驯象棒的顶端镶嵌着一颗鲜亮的红色宝石，下边是一个长约八英寸的手柄，手柄上贴满了绿色的松石，握着这些松石，莫格利感到非常顺手。接着便是一个用绿宝石和红宝石拼成的花环。驯象棒的最下端是一根象牙，带着尖刺和弯钩的叉尖则是用纯钢做的，表面镀了一层黄金，叉尖上还刻着人们抓捕大象时的场景。这些场景让莫格利不禁想起了哈蒂。

从始至终，白眼镜蛇都紧紧地跟在莫格利身后，"看了这么多好东西，你是不是可以心甘情愿地去死了呢？"白眼镜蛇说，"这难道不是一个很大的好处吗？"

"我确实很难理解，"莫格利淡淡地说，"所有的这些东西不仅冰冷、生硬，而且不能吃。可是这个东西……"他指了指手中的驯象棒，"我倒是想把它带到太阳底下好好瞧瞧，这些东西都是你的，对吧？能让我带走它吗？我会给你送来好吃的青蛙的。"

白眼镜蛇轻轻地抖动了一下身子，然后开始幸灾乐祸起来，"愿意啊，当然可以，但只是在你们离开这里之前……"

"嗯，我现在就想离开了，这儿既阴冷又黑暗，我想回到丛林中去，带着这个东西。"

"看看你的脚下。"

"我知道，这些都是人类的骨头啊。"莫格利拾起一块说，"那儿还有许多呢。"

"在很久以前，这些人也对我说过同样的话，他们想带走这些东西，而我，只是在阴暗的地方说了一句话，他们便不再动弹了。"

"可是这些所谓的宝藏对我来说没有任何意义，要是你答应给我那个驯象棒，那就是打了一次成功的猎。要是你不想让我带走，那也算是打了一次很成功的猎。我从来不会跟有毒的族群搏斗，我之前也是学过你们族群的要语的。"

"可在这儿只有我的要语,也只有一句要语。"

卡阿愤怒地冲到白眼镜蛇面前,说:"究竟是谁要我将莫格利带到这儿的?"他的双眼充满了怒火。

"没错,是我说的。"白眼镜蛇说,"我已经好久没有见过人类了,而且这个人类竟然还会说蛇语。"

"可你并没有说过要杀人呀!我回去该怎么跟丛林中的伙伴们解释,难道说是我带着莫格利来送死的?"卡阿生气地说。

"我还没有说要不要他死。至于你,到底还能不能回去,那边的墙壁上有一个洞,你自己看着办吧,所以你这个杀了猴子的大胖子,快安静一点儿!要是我碰一碰你的脖子,恐怕你再也不能回到森林中去了。来到这里的人是没有一个能活着出去的,我就是宝藏的守护者!"

"大白虫!我说过,没有国王,也没有城!上面只有丛林!"卡阿说。

"但我们还有宝藏!这样,卡阿,你在这儿等一下,看着莫格利高高兴兴地奔跑吧,这是一个美妙的地方,好孩子,好好享受你的生命,跑起来吧,玩起来吧!"

这时,莫格利只是轻轻地将手放在了卡阿的身上。"这个大白虫一直面对的都是些生活在人群中的人类,所以他并不了解我。"莫格利低声说,"看来他想搏斗的欲望非常强烈,那我们就满足他吧。"说着,莫格利飞快地将驯象棒扔了出去,叉尖不偏不倚地正好将白眼镜蛇的头固定在了地面上。转眼,卡阿沉重的身子就全部压在了白眼镜蛇疯狂挣扎的身体上,卡阿惊人的重量也让这条白眼镜蛇无法呼吸。

"快杀了他!"卡阿怒吼道。

"不!"莫格利一边抽出尖刀一边说,"以后我绝不会杀生了,除了捕猎。你看,卡阿!"莫格利一把撬开了白眼镜蛇的大嘴巴,在那巨大的嘴巴中露出了一对令人惧怕的毒牙,但奇怪的是,毒牙已经发黑了,而且萎缩在了牙床中。原来,这条白眼镜蛇的牙齿早已不能分泌毒汁了,毒蛇年纪大了都会变成这个样子。

"是苏干了(他的毒汁已经干枯了)。"莫格利一边说着一边向卡阿示意,要求他放了白眼镜蛇。莫格利擦了擦驯象棒,对白眼镜蛇说:"看来这儿需要一个新的守护者了。"他继续严肃地说,"苏干啊!你没有尽到你的职责啊!快跑起来,玩起来吧!"

"你还是杀了我吧,这真让我感到丢脸。"白眼镜蛇低声说。

"我不会杀你的。我只想离开这儿,还要带上这根驯象棒,因为我已经和你搏斗过了,而且赢了你,苏干。"

"既然这样,那么拿走吧,但是要小心这件东西,保不准它会杀了你。你要记住,它就是可怕的死神!它拥有神奇的力量,能杀掉所有人。你不会长久地拥有它,而在整个世界中,从你手中夺过它的人也不会占有很长的时间。所有人会为了它搏斗,搏斗,斗个没完没了!我已经没有力量了,可是这根驯象棒会继承我的使命,它就是可怕的死神,它就是可怕的死神啊!"

莫格利顺着原路返回到了地道中,在离开地道的时候,他转身看到白眼镜蛇正一边有气无力地咬着地面上的金币,一边"咝咝"地重复道:"它就是可怕的死神!"

终于,莫格利和卡阿回到了陆地上,重新见到了明亮的太阳。回到丛林中后,莫格利不停地把玩着手中的驯象棒,他对驯象棒的热情就仿佛发现了一丛美丽的鲜花似的。

"看看这颗红宝石,它比巴希拉的双眼还要明亮!"莫格利望着驯象棒兴奋地说,"我一定要把这根驯象棒拿给巴希拉看!对了,刚刚苏干说它是死神,我不太明白他的意思。"

"我也不清楚。莫格利,你没有让他挨刀子,这真让我感到遗憾!这个可恶的寒洞总是没好事,无论地表还是地底下。好了,莫格利,我饿坏了,一会儿陪我去捕猎,怎么样?"卡阿笑道。

"那不行啊,我得拿着这根驯象棒去找巴希拉,我得让他瞧瞧。卡阿,捕猎顺利!"说着,莫格利便跳跃着离开了。一路上,莫格利都是跑一阵子,再停下来仔细欣赏一番,终于,他在巴希拉的地盘里发现了正在河水边喝水的巴希拉。莫格利高兴地对巴希拉讲述了他和卡阿历险的过程,巴希拉则一边听着一边仔细地闻了闻驯象棒。当莫格利提到白眼镜蛇反复说的那句话时,巴希拉站起来,饶有兴致地表示自己非常赞成白眼镜蛇说的话。

"那他确实说了实话,对吗?"莫格利连忙问巴希拉。

"我是出生在人类的世界中的,所以对人类的做法多少有一些了解。我曾经就见过人们为了争夺一颗小石子而相互残杀。"

"我的这根驯象棒可重了,还不如我的匕首轻便,而且这东西又不能吃,大家为什么要抢夺它呢?"

"小兄弟,先睡一觉吧,你曾经在人类的世界中生活,并且……"

"我知道,人类是杀生的,正是因为他们不会捕猎……他们是为了消遣,因为生活得太无聊……嘿,巴希拉,快醒醒,你说他们为什么要做这根驯象棒呢?"

巴希拉微微睁开一只眼睛,他困得要命,但看见这根驯象棒的时候,他的目光中仍旧显露出一丝凶意。

"无聊的人们为了驯服哈蒂,还有和哈蒂一类的大象,便制造出这个东西!他们拿它刺进大象的脑袋中,然后就看着血流出来……我以前见过这些事情,这东西让哈蒂的许多伙伴都流过血。"

"人类为什么要这么干?"

"因为他们既没有尖牙,又没有利爪,为了教会大象明白他们的规定,他们只能做出这些工具来,有的甚至比这个还要凶狠!"

"一提到人类制造的工具,我总能发现他们是在干流血的勾当!"莫格利厌恶地说。现在,他已经有些讨厌这根沉重的驯象棒了,"如果早知道了它的用途,我才不要拿它呢!看,我再也不要它了!"说着,莫格利用力将驯象棒扔了出去。伴随着一道闪亮的光线,驯象棒飞到了大约三十米外的地方。"这样一来,我的双手就不会和死亡有任何关系了。"莫格利一边说着一边将手在青草上擦了又擦,"那个疯疯癫癫的白眼镜蛇说,死神会跟着我的。"

"管他是白是黑,管他是死是活,管他呢,我现在得好好睡一觉了,我可不像你那样有精神,能整夜地捕猎、号叫。"说完,巴希拉便去了一个不远处的窝巢中。这时,莫格利只得快速爬上了一棵大树,然后娴熟地将几根藤蔓编织在一块儿,不一会儿,他就悠闲地躺在吊床上睡着了。当他一觉醒来时,夜幕已经降临了。莫格利坐起来揉了揉眼睛,他回忆起刚刚做的梦,梦中全是他刚才扔掉的那根晶莹剔透的驯象棒。

"就算是不要了,我也想再去看一眼。"于是,莫格利便快速滑到地面上,但这个时候,巴希拉已经来到了莫格利的面前,在一片黑暗之中,莫格利看见巴希拉正警惕地四处嗅着。

"那根驯象棒去了哪儿?你看见了吗?"莫格利问。

"有人将它带走了。我在这儿发现了人类的足迹。"

"那我们现在就去验证一下白眼镜蛇说的话吧,要是驯象棒真像他所说的那样是死神,那么拿走它的人就会死亡,我们追上去看看吧。"

"我看还是先捕猎吧,"巴希拉说,"饿着肚子,眼睛是看不清楚的。人的速度很慢,而且丛林非常湿润,因此哪怕只是轻微的一点儿动静也会留下痕迹。"

于是,他们快速地捕杀了猎物,可差不多花费了近三个小时才吃完所有的肉。当他们慢慢地喝完水后,才开始寻找起人类的足迹来。他们之所以慢慢地吃肉喝水,是因为丛林里有一句谚语:狼吞虎咽般地吃饭,损失就是无法弥补的。

"你觉得驯象棒能反过来杀死那个人吗?"莫格利说,"白眼镜蛇说过,驯象棒就是死神!"

"等找到那个人一切就真相大白了。"巴希拉低着头仔细地辨别着足迹说,"看来只有一个人,但由于驯象棒实在是太重了,所以他的脚在泥土中陷得很深。"

"没错,这足迹就跟夜空中的闪电一般清晰。"莫格利说。于是,他们便跟随着那个赤脚足迹小跑起来。一只黑豹,一个人,在月光的照耀下,时而变换方向,时而加快速度,两个影子在树丛中若隐若现。

"他在这儿开始加快速度奔跑了。"莫格利说,"因为他的脚指头张开了。"于是,他们朝着前方继续跑去。当来到一片湿地边时,足迹转弯了,"你说他为什么要转弯呢?"莫格利说。

"停,等一下!"说完,巴希拉立即纵身向前一跃,要是在追踪的过程中发现足迹突然不见了,为了保证两边的足迹不受干扰和破坏,你眼前要做的就是跃到前方。等巴希拉落定后,便转身对莫格利叫道:"这边又发现了一个足印,应该是冲着那个人来的。我看看这个足印,比对面的要稍微小一些,而脚指头也都是向着里面的。"

莫格利赶紧上前观察。"是猎人,这是猎人的脚。"莫格利说,"看这边,他一直拖着弓在行走。第一个人正是因为碰到了这个猎人,所以赶紧转弯了。第一个人是在躲避第二个人。"

"没错,确实是这样。"巴希拉说,"我们分开来追,这样就可以避免我们弄乱了脚印,你负责追踪猎人的,我负责追第一个人。"说着,巴希拉又是一跃,回到了第一个人的足迹边。而莫格利则弯下腰,开始仔细观察起地面上那个瘦小、形状怪异的足迹来。

"嘿!"巴希拉一边沿着足迹向前移动,一边朝莫格利喊道,"小兄弟,我这边的大脚印,在这儿又拐弯了。现在,我就躲在一个巨大的岩石后边,我只能这么一动不动地站着,换个脚都不敢,告诉我你那边的情况怎么样?"

"嗯,我这边的小脚印,在岩石旁边……"莫格利按照足印继续向前走,"嘿!我要坐下来了,就在这块石头旁边,我要用右手支撑整个身体,将弓放在两只脚当中。这里的足迹非常深,所以我等了很久。"

"我这边也是的。"巴希拉躲在大石头后边叫道,"我一直等待着,然后将叉尖靠在了石头上,因为石头上有划痕,所以驯象棒应该是滑倒了。快说说你那边的情况。"

"这边有许多折断了的枝条,"莫格利严肃地说,"但是,我要怎样跟你描述这些足印呢?它们乱七八糟的,噢!我知道了,巴希拉,这个人跳着走开了,所以他的脚踩得非常重。而脚下发出的阵阵响声,为的就是让第一个人听到。"莫格利离开了岩石,继续随着足印前进。当他来到一个瀑布边时,他又叫了起来:"我已经走得……非常……远了……我来到了……一个地方……这儿的声音太大……是流水的声音……将我的声音给……给压了下去……我……就待在这里……就在这边等着……巴希拉……说说你那边的情况吧……巴希拉!"

巴希拉正四处观察着地面上的足印,他想弄清楚第一个人究竟是如何从石头后边跑开的。接着,巴希拉朝着莫格利喊道:"第一个人是跪着绕过岩石的,手里还拖着那根驯象棒,他看周围没有人,便奔跑起来。他的速度非常快,这边的足印很清楚地显示了这一点。莫格利,我要开始跑了,我们各自行走各自的路吧。"

顺着清晰的足迹,巴希拉风一般地向前跑去。而莫格利则紧紧地跟随着猎人的足印。在很长一段时间里,丛林安静极了。

"莫格利,你现在到哪儿了?"巴希拉抬头喊道,过了一会儿,莫格利的声音在大约五十米外的地方响了起来。

"好的,我知道了。"巴希拉说,"原来,他们是在并排着向前跑,现在离得越来越近了。"

莫格利和巴希拉接着向前方跑了一会儿,他们之间的距离越来越小了。最后,直到莫格利突然喊了一声——他的头并不像巴希拉那样已经快贴在地面上了!"他们碰到一起去了,"莫格利说,"猎人站在那边,而第一个人则站在另一边!"

在前面不远的地方,一个当地村民正躺在一堆杂乱的岩石中,他的胸膛上还插着一支箭。

"苏干啊苏干,真是个老疯子,"巴希拉说,"已经死去一个人了。"

"但那根驯象棒究竟去了哪里,我们继续追?"

"可能就是那个猎人拿走了,他又是一个人了。"

这个轻巧的足迹沿着长坡走了下去,他是一个左肩头扛着东西,奔跑速度飞快的人。他一直兜着圈子,最后去了长满杂草的斜坡。可就算是再轻盈的足迹,对于追逐者敏锐的眼睛来说,都仿佛是烙铁的痕迹一般清晰。

莫格利和巴希拉默默地追随着足迹,终于来到了一条小河边。

"你看,又出现了新的足迹!"巴希拉惊叫道,他站在那儿一动不动,仿佛石头一般。

一个瘦小的尸体正躺在小河边,他正是那个杀害第一个人的猎人。巴希拉用疑惑的目光注视着莫格利。

"他是用竹竿打死猎人的。"莫格利看了看伤口说,"我以前见过这种竹竿,是专门用来驱赶牛群的。我很难过,我还嘲笑过那条白眼镜蛇,他是如此了解人类,就像我也很了解一样,还记得我说过一句话吗?人类是因为无聊和为了消遣时光才进行杀戮的。"

"可事实上,他们是为了抢夺那些宝石。"巴希拉说,"请记住,我以前也在人类的世界中生活过。"

"我看看,这边竟然有四条足迹。"莫格利数了数地面上的足迹说,"他们全都穿着鞋子,而且行走的速度很慢,不像猎人那般轻快。天啊,他们是怎么对付那个瘦小的猎人的?看,他们一定是站在这里说了一会儿话,包括猎人,一共有五个人,然后那四个人杀死了猎人。亲爱的巴希拉,我们快离开这里吧,我觉得很难受,肚子一直在翻腾着,就像住在树上的黄鹂鸟在闹腾一样。"

"在追捕的过程中半途而废,这可不是一个好猎人应该做的事情啊!快,我们加快速度,这四个人还没有走太远。"巴希拉说。

就这样,莫格利和巴希拉继续低着头认真地追寻着足迹,他们有一个多小时没有讲话。现在,天色已经大亮了,

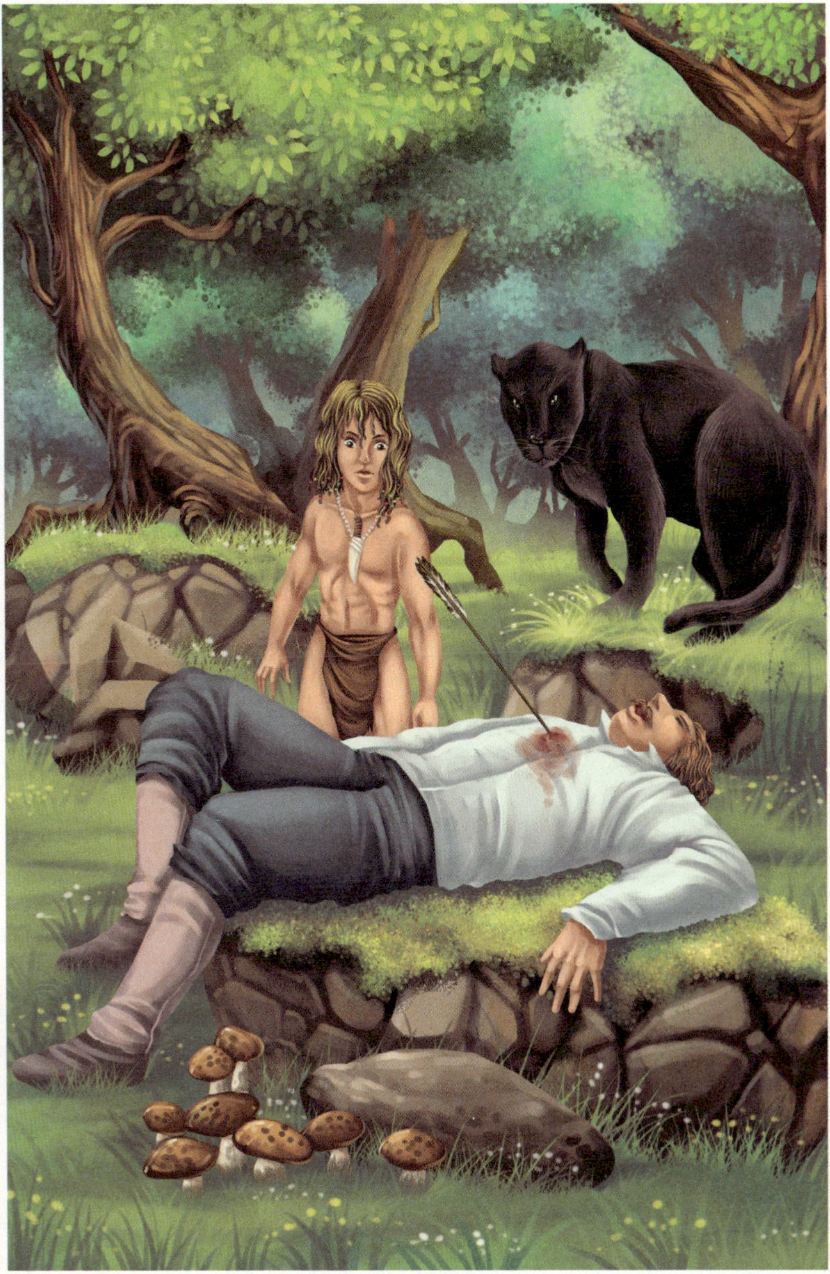

巴希拉终于开口说道："你闻到了么？有一股烟味儿。"

"人类总是这样的，不仅非常贪吃，而且很懒惰。"莫格利一边说着一边出现在树丛中，那是他们正在查找的又一片新的丛林。巴希拉在一旁奔跑着，喉咙里不时发出一阵奇怪的吼叫声。

"这边又有一个人再也不能吃不能喝了。"巴希拉淡淡地说。

在一株树丛边有一堆鲜艳的衣服，树丛周围全是面粉。

"又是竹竿！"莫格利气愤地说，"看看这些面粉，全都是人类食用的东西。他们从这个人手中夺取了食物，而这个人原本只是为他们搬运食物的，现在却成为了苍鹰切尔的美食了。"

"这已经是第三个人了。"巴希拉转身对莫格利说。

"我一定要带上许多只肥硕的青蛙，去找白眼镜蛇，然后好好地喂他。"莫格利在心底默默地想，"但对于驯象棒就是死神的化身这一点，我还是不能理解。"

"快跟上来。"巴希拉喊道。

当他们还没有行走到五百米的时候，就听到不远处有一只乌鸦站在树顶上哼唱着悲凉的死神之曲，大树下躺着的正是三个人的尸体。在这三个人中间还燃烧着一堆火，一个铁盘子正放在火苗上，而盘子上还放着一块烧焦了的面粉饼。在阳光的照耀下，驯象棒闪着耀眼的光芒。

"这根驯象棒干起活来真是太干净了。"巴希拉看了看三个人，说，"你看他们三个，一下子全都死去了。但他们究竟是怎么死的呢？你发现了吗，他们身上并没有任何伤痕。"

通常，居住在丛林中的野兽们凭借着生存经验掌握了一套和有毒植物有关的知识，他们所知道的，有时甚至还多于医生呢。

莫格利弯下腰，用鼻子仔细地嗅了嗅面粉饼散发出来的气味，然后又尝了一口饼，马上又吐了出来。

"这饼里有毒。"莫格利说，"那个背面粉的人一定是将毒物投放在了面粉中，他们四个人先杀死了猎人，然后其中的三个人又杀死了帮他们背食物的人。最后，这三个人却因为吃了有毒的食物而中毒死亡了。"

"真是太绝了！一个接一个地死亡。"巴希拉说，"那么，现在要怎么办呢？难道我们也要因为这根驯象棒而互相残杀吗？"

"巴希拉，你说它会讲话吗？"莫格利小声对巴希拉说，"是不是因为我扔了它，所以得罪了它？我知道，它绝不会在我们之间发挥任何死神的魔力的，因为我们都没有想过要得到它。可要是将它放在这里，人类会一个个被它杀死，这样的速度好比大风刮落枯叶一般。虽然我很讨厌人类，可这样杀人也是不行的呀！"

"这没有什么的！因为他们是人类！他们还会因为互相残杀而感到高兴呢！"巴希拉说。

"这些人崽子，为了抢夺水中的月亮，不惜全部掉进水中，最后都被淹死。没错，都是我一个人的错。"莫格利说，他的口气很奇怪，好像明白到了什么似的，"我再也不会带任何奇怪的东西到丛林中来，丛林是一个纯洁、美丽的地方。我再也不会带入任何肮脏的东西了！那这个……"他颤抖着握住驯象棒，"还是还给白眼镜蛇吧，但现在先让我们美美地睡上一觉，可又不能睡在这几具尸体旁边。这样，巴希拉，我想先把驯象棒埋在地底下，不然它又要出来杀人了。帮我在那边的树底下挖一个洞，好吗？"

"小兄弟，"巴希拉一边按照莫格利指的方向走去一边说，"你必须明白一点，这个问题出在人类自己身上，不是你，也不是驯象棒。"

"这没有什么区别。"莫格利说，"挖深一点儿，等我们一觉醒来，就将它送到真正属于它的地方。"

两个夜晚过后，白眼镜蛇正孤苦伶仃地坐在阴暗的地窖中，因为守护的东西丢了，又加上他被人类打败了，所以，现在正是他伤心欲绝的时候。就在此时，那根驯象棒一下子穿过墙洞飞进了地窖中，最后重重地落到了满是金币的地面上。

"老祖宗，"莫格利趴在墙洞旁，小心翼翼地对白眼镜蛇说，"快找一个更年轻的同族来帮帮你吧，帮助你守护那些宝藏，不然还会有人活着出去的。"

"哈哈，它终于回来了……我就说嘛，它就是可怕的死神，可是你为什么还活着呢？"白眼镜蛇一边高兴地缠绕着驯象棒一边说。

"我以赎买我的那头公牛发誓，我也不知道是怎么回事，但这个东西在一夜之间连续杀死了六个活生生的人，所以不要再放它出去了。"

Chapter 05 | 第五章

春天的奔跑

人类必须要回到人类的世界中去，对着丛林呐喊、呼吁！

他以前是我们最亲爱的兄弟，但现在必须要离去！

好好听着，居住在丛林中的伙伴们，你们要做出一个决定——

告诉我：有谁能阻止他的离去？

人类必须要回到人类的世界中去，他正坐在丛林中抽泣！

他以前是我们最亲爱的兄弟，现在却伤心至极！

人类必须要回到人类的世界中去！（就算我们有过深厚的友谊！）

也许，我们永远不会跟随他的步伐而去。

慢慢地，莫格利已经快到十七岁了。这个身体强壮的小兄弟，看起来比他的实际年龄还要成熟，这不仅是因为他吃的食物非常丰富，还因为经常遭受到各种困难的磨砺。就这样，莫格利浑身都充满了力量，而且发育也很快，这完全超过了他实际年龄所应该承受的程度。

当他想站在树枝上四处张望时，只要一手握住树枝，在半空中停留半个小时完全没有问题。他还能空手拦下一头快速奔跑中的野鹿，然后伸手握住他的角，一下子将他摔倒在一旁。有时，他还能瞬间推倒一头凶猛的大野猪。当他静悄悄地迈着步子在丛林中行走时，要是谁小声地说一句"莫格利来了"，所有的野兽都会为他让开道路。可是，莫格利总是以一副温柔、和蔼的姿态面对所有的伙伴。哪怕在他与猎物进行搏斗的时候，他的眼神也不会像巴希拉那样充满怒火。在莫格利的眼睛中，能看到的只是越来越高兴、越来越充满向往。这也是巴希拉一直弄不明白的事情。

关于这件事，巴希拉还认真地问过莫格利几次，莫格利听后，只是笑道："要是我没有成功地打猎，我就会生气。要是我已经饿了好几天，我就会非常生气，在那个时候，我的眼睛难道还没有说话吗？"

"肚子饿了，是嘴巴想吃东西，"巴希拉不理解地说，"眼睛却不会说话啊！打猎、吃食物、游泳，你的眼神永远都是一个样子，仿佛下雨天或是干旱时的岩石一样。"莫格利默不作声，只是从长长的眼睫毛下注视着巴希拉，就像他们以往一样，渐渐地，巴希拉低下了头。这个巴希拉，有谁还能比他更了解莫格利呢？

莫格利正和巴希拉睡在一个山腰处，那是一座坐落在小河边的小山。清晨的雾气环绕在他们身边，仿佛几根美丽的白色、绿色丝带。当温暖的太阳再次升起来的时候,这座小山就像在大海中冒着气泡一样,不停地翻腾着。斜照的阳光晒干了莫格利和巴希拉身旁青草上的露珠。严寒刺骨的季节终于熬过去了,所有的草木仍旧有些枯黄,当冷风袭来时,随处都能听到"咝咝"的声音。一片片小小的树叶发狂地击打着旁边的大树枝,就好像这片树叶被卷进了激流中一样。这些小树叶发出的声音惊醒了巴希拉,他不高兴地咳了几声,然后又闻了闻清新的空气,接着翻身又躺了下去。

"开始了,新的一年又要开始了!"巴希拉说,"所有的树叶都知道,很好,'新时间'又要来临了。"

"青草都干枯了。"莫格利随手抓起一把草说,"你看,连'春花'(草丛中的一种小红花,形状像喇叭)也枯萎了……巴希拉,你这么躺着合适吗?"

"怎么啦?"巴希拉心不在焉地说。

"我说你又是叫又是咳嗽的,还仰面躺着,这么做行吗,合适吗?我们可是丛林的大王呀!"

"你说的没错,我知道,小兄弟。"巴希拉说着便敏捷地蹲坐起来,他那满是灰土的侧腹上长满了破破烂烂的黑皮毛(巴希拉正在脱换冬天的皮毛),"我们的确是丛林的大王,可是,没有谁能像莫格利一样充满活力,没有谁能像莫格利一样充满智慧。"巴希拉带着一种奇怪的口气说。莫格利因此转身看了一眼巴希拉,看他是不是在嘲笑自己,因为丛林中总是流传着各种反话。"难道我说错了吗?"巴希拉望着莫格利说,"毋庸置疑,我们是丛林中的大王,但是我不知道莫格利已经不愿意再躺在地面上了,他已经会在天空中飞翔了。"

莫格利托着下巴坐在地上,两眼直直地望着眼前的晨光。在下边的丛林中,有一只鸟儿正在唱歌,他的声音非常沙哑,正努力地尝试着欢唱春天的音符。虽然他的声音很小,却被巴希拉听到了。

"我就说嘛,'新时间'要来了。"巴希拉的尾巴抖动了一下。

"我也能听见。"莫格利说,"你觉得冷吗?这么温暖的太阳,你为什么浑身颤抖?"

"唱歌的鸟儿正是啄木鸟菲尔,"巴希拉自顾自地说,"他现在还记着自己的歌,我也得回想一下了。"于是,巴希拉便开始哼起歌曲来,可是由于他不满意自己的唱功,只好又重复了好几次开头。

"但附近根本没有猎物啊。"莫格利迷迷糊糊地说。

"莫格利,你难道没有听清楚吗?我唱的歌不是为了捕猎,而是为了应对未来的不时之需。"

"我知道了,我想弄清楚什么时候是'新时间'?因为到那个时候,你们就全都离开我了,只有我一个人在这儿。"莫格利悲伤地说。

"可事实上……"巴希拉说,"我们也不总是……"

"你们确实总是!"莫格利突然情绪激动起来,他还愤怒地伸出了自己的食指,"总是丢下我跑开,而我,这个丛林的大王,却变成了一个没有士兵的司令!还记得上次吗?我想在人类的耕地中获取一些甘蔗,我当时是怎么行动的?我吩咐你,没错,我就是让你去通知哈蒂,让哈蒂在那天晚

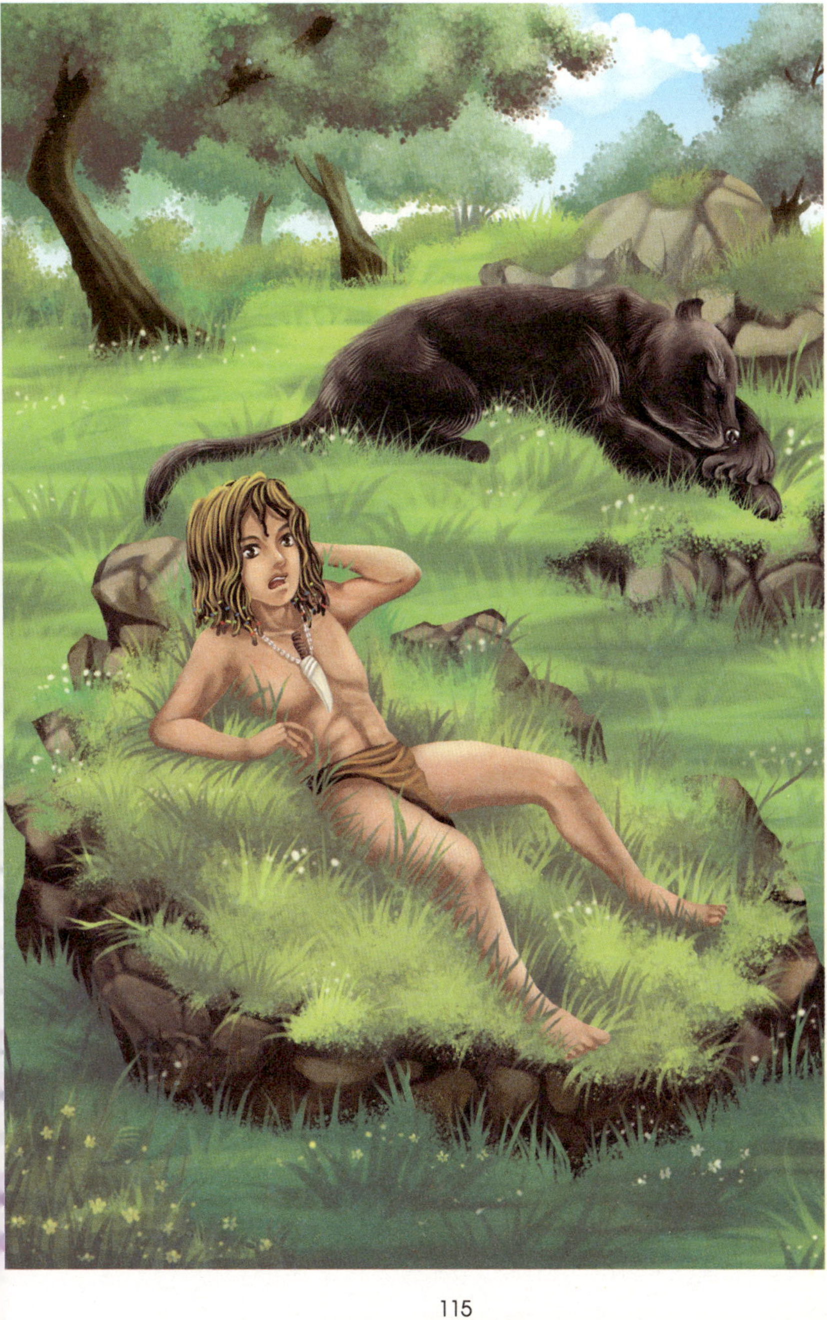

上给我弄一些甘蔗来。"

"哈蒂给你送了，只是晚了两夜而已。"巴希拉有些退缩地说，"关于你最爱吃的甘蔗，哈蒂那一次采摘的数量估计不管对哪个人崽来说，就算是吃三个月都吃不完的。"

"他并没有在我发出命令的那个晚上给我送来，是的，他就在月光之下跳跃着、吼叫着，他在地面上留下来的脚印，就像是三头大象踩过一般！由于他不想躲在丛林中，所以就在居民的房子前跳跃，我那天看到了，可他就是不想来我这儿，我知道！但我明明就是丛林的大王！"

"那正是因为'新时间'来了啊！"巴希拉又一次温柔地说，"亲爱的小兄弟，你当时并没有对哈蒂说他们的要语，对吧？现在就仔细地听一会儿啄木鸟菲尔的歌曲吧，放轻松点儿，高兴起来吧！"

这时，莫格利稍微消了一点儿气，他轻轻地将头放在了胳膊上，接着便闭上了眼睛。"我不明白，也不知道……或许根本不在乎……"他有气无力地说，"巴希拉，我们好好睡一觉吧，我感到很疲惫，肚子里翻腾得难受，只有在睡觉的时候我才能感到放松一些。"

巴希拉轻轻地叹了一口气，然后挨着莫格利躺了下来，伴随着啄木鸟菲尔为"新时间"反复练习的歌声，他们进入了梦乡。

印度丛林中的季节变化并不是很明显，全年好像只有两个季节似的，当然就是雨季和旱季了。但只要你仔细观察那些倾盆大雨、黑色般的丛林以及浓烟滚滚的尘土，就能看到四季的变化其实还是非常有规律的。在一年四季中，春天是最为奇妙的时间，因为春天不用生长出鲜嫩的叶子以及美丽的鲜花来覆盖整个丛林，他的任务只是清除掉冬季遗留下的黄色杂物，给刚刚苏醒的大地重新换上一套干净、整洁、年轻的"新装"。春天总是能非常出色地完成这个任务，因此，在这个世界上，没有哪一个地方的春天能够美得过丛林中的。

直到有一天，在世间万物都感到疲惫的时候，空气中充满了沉闷而衰败的气息。没有哪个动物能清楚地说明这个现象，但所有的居民都能明明白白地感受到。然后，突然有一天，要是用眼睛看的话，你不会发现有什么变化，但一切开始改变——空气变得清新起来，丛林中的每一个居民都开始伸展身体上的毛孔，冬天的皮毛开始从他们的侧腹慢慢蜕去。接着，伴随着一丝细雨，丛林中的所有树木、竹林、青苔，还有各种植物的枝叶都欢腾起来，他们发出来的声音很大，你甚至都能听到。发出这些声音的根源，从那一刻开始，无论是白天，还是晚上，始终"隆隆"地响个不停。这些声音就是春天里万物的喧闹声，是一种独有的"隆隆"声，这既不是蜜蜂劳作时发出的"嗡嗡"声，又不是小河流水发出的"哗哗"声，更不是风儿吹动树叶发出的"沙沙"声，却是世界上最美丽、最动人、最温暖的"隆隆"声。

一直到今年，每到季节更换的时候莫格利都会感到格外高兴。许多时候，他总是第一个看见草丛中的春花绽放，总是第一个发现天空中的春云，因为在丛林中，所有的这些事物都是与众不同的。莫格利的声音响彻在丛林中的每一个角落，不管是在满天星斗的时候，还是在开满鲜花的地方。他和青蛙们一起合唱，模仿站立在树枝上的猫头鹰的鸣叫。和其他好伙伴一样，他喜欢在春天里到处奔跑，这是为了玩乐：在夜幕来临的时刻出发，穿过暖乎乎的空气，一直跑到四五十英里外的地方，然后在黎明到来之前，戴着各种用鲜花和草编织的花环，欢笑着跑回来。狼妈妈的四个狼崽不喜欢和莫格利一起进行这种疯狂的行为，他们这个时候最喜欢和狼族待在一起欢唱。每到春天来临的时候，丛林中的野兽们可要忙坏了，莫格利每时每刻都能听到他们的尖叫声、呼啸声。正是因为这时的声音和一年中的其他时间不同，所以他们称这个时候为"新时间"。

可就在今年的春天里，就像莫格利对巴希拉说过的那样，他整个人都发生了变化，他的肚子也发生了变化。他对所有的事物都失去了兴致，那是一种闷闷不乐的情绪，这种情绪让他在想要说话的时候，由怒吼变成了喘息。

莫格利抬头仰望，发现猴子们正穿梭于丛林之中；低下头时，便能看见孔雀莫尔正骄傲地开着屏，他的毛色真是无比艳丽。

"你身上的气味已经发生变化了！"莫尔说，"打猎成功啊！小兄弟，你怎么不回答我呢？"

"打猎成功！小兄弟！"苍鹰切尔扑打着翅膀打招呼道，他的身边还有他新找的配偶。这两只苍鹰在飞行的时候，由于挨得太近，以至身上的羽毛都被刮掉了。

"我吃得很好，"莫格利自言自语地说，"我也喝了甘甜的清水，我的嗓子一点儿都不难受，而且也没有缩小。可我的肚子却这么沉重，我没有任何理由，却对巴希拉还有别的野兽乱发脾气。我有的时候感到燥热，有的时候又觉得寒冷。有时觉得不热，有时又觉得不冷。我对那些看不见、摸不着的东西生闷气。没错，我需要一次长远的奔跑，四个狼兄弟也会跟着我一起跑的，看他们的身体，一个个都胖乎乎的。"

于是，莫格利开始朝着远方呼叫，可没有一个狼兄弟回应他，因为在这个时候，所有的狼兄弟都在奔跑着、欢唱着，他们根本听不到莫格利的呼叫。过了很久，唯有一只野猫低声地回应了莫格利。当听到"喵呜"一声时，莫格利气得浑身发起抖来，他猛地抽出匕首，然后不顾周围的目光，趾高气扬地向着山脚走去。尽管如此，仍旧没有一个伙伴注意到莫格利，因为他们都在忙自己的事情。

"好！"莫格利心想，尽管他深知这么做是不对的，"要是我让红花跳跃在树丛中，那么，所有的居民都会哭着跑过来，请求我的帮助，他们还会拼命地巴结我。但现在，大家因为'新时间'的来临，全都像塔巴几一样发了疯。我以赎下我的公牛发誓，我究竟还是不是这个丛林的大王？嘿！那边是什么东西？不许出声了！"

原来是两匹正在打斗的小狼。丛林法规中有规定：不许任何一匹狼在狼族能够看得见的地方搏斗。只见这两匹小狼怒吼着蹲坐下来。莫格利走上前去，企图干涉他们的决斗，可那两匹小狼却向前一冲，将莫格利推到了一边，然后两匹狼不由分说地开始厮打起来。

好不容易，莫格利才站稳没有倒下去。他气得拔出了匕首，露出了白牙。在以往，狼群要是不听他的命令，他就会冲上去杀了他们，尽管法规说了他们有权利进行搏斗。莫格利颤抖着身子，在一旁等候着这两匹厮杀中的小狼，等他们结束一个回合的搏斗时，他就要上前去教训他们一顿。可就在这时，莫格利突然浑身一软，没有了力气。于是，他只得慢慢收起匕首，在一边观看起来。

"看来我肯定是误食了什么毒药。"莫格利叹息道，"我使用红花搅乱过会议场，我还剥过希尔汗的皮，没有哪匹狼能将我撞到一旁去！可现在，只是两匹小狼——完全不用放在眼里的猎手，却将我撞到了一边！看来，我是活不长了，我身上没有半点儿力气。莫格利，你为什么不过去杀了这两匹小狼！"

那天，莫格利很早就去打猎了，但他并没有吃多少东西，因为他要开始春天的奔跑了。整个丛林里只有他一个人吃了东西，因为所有的居民都在唱歌和搏斗。渐渐地，莫格利忘记了心中的苦闷，开始迈着步伐向前跑去，快乐的心情重新回到了莫格利的身边，他开始放声歌唱起来。莫格利大步流星，因为他脚下的路正是丛林的主要干道，那软绵绵的土地将莫格利的整个身体都弹了起来，再加上多年的艰苦磨炼，莫格利已经锻炼出了一身强壮的肌肉，这让他奔跑起来就像羽毛一般轻盈。他会轻而易举地躲开路途中的障碍物——隐蔽的石头，或是一块腐朽的木头，而不会因为避开障碍物而降低速度。

当他不想在地面上行走的时候，就会像猴子们一样伸出双臂，敏捷地抓起眼前的一根细藤蔓，然后就仿佛一片叶子一样在半空中自由地飘荡起来。这个时候，他就顺着丛林中的树木向前行进，直到他又想回到地面上为止。

他经过的地方有的是寂静而炎热的山谷，山谷四周全是潮湿的石块，那里长满了各种鲜花，鲜花散发出来的香味让莫格利感到透不过气来；有的是幽暗而又月影斑驳的大路，地面上月光投射下来的影子就像是教堂里铺垫的大理石一样；有的是低矮的丛林，高大而又年轻的植物长得很高，它们都快达到莫格利的胸口了，有的还伸出了手臂来搂莫格利的腰；有的是布满小碎石的山峰，他在碎石之间跳跃着，吓坏了居住在石缝之中的一窝小狐狸。

他就这么不停地奔跑着，有的时候会高声呼喊，有的时候会欢快歌唱，这是他最高兴的时刻。当他闻到一片迷人的芳香时，他便知道目的地已经不远了，而他要狩猎的地方就在目的地的那头。

要是一个在人类的世界中成长起来的孩子，当他还没有在丛林中迈开第三个步子的时候，就会一下子遇到许多危险，但莫格利和他们不一样，他有着一双好像长了眼睛似的脚，可以娴熟地将他送往一个又一个的草丛中，根本不用眼睛去看。他不知疲倦地奔跑着，直至来到一片湖水中间。湖水中的野鸭子全都受到惊吓跑开了，四周的沼泽地此时也清醒过来。莫格利找到了一根长满青苔的树干，舒舒服服地坐了下来。春天到了，所有的捕鸟人都忙得不可开交，他们不分昼夜地往来于大湖周围，并没有注意到莫格利。他一边唱歌，一边注视着自己的脚，检查还有没有没被拔走的刺。他在丛林中的坏情绪好像都不见了，当他准备放声高歌时，那种闷闷不乐的感觉突然一下子又回来了，而且似乎比之前的还要强烈。

莫格利感到害怕极了。"还在,这种可怕的感觉还在!"莫格利自言自语地说,"它一直跟着我!"于是,他环顾四周,看他口中的"它"是不是就站在附近。可四周除了喧闹声外,没有一个野兽和他讲过话,他感到了一种新的恐惧,这让他感到无比痛苦。

"我敢确定,我是吃了毒物,"莫格利担心地说,"我不知道在什么时候吃了它。我好害怕,不,并不是我在害怕,是看到两匹小狼搏斗时的莫格利在害怕。正是因为我吃了有毒的东西,所以才会这样……而他们,究竟在乎丛林中的什么呢?他们整天唱歌、跳舞、打斗,但是我呢?该死,我就要死在这里了。"莫格利感到很伤心,眼泪几乎都要流下来了,"接着,"他继续说,"他们会发现我不见了,然后在黑水中看到死去的我。不要,我想回到丛林中去,就算死也要死在会议场的岩石上,还有巴希拉,我非常敬爱他,巴希拉要是不在我身边尖叫的话,他也一定会守在我的尸体旁的。"

突然,一滴温热的泪水滴落到莫格利的膝头,尽管他非常痛苦,但又不由得对此时的痛苦感到很高兴,如果你能理解他此时这种颠倒的高兴就太好了。"阿克拉曾经告诉我,"莫格利终于冷静下来,"我们在死亡之前,肚子会发生变化。他还告诉我,我属于丛林!"莫格利不由得大声喊出了这句话,这时,一头母水牛从水中钻了出来,她哼着鼻子,没好气地说:"是人类!"

"哼!"野公牛弥查(坐在树干上的莫格利能听到弥查

转动身体时发出的声音）说，"他算不上是人！只是一个没有长皮毛的狼罢了，他总喜欢在这种夜里到处乱跑。"

"哼！"母水牛满不在乎地低下头吃起草来，"我还以为是人类呢！"

"我就是这么告诉你的呀！"弥查叫道，"莫格利，你有危险吗？"

"莫格利，你有危险吗？"莫格利学舌道，"弥查只会想危险不危险，而莫格利却在整个晚上都在丛林中奔跑，他在想大家到底都在乎什么，关心什么呢？"

"这个人崽子的声音可真大！"母水牛生气地说。

"没办法，他就是喜欢这么叫，"弥查不满地说，"还总喜欢到处拔草，但又不知道怎么食用它们！"

"比这个还要恶劣呢！"莫格利自顾自地大声说，"上个雨季的时候，我在奔跑的时候，还将弥查从沼泽地中拉了出来，为他戴上了一个用草编织的头环。"说着，他正要伸手去扯弄一根芦苇，但马上又叹着气缩了回来。弥查只是低着头不停地反刍。

"我绝不能在这儿死去，"莫格利怒气冲冲地说，"像弥查一类的野兽都会嘲笑我的。我要到沼泽地的另一头去，看看那边究竟有什么东西，我到现在都没有进行过这样的春天的奔跑。快起来吧，莫格利，出发吧！"莫格利终于忍不住越过芦苇丛找到了弥查，然后用匕首碰了碰它。随后，那只健硕的野公牛猛地冲出沼泽地，莫格利则站在一旁大笑。

"你说说，这个没有长毛的狼是不是放牧过你？"莫格利嬉笑道。

"没有长皮毛的狼？是你吗？"弥查生气地说，"整个丛林都知道你是放牧耕牛的！你和住在丛林边的人崽一样！真不知道你怎么会是丛林中的一员呢？竟然使用卑鄙的手段袭击我，而且还开这样的玩笑！这种玩笑就像是塔巴几的风格！你敢让我在母牛面前丢脸，有胆量就过来，我要，我要……"弥查在沼泽地中怒吼道，他的坏脾气在整个丛林中可算是出了名的。

莫格利听清楚沼泽地中发出的声音后，才慢慢地说道："附近有人类居住吗？这儿是一个新丛林，我可没有来过。"

"一直朝着北方走吧，人崽！"弥查仍旧很生气，因为莫格利此时正不停地用尖刀刺他，"你开的玩笑真卑鄙，去跟那些人崽子说吧。"

"不，他们根本不爱听这些故事！再说了，亲爱的弥查，我只是动了一下你的皮，这没有什么的！我现在要去看看那个村子了！要知道，作为丛林的大王，并不是每天晚上都有时间来放牧你的。"说完，莫格利便朝着北方走去。他的内心十分欢畅，而且他也知道弥查是不会跟过来的，只要一想起弥查生气的模样，他就开心得大笑起来。

"我还有力量！"莫格利说，"毒应该还没有遍及全身。那边有一处亮光，"莫格利望了望前方，"以赎我的那头公牛发誓，那一定是村庄里的红花，在我还没有进入到丛林之前，还是人崽的时候，在红花旁边睡过觉！因为看到了红花，所以我可以结束这次奔跑了。"

在沼泽地的尽头，莫格利看到了一片宽阔的平原，上面有灯火闪烁。不知有多久,莫格利和人类已经不再有任何交往了,可是今天,这红花却有着神奇的魔力,吸引着莫格利走了过去。

"我想看一下,"莫格利说,"看看人类究竟有什么变化。"

莫格利早已忘记了村庄并不像丛林那样可以让他自由出入,因此,他只是兴冲冲地靠近了一间小屋,几只小狗立即冲着莫格利狂吠起来。

"噢!"莫格利发出一声狼叫,小狗马上吓得不敢再出声了。接着,莫格利便坐了下来自言自语道:"不管了,莫格利,你和人类还有什么关系?"他不由得摸了摸嘴角,那是许多年以前,人类在驱赶他的时候,曾有一块石头砸在了那里。

这个时候,屋门被打开了,一个妇女走了出来,她站在门口探出脑袋向外张望,屋里传来了小孩子的哭声,妇女转身安慰道:"没事,别害怕,只是有个什么东西吵醒了小狗,等一会儿就天亮了。"

莫格利听到妇女的声音后,开始不停地哆嗦起来,这是他再熟悉不过的声音了,为了进一步确认,他开始轻声呼唤起来:"莫苏阿,莫苏阿……"同时,他惊叹于自己竟然又会说人话了。

"是谁?"妇女的声音有些颤抖。

"你忘记我了吗?"莫格利感到喉咙有些干涩。

"如果真是你,请告诉我曾经为你取过的名字!"妇女激动地说。

"是纳苏,纳苏……"莫格利回答说,因为他清楚地记得这是莫苏阿为他取的名字,这是他来到人类的世界中的第一个名字。

"噢!你是我的儿子!"妇女说,莫格利慢慢地走进灯光中,双眼静静地望着莫苏阿。眼前站着的正是很久以前对他很好的人,也正是曾经试图在人群中救他的人。莫苏阿已经老了,头发也开始花白了,但她的声音、双眼和记忆中的一模一样,没有任何变化。

"我的儿子啊!"莫苏阿的声音有些颤抖,突然,她又瘫坐在地,"不,你是丛林的神灵!你已经不是我的孩子了!"灯光下,莫格利不仅高大威猛,而且英俊潇洒,他戴着一个草编的头环,脖子上还挂着一把匕首,和传说中的丛林之神一样。睡在小床上的孩子也惊醒了,一眼看见莫格利便吓得哭了起来。莫格利环顾四周,眼前全是熟悉的事物:水缸、柜子……

"你饿了吗?"莫苏阿说,"你救了我的命,不管你是我的儿子,还是丛林之神,这里的一切都是属于你的!"

"我是纳苏……妈妈,我……我并不知道你在这儿。"莫格利说。

"你走之后,他们要烧死我们,你知道吗?后来,英国人用法律制裁了他们,等我们再回去的时候,村庄已经没有了。"莫苏阿小心翼翼地说,莫格利的鼻子开始有些抽搐。"我丈夫很强壮,所以我们还是能过活的,虽然没有以前那么富裕,但家庭开支不大,只有两个人。"

"你的丈夫呢?"莫格利看了看睡在床上的孩子说。

"他已经死了一年多了,这是我的孩子,纳苏,如果你是丛林之神,就赐福给你的弟弟吧,我希望他能平平安安、健健康康的。"

"但我并不知道什么是赐福啊!"莫格利抱起孩子,而孩子在这个时候竟忘记了恐惧,开始玩起莫格利脖子上的匕首来。"妈妈,我既不是丛林之神,也不是这个孩子的哥哥,妈妈,我的肚子很沉。"莫格利颤抖了一下。"喝一些热牛奶吧,你是在夜里跑多了,受了风寒。"莫苏阿开始在炊具之间忙碌起来。喝下热牛奶后,莫格利感到有些疲惫了,不一会儿就蜷着身子睡了过去。莫苏阿摸了摸莫格利的头发,然后为他盖上被子。莫格利按照丛林的规矩睡了一个晚上,接着又睡了一天一夜,当他醒来的时候,警惕地以为这里是陷阱,急忙拿出匕首准备战斗。这时,莫苏阿为他端来了晚餐:一碗米饭、一个面饼、一杯果酱。这些正好可以先给莫格利垫垫肚子,之后便有力气去打猎了。可是小孩子却不肯让莫格利离开,而莫苏阿则要求给莫格利梳完头发后才能走。这时,灰哥从门缝间伸进了一只前爪,而且还不停地悲鸣着。这让莫苏阿吓了一跳。

"你先在外面等我,为什么我叫你的时候?你不来。"莫格利说完,便站起身来,"妈妈,我要走了。"莫苏阿像崇拜神灵一样看着莫格利,但在莫格利走到大门边的时候,她还是忍不住上前拥抱了莫格利。莫格利感到嗓子干巴巴的,像是有什么东西扯着一般。他对不停请求他不要离开的莫苏阿说:"妈妈,请相信我,我一定会再回来的。"说完,他便走了。

"你去了人类的房子?还吃了他们的东西?"灰哥说,"我跟着你的足迹来到这儿。我不会离开你的,除了'新时间'的时候。"

莫格利正准备回答的时候,迎面走来了一个身穿白色衣服的年轻姑娘。莫格利立即和灰哥躲了起来,尽管这样,他还是触碰到了姑娘的手。莫格利一直望着姑娘的背影,直到看不见她了。

"那你还愿意一直跟随着我吗?"莫格利说。

"当然……"接着,灰哥便不再说话了,然后他开始默默地说道,"没错,他们说得对!你终究是要回到人类的世界中去的……聪明的卡阿也这么说过……"

"灰哥,你先回到丛林中去,让大家在会议场上等我,我会告诉大家我的肚子是怎么了。不过,或许他们都不会来,因为这是'新时间'期间,大家都忘记了我。"

"那你有没有忘记什么东西呢?"说完,灰哥加速向丛林跑去,只剩下莫格利一个人在后面想着什么。当莫格利心事重重地来到会议场的时候,发现那儿只有四个狼崽、年迈的巴卢,还有巨蟒卡阿。丛林中的其他居民都不相信莫格利会离开,因此仍旧在欢快地唱着歌,跳着舞。

"你现在就要结束这段历程了吗?"卡阿看着痛哭中的莫格利说,"好好哭一场吧,你是我的亲人,不管你是不是人类。"

"我为什么没有死去?"莫格利说,"我不知道是怎么了,没有了力气,无法安静下来,也没有心思再去搏斗。我不知道该怎么办。""法规说过,"巴卢说,"你要回到人群中去,巴希拉也知道,他去了哪儿?""当初在寒洞的时候,我就知道,就算丛林不赶你走,你还是得回到人类的世界中去。"卡阿说。"丛林不会赶我走?"莫格利问。

"丛林不会赶你走的,只要我们还有一口气。"四个狼崽说。"尽管我现在已经很老了,但只要莫格利你有需要,丛林随时等候着你的命令。"巴卢说。"中部的丛林也将顺从于你。"卡阿说。

"不,我不想离开这儿,但为什么我必须要走?"莫格利抽泣道。

"亲爱的莫格利,当初见证你进入丛林的居民大部分已经老得死去了,包括你的狼爸爸、狼妈妈,还有阿克拉以及那批老狼,他们都已经死了,现在只有巴希拉和我还活着。你是丛林的主人,因此,你不应该再问丛林你应该如何生活下去了,你需要自己选择。"

"我不想,更不愿意……"莫格利哭泣道。这时,动作如同往常一样敏捷的巴希拉冲了出来,说道:"小兄弟,在当初那次很费时间的捕猎中,一头公牛因你而死,现在这个债务也还清了,至于其他的,巴卢已经替我说了。"巴希拉舔了舔莫格利的脚,"不要忘记,我永远爱你。"说完,他便跳跃着跑开了,"丛林大王,请记住,我爱你。"

"小兄弟,在临走之前,先到我这儿来一下吧。"巴卢说。莫格利紧紧地依偎在巴卢的肚子上,而巴卢则吃力地试图弯腰舔莫格利的脚。

"星星已经不多了。"灰哥说,"现在去哪里睡觉呢?因为我们就要开始新的旅程了,就从现在开始!"

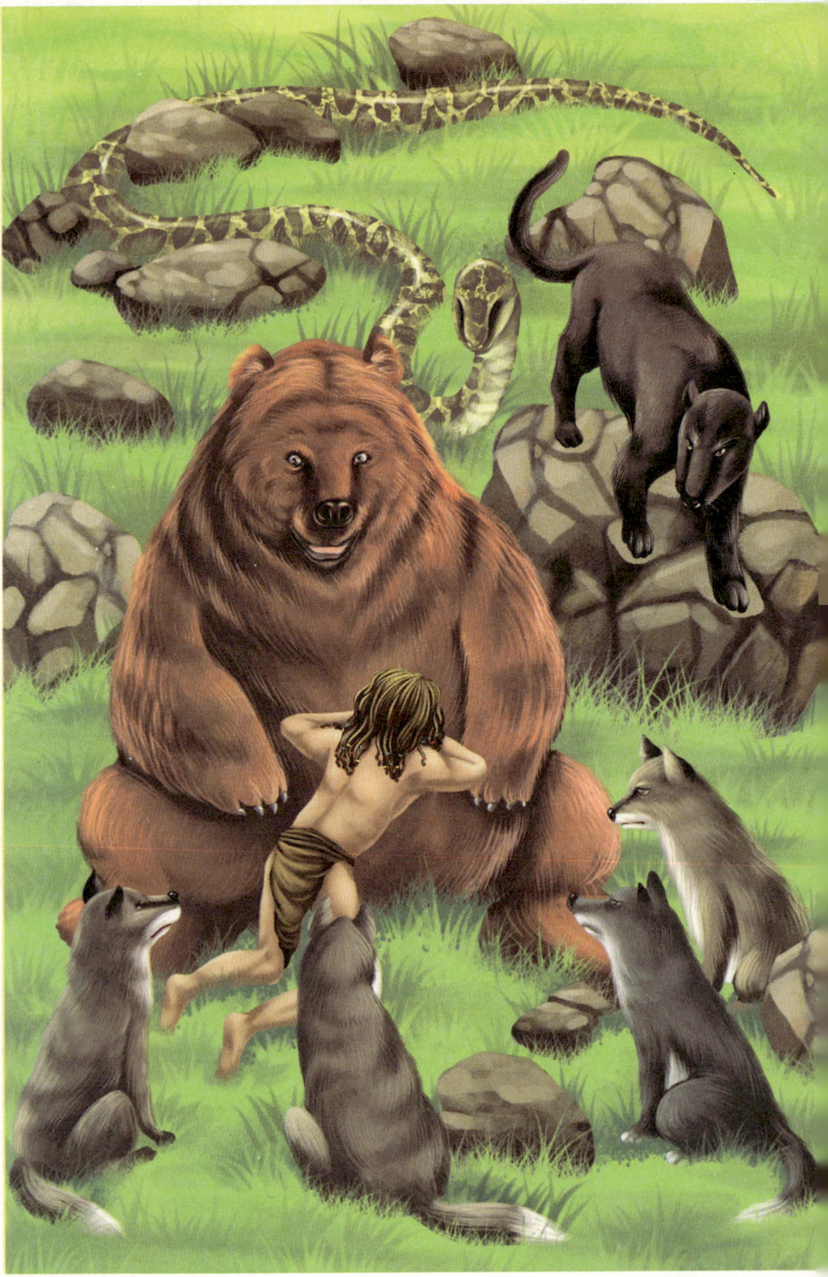

Chapter 06 | 第六章
在丛林中

在印度，森林部是所有公共事业中最为重要的一个部门，因为整个印度的绿化事业全都靠这个部门的运作，换句话说，当政府有足够的运作经费时，所有的绿化事业就全都依靠森林部了。

每天，森林部的工作人员都要想尽办法与各种突如其来的自然灾害抗争，比如在应对会移动的沙丘时，他们会首先在它的周围修建各种各样的篱笆，然后再在对面建起堤坝。对于沙丘，他们主要依照生态规律，在上面种植生命力顽强的松树加以固定。这些工作人员不仅要顾及雨季中被雨水冲刷得光溜溜的斜坡，而且还要负责保护国家森林公园中的所有树木。

所有的工作人员都在呼吁，如果政府不重视上述这些问题，就会造成非常可怕的后果。他们每天都呼喊着，直到精疲力竭为止。他们引进了各种各样的外国树种，并在印度耐心培养，让它们生长。他们甚至还想着能有效地抵抗热病的传播。他们在平原的主要工作就是保持森林的防火线畅通无阻，这么做，就是为了当旱季来临或是牲口没有食物可以吃的时候，村民们可以进入到这里进行放牧。此外，他们还会让村民在离开之前带走一些柴禾。他们不停地修剪树枝，给铁路提供了不计其数的燃料。他们清楚每一笔盈利，这来自于他们的种植园。他们是种植在上缅甸的树林的医生，但他们的活动总是缺乏资金。

由于林务官经常因为公事要到远离林站的地方出差，慢慢地，他们也就开始变得老练起来。他们不但学会了丛林中的各种歌曲和传说，还学会了如何辨别丛林里的不同政体：他们在执行任务的时候，不止一次遇到过老虎、豹子、大熊、鬣狗，这可是必须要经过好几天的寻找才可能碰上一两次的事情；他们花费大量的时间和精力在帐篷、马鞍上；他们渐渐成为了丛林中树木的好朋友，成为了粗鲁的森林看守者和猎人的伙伴，一直到森林回应了他们的劳累、报答了他们的操劳，然后才在他们的身上打下了森林的印记。于是，他们再也不唱从南锡（法国东部的一个城市）学来的歌曲，而是变得沉默起来，就像树丛中沉默的动物一样。

基斯博已经在森林部工作近四个年头了。刚开始，他并不能理解这个职务的意义，但他非常钟爱于自己的事业，因为他的职务不仅为他提供了许多次骑马出游的机会，而且还赋予了他令人可敬的权威。但后来，基斯博开始厌倦起这个工作来，他宁愿付出一整年的工薪，去享受印度提供的各种社交活动。

可是，只要这样的情绪过去，森林的魅力又会将他吸引回来。慢慢地，他也心甘情愿地为森林付出了：不断加固各种防火线；在阳光下仔细欣赏他成功种植的新树种；疏通被泥沙堵塞的管道；帮助即将被杂草吞没的森林——在一个静悄悄的午后，所有的杂草开始熊熊燃烧起来，接着，居住在杂草中的野兽会在浓烟之中冲出来。接下来，整个森林就开始新的蔓延——不断地有小树苗从被烧焦的黑色泥土中钻出头来，看着这些整整齐齐的小树苗，基斯博非常高兴，也很满足。

基斯博住在一个坐落在森林尽头的平房里，那里有两间房子，它们有着白色的墙壁和用茅草铺成的屋顶。只要站在房子边，就能俯瞰整个森林。他完全用不着去布置一个花园，因为丛林就在他的家门口。他也用不着修建车道，因为只要一骑上马，他就能进入到森林中。

基斯博的家里有一个专门负责照顾他吃饭的男仆，叫加富尔，是一个信奉伊斯兰教的教徒。在不用干活的时候，加富尔就会跟当地仆人聊天。所有的仆人都居住在平房后边的几个小房间中，在他们之中，有两个是专门负责照顾马匹的，一个是厨师，一个是负责打水的，一个打扫卫生，基斯博一共就只有这么几个仆人。枪是基斯博自己擦拭的，但他并没有养狗，因为狗总是吓跑他的猎物。基斯博最得意的就是他能准确地说出居住在这个森林中的动物们什么时间在什么地方喝水；当黎明来临时，动物们又会在什么地方吃饭；在燥热的白天还会在哪儿睡觉……护林人和森林警员居住在森林深处，他们的小屋离这儿很远。所以，这儿就只有基斯博和他的仆人。

春季，森林还没有换上绿色新装的时候，一切都很干燥，它们在等待着雨水的降临。当黑夜到来，在寂静的森林中，到处都会传出呼叫和长啸：老虎正在进行激烈的搏斗，野鹿在骄傲地鸣叫，野猪在树干上拼命地磨牙……这个时候，基斯博完全不会动用那支他很少使用的猎枪，因为他觉得捕杀动物是一种罪过。

夏季，没有月亮的天气是干燥而炎热的。基斯博聚精会神地注视着森林，看有没有烟尘升起，因为那是森林火灾的报警信号。

接着便迎来了雨季，整个森林被一片雾蒙蒙的热空气笼罩着，石头般的雨点撞击到硕大的叶片上，"滴滴答答"地响了整个晚上。然后，河水开始哗啦哗啦地作响，树木的叶子被风儿吹得噼里啪啦作响。在太阳从乌云中挣脱出来之前，闪电在丛林中自由自在地编织着美丽的图案。整个森林不停地冒着热气，直直地冲向被雨水刚刚清洗过的蔚蓝色的天空。紧接着，燥热又将整个丛林染成了黄黑相间的虎皮色。

慢慢地，基斯博知道该怎么认识这个属于他的王国了，他感到非常快乐。每个月，他的薪水都会准时送达，可是，他并不怎么需要用钱，因此，所有的钱就堆放在一个小抽屉里。如果他从里面取了一些，要么是准备从植物市场上购买一些东西，要么就是送给了寡妇——护林人的遗孀，因为政府是不会为这些寡妇们拨用经费的。

当然，既然能获得丰厚的薪金，那惩罚自然也是不会少的，在有必要进行惩罚的时候，他的惩罚也是很重的。

一天晚上，有个报信的人急急忙忙地告诉他说有个森林警员死在了河边，这个警员的死状惨不忍睹，脑袋碎得像个破碎的鸡蛋壳似的。黎明时分，基斯博出门捉捕凶手。所有人都知道，只有年轻的士兵或是旅行者才喜欢打猎，对于林务官来说，打猎是一件非常平常的事情，因此没有人把它当回事儿。基斯博快速赶到案发现场，只见一个妇女正趴在尸体上哭得撕心裂肺，几个男子则在一旁检查着地面上的几个脚印。

"这没准儿是'红怪物'干的！"其中一个人推测说，"我就知道，他最后还是会杀人的！但他的捕猎对象非常多，压根儿犯不上杀人啊！因此，这也有可能是哪个混蛋的恶作剧。"

"'红怪物'就藏在那棵大树后面。"基斯博说，他明白大家所说的"红怪物"指的是一只老虎。

"先生，他已经不在那儿了，我想，肯定在不停地奔跑着，因为一旦杀了第一个人，他的眼睛就红了，很快就会再杀第二个人，或是第三个……或许就在我们说话的时候，他正在我们后面伺机行动呢。"

"或许，他去了附近的茅屋，"又一个人分析道，"从这儿到那间茅屋大约有四'柯斯'（一种距离单位）。你们快看，这个人是谁？"

所有人都转过身，只见有个人从河边走了过来，他的头上戴着一个花环，身上除了腰部缠了一块布之外，全身都是光溜溜的。他的脚步如此轻盈，就连听惯了猎人轻声行走的基斯博也不由得大吃一惊。

"刚刚咬死人的那只老虎，"这个人没有跟他们任何一个人打声招呼就直接开口说道，"在喝过水之后，就去睡觉了，现在正躺在山旁边的一个大岩石下面呢！"

这个人的声音非常清脆，就像被风儿吹动的铃铛一样，他的语气和当地人的完全不同，因为他根本不会唉声叹气。在阳光的照射下，他微微地抬起头，天啊！看，他的样子就仿佛一个在森林中迷失方向的天使！这时，痛哭中的寡妇也停止了哭泣，她睁大了眼睛望着这个人，接着，又更加夸张地痛哭起来。

"我能带你们过去吗？"这个人直接说。

"要是你能确定的话……"基斯博说。

"确定，但我是在一个小时之前看到的，那个家伙，还没有到吃人的时间，但在他残忍的嘴巴中已经长好了可以置人于死地的牙齿。"

刚刚那几个蹲在地上检查脚印的人此刻已经急急忙忙地逃走了，因为他们担心基斯博会要求他们一起跟着这个人去找老虎。

那个人见状只是默默地笑了笑，"先生，请跟我来吧。"说完，他便转身向前走去。

"请慢一点儿好吗？"基斯博说，"请停下来，我好像没有见过你。"

"没错，我刚到这儿不久。"

"你是从哪个村子来的？"

"我不属于任何一个村子，我来自那边！"他朝北方指了指。

"你叫什么呢？别人都怎么称呼你？"

"先生，别人都叫我莫格利。你叫什么呢？"

"我叫基斯博，这片森林属于我的管辖范围。"

"难道你为这些树和草都编上号码了吗？"

"我必须这么干，为了防止你们这些居住在北边的人烧树林。"

"不，哪怕你给我再多的好处，我都不会干这种事情，丛林是我温暖的家园。"莫格利微笑着转身面对基斯博，然后小声说，"嘿，我们得轻点儿了，不能惊醒了那只坏狗，尽管他现在睡得正香呢！不过，要是我先走过去，再将他赶到这儿来，或许会更好一些！"

"上帝啊！老虎什么时候变得这么好驯服了，能让一个光着身子的人赶着走？"基斯博被面前这个胆大包天的人给惊呆了。

"先生，你不相信我吗？"莫格利笑道，"那就和我一起走吧，使用你的方法，然后开枪打死他？"

顺着莫格利的脚步，基斯博在丛林中遭受到了各种磨难。他们有时弯弯曲曲地行走，有时匍匐前进，有时又到处攀登，有时又得弯腰驼背。

终于，当莫格利要他抬头看时，在一块岩石后边，基斯博看见了一只躺在河边的老虎。基斯博看得脸都发绿了，只见这只老虎正懒洋洋地躺在地面上，很悠闲的样子，还不时地舔舔自己的前爪。由于这只老虎的年纪已经很大了，因此他满口的牙齿都变成了黄色，而身上也都生满了疥癣。即使这样，当阳光照射到他的皮毛上时，那样子还是很威风的。

对于这个刚刚吃了人的东西来说，基斯博完全不用讲究什么道德。这是个名副其实的害虫，现在就应该枪毙他。基

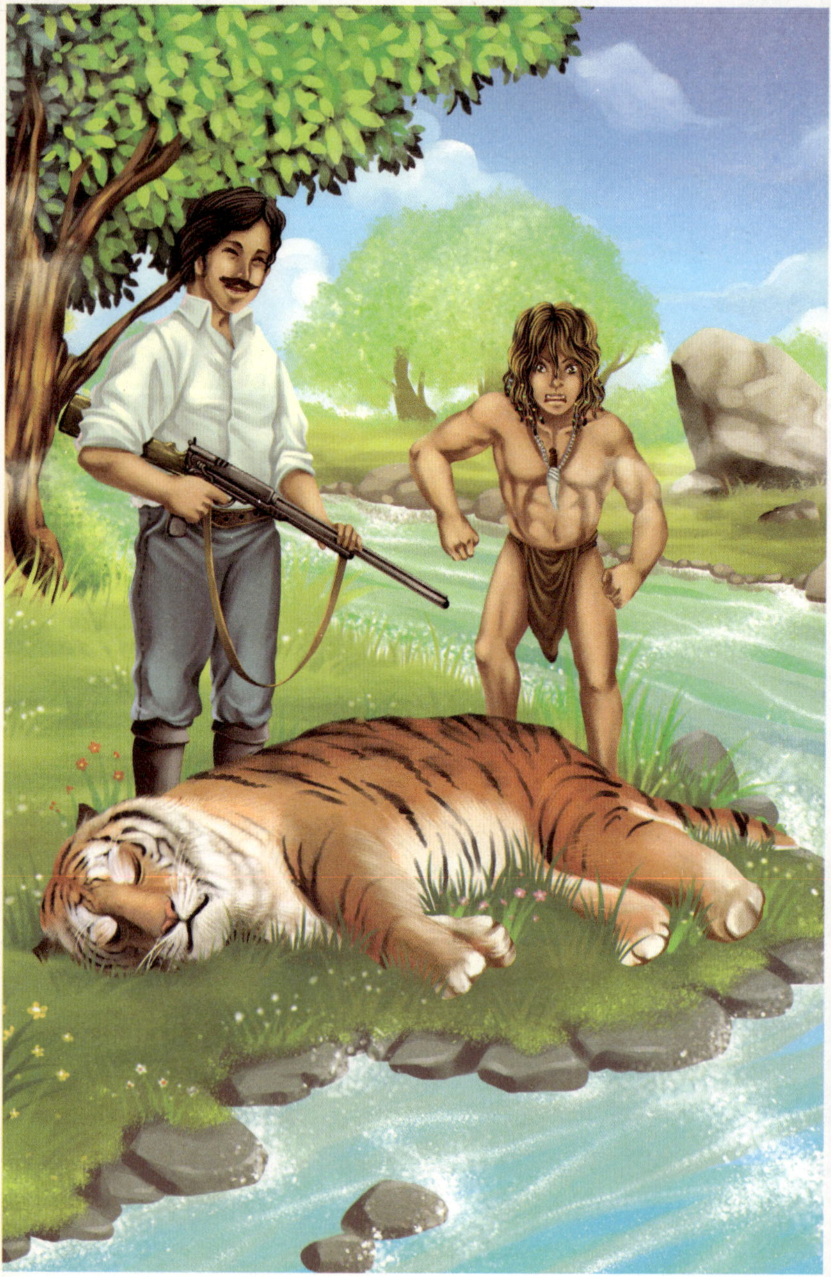

斯博等自己的情绪稍微缓过来一点儿后，将枪稳稳地放在了岩石上，接着对老虎吹响了哨子。老虎听到响声，慢慢地转过头，这时，他距离枪口已经非常近了。基斯博颤抖着打出了他的子弹，其中一颗击中老虎的肩膀，另外一颗击中眼睛下边。因为距离很近，所以子弹很容易就打穿了老虎粗大的骨骼。

"没事，他的皮根本没有什么收藏价值。"基斯博淡淡地说，一股白烟开始慢慢消散。老虎一边发狂地怒吼，一边不停地胡乱踢着。

"这只狗就应该得到这样的下场！"莫格利说，"他的身上没有任何可以拿走的东西！"

"胡须呢？你想要吗？"基斯博知道护林员是非常看重这个的。

"我才不要呢！我又不是下贱的猎人！只会胡乱摆弄老虎的胡须！"莫格利大声说道，"就让他这么躺着吧，你看，他的伙伴来了。"

正当基斯博准备擦掉脸上的汗珠时，天空中飞来了一只苍鹰。

"既然你不是猎人，那你又是从哪儿获得关于老虎的知识的呢？"基斯博问，"没有哪个猎人能像你一样干得这么出色！"

"我痛恨老虎，所有的老虎！"莫格利狠狠地说，"先生，给我背一下你的枪吧，多么好的一把枪。先生，你现在准备去哪里呢？"

"等一会儿我就得回家了。"

"我一会儿可以去你的家吗？在此之前，我还从来没有去过你们这些官员的家里呢！"

莫格利跟着基斯博回到了平房，一路上，莫格利都是健步如飞地走在前面，阳光之下，莫格利的皮肤闪耀着好看的棕色。

平房的游廊上放着两把椅子，莫格利好奇地望着它们，并不时地用手去触碰它们。接着，他就慢慢走进屋子里。基斯博轻轻地打开一道竹帘，用来遮挡阳光。当竹帘还没有完全落到地面并发出一阵响声时，莫格利已经飞快地从屋子里跳了出去，他的前胸还剧烈地起伏着。

"先生，这是一个陷阱。"莫格利紧张地说。

听到莫格利这么说，基斯博不由得大笑起来，"放心吧，我们是不会对别人设置陷阱的！看来你确实是个丛林人啊！"

"好的，我知道了。"莫格利说，"这儿既没有机关，也没有什么陷阱。我今天倒是头一次见识这个东西！"说完，莫格利又小心翼翼地踮起双脚走进屋里。他睁大了双眼，不停地打量着屋子里摆放的各种家具。

屋子里，正在忙着准备午餐的加富尔则满脸不快地看了看莫格利。

"你们总是不嫌麻烦，吃饭如此费事儿，吃完饭再去睡觉的时候同样也很麻烦。"莫格利笑道，"像我们生活在丛林中，根本不像你们这么费事儿。你们真是不容易，有这么多要讲究的东西。你们不怕有人会抢走这些东西吗？我可是从来没有见过如此了不起的事物……"莫格利一边说着，一边津津有味地盯着一个铜盘看,那是一个放在托盘上满是灰尘的东西。

"只有贼才会偷,而且是从丛林中跑出来的贼。"加富尔没好气地说,莫格利睁大眼睛望着这个怒气冲冲的、长着大把白胡子的加富尔。

"在丛林中,要是哪只山羊大声嚷嚷了,我们立即就会割断他的脖子!"莫格利笑道,"但你不用害怕,因为我现在就要离开这儿了。"

莫格利话音刚落,人就消失得无影无踪了。基斯博望着莫格利的影子,忍不住再次大笑起来,接着他又轻轻地叹了一口气。除了他的本职工作以外,这儿确实没有多少东西能引起他的注意和兴趣了,可莫格利却不同,他非常了解老虎,就好像人类了解狗一样!这件事足以让基斯博用来消磨无聊的时光了!

"发生在他身上的故事一定很神奇,"基斯博心想,"就像古老字典里的图画一样神秘!如果可以,我倒想让他为我背枪。我想,他完全有能力成为一位非常优秀的打猎人,总是一个人打猎就太没趣了!可我不知道他究竟是怎么样的一个人!"

当天晚上,整个天空都挂满了星星,基斯博坐在游廊的椅子上抽着烟。当一股烟在面前消散后,他突然看到莫格利正环抱着双臂坐在游廊边上。没有谁的行动能像他这么轻盈,就算是鬼魂恐怕也办不到。基斯博惊呆了,连烟都掉落在地面上。

"森林中没有人和我说话。"莫格利说,"因此,我来到了这里。"莫格利弯下腰将地面上的烟拾起来，递给了基斯博。

"莫格利，"过了许久，基斯博才缓过神，"你又带来了丛林中的什么消息？莫非你又发现了老虎？"

"是的。每当新月一到，大羚羊们就会更换牧场。而野猪现在正在河边寻找食物呢，因为他们不愿意和羚羊一块儿吃东西。还有，一头母猪刚刚在深草中死去了，她是被豹杀死的。这就是我知道的消息了。"

"但是，你是怎么听说这些事情的？"基斯博向前探了探身子，仔细地注视着月光下的莫格利。

"我是如何知道的……羚羊的习惯，这可是连小孩子都知道的呀，而他们不想和野猪一起吃东西，这也是很平常的知识！"

"但我们都不知道。"基斯博笑道。

"我才不信呢，你，你可是……当然，这是那些住在小屋子里的人告诉我的，他们说你是这个丛林的主人。"莫格利笑了笑。

"如果你只是胡编乱造，说一些骗小孩子的话倒是可以。"基斯博有些生气地说，显然，莫格利刚刚的笑声激怒了他，"没有人能够反驳你，因为你说的那些关于丛林中的事，没有人可以去验证。"

"如果你不相信，我明天可以带你去看看那头母猪的尸体。"莫格利平静地说，"至于我刚刚所说的羚羊，你可以先在这里等一会儿，我会赶来一头让你瞧瞧，只要你听听他的声音，就会知道他是从哪里来的了。"

"莫格利,别说疯话了!"基斯博笑道,"没有谁能赶来羚羊!"

"小点儿声,安静,好好坐着,我马上回来。"

"上帝啊,莫格利,你真是个鬼魂!"基斯博惊叹道,因为莫格利刚说完就又消失在了基斯博的面前,甚至没有发出半点儿声响。

整个森林在黑暗中慢慢伸展开来,星辰在天空中闪耀着微弱的光芒。此刻,世间万物都沉浸在了一片寂静之中,树梢上掠过一丝清风,听起来就像是孩童发出的呼吸声。此时,加富尔正在厨房中收拾着碗盘。

"加富尔,你小声一点儿。"基斯博头也不回地喊道,接着,他便静下来仔细倾听着整个丛林的动静。基斯博是一个非常有讲究的人,哪怕是一个人生活,在每晚进餐的时候,他都会整整齐齐地穿上礼服,这是他一直保持的生活习惯,因此,这个时候,他胸前直挺挺的衬衫正有节奏地起伏着。接着,他又开始抽起手中的香烟来,烟头发出一阵"咝咝"声,他干脆扔掉了烟,只是静静地聆听着丛林中发出的细小声音。

从不知多么遥远的地方,穿过伸手不见五指的黑夜,隐隐约约地传来了一阵非常微弱的狼叫声。紧接着又是一片沉静,这片寂静仿佛持续了好几个小时,最终,当基斯博感到双腿都麻痹了的时候,他又听到了一个声音,或许那声音就是从远处的一丛矮树林中发出来的。接着,是一阵碰击声,基斯博还以为是自己听错了,可过了一会儿之后,那声音又开始响起来。

"这声音是从西边传来的。"基斯博自言自语地说,"那儿准是有什么东西在行走……"

接着,声音越来越大、越来越强烈了,一会儿开始冲撞,一会儿又开始奔跑,其中还有羚羊特有的喘息声,因为这只羚羊正在疯狂地奔跑着。

再接着,眼前的树丛中出现了一个黑影子,这个影子转了一个圈,然后又冲进了树丛中,随后,他又哼叫着走了出来,接着便在黑暗之中一跃而起——他朝着基斯博冲了过去!基斯博几乎伸手就能触碰到他,直到这时,他才看清楚,原来,这个黑影子正是一头羚羊,全身满是露珠,眼睛在月光下闪着光亮。这头大羚羊一见到基斯博,便立即沿着森林跑开了,最终消失在了黑暗之中。

基斯博这下被弄糊涂了,当他反应过来的时候,才开始对莫格利产生了不满——这本是属于基斯博自己的夜晚,而莫格利却在他的面前将丛林中的大羚羊给赶了出来,而且还检验了他的本事。

正当基斯博若有所思地注视着前方时,莫格利温柔的声音出现在了耳边:"刚刚那头大羚羊是从水源那儿赶过来的,当时他正带领着一群小羚羊呢,他们是从西边来的。先生,你现在应该相信我了吧?是否还需要我将所有的羚羊都赶过来呢?好让你清点一下数目,这片树林不都是先生在管理吗?"这时,莫格利已经喘着粗气坐在了游廊上。

基斯博仍旧很惊讶,他张大了嘴巴,说:"你是怎么做到的?"

"你也看到了,我是赶着他过来的,就像赶水牛一般。

嘿，等他回去了，可要说我一番了。"

"这么说，你跑起来的速度和羚羊一样快？这真是难以置信！"基斯博惊讶地说。

"你现在相信我了吧，不管什么时间，只要你想知道丛林中的任何动态，我是一定会帮助你的，这片森林非常好，我想继续待下去。"

"那就继续待在这儿吧，不管什么时候饿了，我的仆人都会给你送去食物的。"

"那就太好了，说实话，我还是比较喜欢吃熟食的。"莫格利立即答道，"没有一个人会说我和其他人相同，因为以前我是不吃煮熟或是烤熟的食物的，但是，我一定会来吃你所说的食物。而我，绝对会保证先生的安全，还会防止盗贼进入到你的房子里拿走珍贵的物品。"说完，莫格利便转身离开了。

他们之间的谈话就此结束。基斯博坐在游廊上抽了很长时间的烟，对他来说，或许莫格利就是他一直想要寻找的人，他会成为森林部最优秀的护林员和森林警员。

"我一定要想办法让他进入森林部。凭他对森林的了解，完全可以抵得上五十个人。他是一个造物的奇迹，要是他能在这儿定居下来，一定是这里最杰出的森林警员。"基斯博自言自语地说。

但加富尔可不这么认为，他在睡觉之前找到了基斯博，并对他说了自己的想法：他觉得莫格利是一个来历不明的人，而这个陌生人极有可能就是一个手法娴熟的盗窃犯。对他来说，莫格利不仅是个不懂得怎么跟官员讲礼貌的家伙，而且还是个什么也不穿的流浪汉。基斯博听完加富尔的话后，只是笑了笑，然后让他回自己的小屋里去。加富尔只得唠唠叨叨地退了下去。当晚，气急败坏的加富尔半夜起来，找了一个理由痛揍了一顿自己的女儿，他的女儿才十三岁。没有人知道加富尔为什么要打她，但基斯博听到了她痛哭的声音。

从此以后，一连好几天，莫格利就仿佛影子一般出现在基斯博的眼前，他还在基斯博的房子附近安了家——以他粗鲁的方式安了家。每当基斯博走到游廊上准备呼吸一口新鲜空气时，就能看到莫格利坐在月光下，要么将脑袋靠在两膝之间，像在想着什么；要么就像野兽睡觉一样，紧紧地躺在一根树枝上。当莫格利发现基斯博的时候，就会远远地向他示意，让他放心睡觉和休息，或是干脆跳下来跟基斯博讲一些稀奇古怪的丛林故事。

一天，没对任何人说，莫格利大步走进了基斯博的马棚，当别人发现他的时候，他正旁若无人地仔细观察着基斯博心爱的马匹。

"这很明显。"加富尔恶狠狠地说，"这个名叫莫格利的人，不知道会在哪一天偷走主人的马。不然，他为什么整天什么事都不干，就住在先生附近，每天就像一只松了缰绳的骆驼一般游手好闲，到处散布各种故事。这些故事不仅将人们弄得晕头转向，而且大家还对此深信不疑，喜欢上了他的这套胡言乱语。"所以，每当加富尔一见到莫格利时，就会不停地吩咐他干活，不是让他去打水，就是让他为母鸡拔毛，然而，莫格利每次只是笑呵呵地听从于加富尔，一点儿都不在乎。

"他这种人是什么事儿都能干得出来的!"加富尔气愤地说道,"先生,你可一定要留心他,他到死都是个贼,死性难改!"

"别说了。"基斯博说,"我倒希望你能好好处理你家里的事情,别总是争吵不休。我知道你的脾气,但你不了解我。我知道莫格利这个人,他是有一些疯里疯气,但是无害的。"

"恐怕他是装疯。"加富尔不怀好意地说,"等着瞧吧,先生。"

不久,基斯博接到命令,要奉命去森林里出差三天。因为加富尔又老又胖,因此便留在家里负责照看房屋。这个加富尔绝对不会在基斯博的平房里过夜,但他喜欢借着主人的名义向当地人收取一些粮食。

这天清早,基斯博早早地骑上马准备出门了,不过,他稍微有一些失落,因为莫格利没有出现在游廊上。说实话,基斯博非常喜欢莫格利,不仅喜欢他强大的力量、敏捷的动作以及悄然无声的行走,更喜欢他脸上那种纯洁而坦诚的微笑,还有他的不懂规矩、不讲礼貌,喜欢他口中的各种丛林故事(现在,基斯博已经相信莫格利所说的各种故事了)……当基斯博在丛林中行走了大约一个小时后,他隐隐约约地听到身后传来一些动静,原来是莫格利一路小跑赶上了他。

"莫格利,听着,现在我们有三天的工作要干!"基斯博大声说,"就在我们前段时间刚种下树苗的那块地中工作。"

"好的,"莫格利说,"保护小树是很有必要的!如果没有野兽们来破坏,恐怕它们早就长成大树了。现在,就让野猪们搬家吧。"

"搬家?怎么搬?"基斯博笑道。

"昨天晚上,那帮家伙在新种的树丛中磨牙,我很快就赶走了他们。所以,我今天才没有去游廊。这些野猪,根本就不应该生活在这里,我们不能让他们在这里生活了。"

"如果哪个人能将天空中的云朵聚集到一起,或许他就可以让野猪们离开这儿……可是,莫格利,如果你能办到……你在这儿当牧人,而且不要工钱……"

"因为这是你的森林啊。"莫格利抬起头看着基斯博。基斯博感激地点了点头,接着,他又说:"要是你干了活,然后接受政府的工资,这不是一件很好的事情吗?最后,你还会得到一笔丰厚的养老金呢。"

"其实我已经想过这些事情了。"莫格利说,"但护林员必须住在小屋子里,这对我来说就像住进了陷阱中一样,可我……"

"好吧,你就好好考虑一下吧,不管什么时候告诉我都可以。莫格利,我们就在这儿停下来吃早餐,怎么样?"说完,基斯博跳下马,从马背的袋子中取出了一些食物。他抬头看了看天空,此时天色大亮,空气已经开始燥热起来。而莫格利则在草地上躺了下来,他抬头仰望蓝天,一句话也没有说。过了一会儿,莫格利才低声说道:"先生,你今天下命令了吗?让人将你的白马牵出去?"

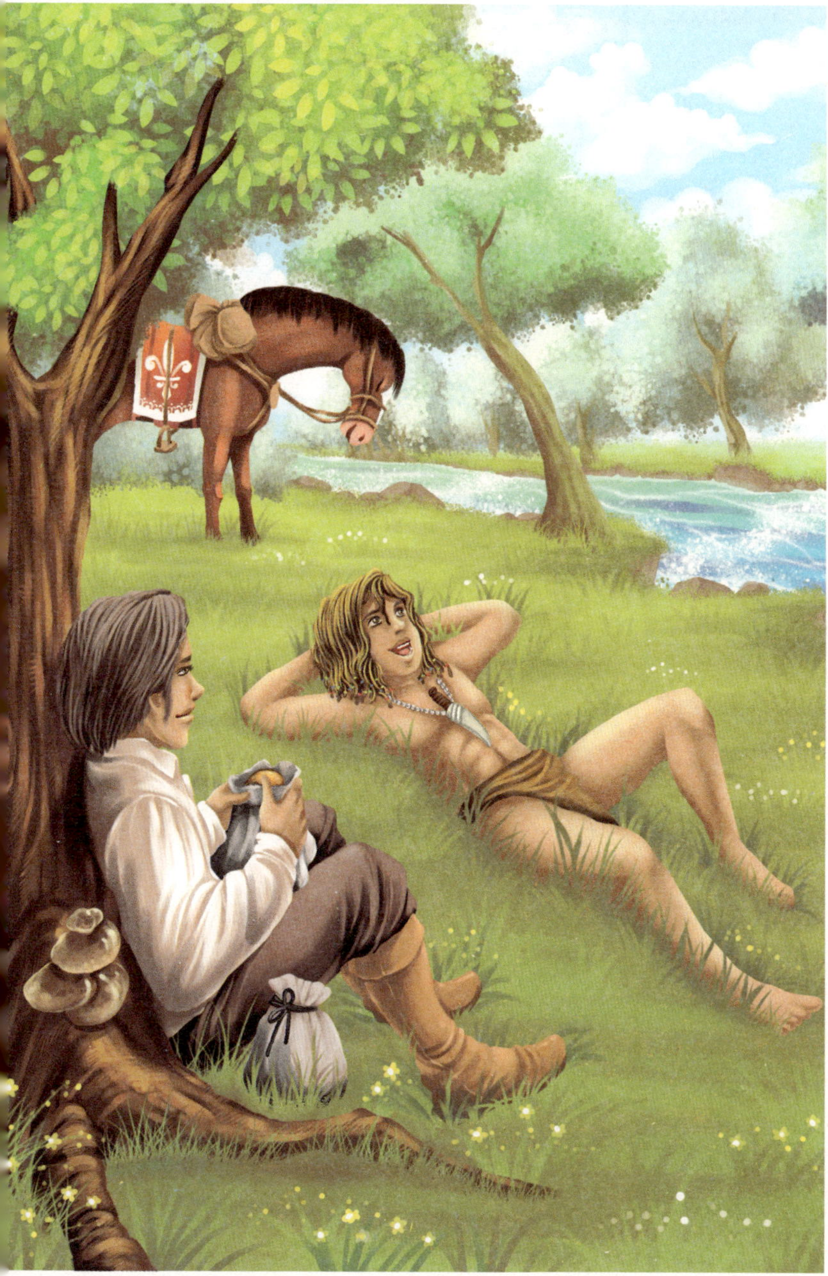

"没有。我的白马已经很老了,而且太胖,还瘸着腿,怎么了?"

"这可不好了,她正被人骑着呢,而且速度还不算慢。她已经走上了通向铁路的那条道路。"

"嘿,不可能,你说的那条路在两'柯斯'之外呢,你听到的声音是啄木鸟发出来的吧!"

莫格利眯起眼睛并用手挡住了阳光,"他走的是从平房中穿出去的路,接着还转了一个大弯。如果按照苍鹰的飞法,最多只有一'柯斯'的路程,这声音是跟着鸟儿传来的。先生,我们去看看吧?"

"别胡闹了!现在天气这么热,难道你要我们在大太阳底下跑一'柯斯'的路程,为的就是去看看那个发出声响的东西吗?"

"不是的,先生,因为她是先生的马,所以我才想把她叫过来的,如果不是先生的马,那就什么事都没有。如果是的,那先生想怎么处理就怎么处理吧。但这匹马真是让人骑着,还拼命地跑呢。"

"嘿,那你怎么叫她过来呢?"

"先生,你难道忘记了吗?就是用我以前驱赶羚羊的方法呀。"

"既然你如此热心,那就去干吧。"

"我才不去呢!"接着,莫格利示意基斯博不要出声,他久久地注视着天空,然后大声呼唤了三次——这是基斯博从来没有听过的声音。

"嘿!她马上就要过来了。"莫格利叫完之后对基斯博说，"不信我们就在这儿等着吧。"接着，莫格利便开始打起盹儿来，一双又黑又长的睫毛挡住了他那对狂野的眼睛。

基斯博坐在一旁耐心地等待着，他想："莫格利绝对是疯了！可是，对我这样一个林务官来说，能接触到这样一位有趣的伙伴，还真可以缓解生活中的无聊感呢！"

"嘿！"莫格利依然紧闭双眼，"那个人从马背上掉了下来……等着吧，那个人比马后到达。"接着，基斯博的雄马开始嘶叫起来，莫格利慢慢起身，然后打了一个哈欠。大约过了三分钟后，一匹白马向着这边跑过来，她确实是基斯博的母马。这匹马快速地奔向雄马，她身上的马具非常齐全，但没有任何人骑着她。

"再等一会儿吧，"莫格利说，"那个骑马的人马上就要到了，得等一会儿，因为他走得比马慢，而且还是个又老又胖的老头儿。"

"天啊！只有魔鬼才能做到！"基斯博惊叫道，因为他能清楚地听见从森林中传出的号叫声。

"不要害怕，先生，这个人不会受伤的！当然，他会和你一样高喊道：'只有魔鬼才能做到！'快听！你知道他是谁吗？"

没错，那个人就是吓得浑身颤抖的加富尔。他正不停地祈祷着，希望这个不可名状的神秘力量能饶了他。

"不，我实在是走不动了。"加富尔高声喊道，"我这么老了，而且还弄丢了头巾！啊，啊，但我必须要往前走，而且还得快点儿走，我要跑起来，啊，魔鬼啊，请你放过我吧，我可是个虔诚的信徒！"

这时，稀疏的树丛被分开，加富尔暴露在了基斯博的面前：这个狼狈不堪的老头子，头上没有头巾，脚上没有鞋子，腰上的布也松开了，两只手紧握泥土和杂草，脸变成了难看的泥土色。

当加富尔看到基斯博的时候，又开始号叫起来，接着，他便精疲力竭地倒在地上，浑身颤抖着爬到基斯博的脚边。莫格利在一旁看着加富尔淡淡地笑了。

"莫格利，这并不好玩！"基斯博严肃地说，"他好像要死了。"

"不会的，加富尔只是非常害怕罢了。走过来就行了嘛，为什么一定要跑过来呢？"

加富尔不停地颤抖着，他一边痛苦地呻吟着，一边尽力站了起来。

"这是魔法，是巫术啊！"加富尔抽泣道，"我犯下了罪孽，所以魔鬼刚刚一直驱赶我、鞭打我，现在，什么都完了……先生，我要向你悔过，这些都拿回去吧。"说着，加富尔递过来一叠脏乱的纸。

"这是怎么回事，加富尔？"尽管基斯博已经明白发生了什么事，但他还是严肃地问了一句。

"我是小偷，将我关起来吧。所有的钱都在这里。把我好好地关着，别让可怕的魔鬼进来了。我拿了先生的工钱，却干了罪恶的事儿。要不是那些可怕的魔鬼追着我，我本可以逃走，然后买下一些土地，过上悠闲快乐的日子。"加富尔羞愧得不停地将自己的脑袋往地面上撞。

基斯博机械地数着那叠钱，这是他过去九个月的工资，他一直都放在那个小抽屉中。莫格利站在一旁注视着基斯博，内心不停地暗笑着。

"主人，我会跟着你一步步地走回去，然后主人可以叫来警员，他们会把我关进牢房，一关就是好几年……"加富尔闷闷不乐地说。

在森林中生活久了，人的许多观念都会发生变化。基斯博看着哭泣中的加富尔，想到他还算是一个非常好用的仆人，如果再换一个新管家，就必须重新教那个人学会家里的各种规矩，不仅如此，他还要因此再接受一种新的口吻、新的面孔。

"加富尔，你听着，"基斯博说，"你这次犯下的错误，它会让你失去荣誉和面子。但我相信这只是你的一念之差而已……"

"主人，我发誓，以前从来没有动过这种念头，我从来都没有想过要偷走你的金钱，但我就是看着看着，然后就被贪念的恶魔掐住了喉咙。"

"我相信你。先回家去吧，等我出差回来后，就把这笔钱存进银行，我们都忘了它，也忘了这件事儿。要你坐牢，恐怕太老了，再说，你的家人也是无辜的，我不想让他们也受害。"

加富尔没有出声，只是将头埋在了基斯博的两腿之间，全身抽搐着，呜呜地哭了起来。"主人不解雇我了吗？"过了一会儿，加富尔才说。

"那要等我回去了看看你的表现再说，现在快骑着马回去吧。"

"但森林中到处都是可怕的魔鬼!"

"没事儿的,他们不会伤害你了,当然,如果你没有听从先生的命令,好好往家里走的话,他们还会再出来的。"莫格利笑道。

加富尔一边瞪着莫格利一边系紧了腰间的布袋,但他还是不由得垂下了下巴,"魔鬼都是属于你的,莫格利!我早就应该这么做,将所有的罪恶都加到你的身上。"

"你考虑得可真好!我本来只是以为有人牵走了先生的白马,但没想到你竟然在做这样的阴谋,还想让我变成偷盗财物的贼。如果我早知道了,一定会拼命地将你拽到先生的面前,但是,你现在要是承认了自己的过错,还是来得及的。"

莫格利看了看基斯博,但加富尔已经急急忙忙地跳上了马背,一溜烟地逃走了。

"他干得真不错,"莫格利说,"不过,要是他不好好抓稳马鬃的话,不久还是会掉下来的。"

"现在,请你告诉我,你为什么要这么做?"基斯博的样子看起来非常严厉,"你的魔鬼?这是什么意思?在森林中,你怎么能像赶牛一样地把加富尔赶来赶去?你必须回答我。"

"先生,你是因为我为你要回了钱而生气吗?"

"不是,是因为你在里面耍了花招,我并不喜欢这样。"基斯博说道。

"好的,先生。只要我走进森林,无论是谁,就算是先生,也别想轻而易举地找到我,除非我自己愿意让先生找到……现在,我不愿意这么做,也不想跟先生讲。先生,你得有一些耐心才行,总有一天,我会让先生知道一切。如果先生愿意,我们可以花一天的时间去驱赶野鹿,到时候,你就知道这其中并没有什么花招!只是我比较了解森林罢了。"对莫格利来说,此时的基斯博就仿佛一个没有耐心的孩子一样。

基斯博因为不知道到底是怎么回事,所以十分气恼,干脆就一句话都不说了,只是盯着地面。等基斯博抬起头时,莫格利已经不见了。

"先生,你不能这么对待你的朋友呀。"莫格利的声音从树林中传来,"到晚上的时候,天气没有这么热了,我们到时候再谈吧!"

此刻,就剩下基斯博一个人在森林深处了,他不由得咒骂起来,接着,他又面带微笑地骑上了马,继续向前方行进。他访问了一个护林员的小茅屋,然后又仔细地巡视了一下新种下的树林,接着又清理了一些杂草,最后向着他选中的扎营地走去。

所谓的扎营地,其实就是在一堆乱石头上铺一些树叶,然后再支起一些树枝的简单帐篷。基斯博的扎营地靠近河边,当他扎好营时,天已经黑下来了。

这时,火花跳跃在岩石上,风中还夹带着一丝丝食物的香气。

"不错,"基斯博自言自语地说,"总比没有食物吃要好!现在,能在这一带活动的人恐怕只有缪勒了。按照规定,这个时候应该是他在森林中巡视的时间,这也就是我为什么猜他在这儿活动的原因。"

这个名叫缪勒的人，正是印度的森林部部长，同时也是印度的森林总监。缪勒是一个身材高大的德国人，他有一个工作习惯，就是喜欢出现在你意想不到的地方，仿佛蝙蝠一样到处飞翔。缪勒对此的解释是："突然袭击，及时发现缺点漏洞，然后进行有效的口头批评，这么做比速度缓慢的书面通信要好得多。"而来自他的书信，多半没有什么好事———一份正式的书信批评。所有人都知道，缪勒的书面批评对一个林务官来说绝不是一件好事。缪勒对这件事的说法是："要是我只是口头严厉地批评一下我的下属，那么他们只会说：'嘿，真是一个要命的缪勒！'在下一次工作的时候，他们就会好好地干。但如果我命令我那愚蠢的助手，让他写一封连我都不满意的批评信的话，那结果就很不好了！第一，我并没有去过现场，不了解实际情况；第二，当我退休后，接任我的人会误会我最优秀的下属，说他被批评过。我想，要是只知道在办公室里坐着，是不会让森林中的树木成长起来的！"

这时，基斯博的身后传来了缪勒低沉的声音，接着基斯博的肩膀上又多了一个熟悉的脑袋。"还要继续往里面放酱油吗？酱油又不是汤，不用放那么多的！啊，我的基斯博，你做的饭可真是糟糕！不过，你的帐篷呢？你扎在哪里了？"说完，缪勒走上前来要握手。

"先生，我自己就是帐篷啊！"基斯博说，"没想到你就在附近！"

缪勒自顾自地看了一眼基斯博，然后高兴地说："好样的，很好！只有一匹马，还有一些干粮，和我年轻的时候一样，我也是这么露营的。你今天可以和我一起用餐。对了，上个月的时候，我去了总部，还在那儿写报告，但我只写了一半就离开了，嘿，你知道吗？我把报告交给了我的助手，真是见鬼，让他去写吧！然后我就出来了，只想到处走走。现在的政府，只热衷于各种报告，相信吗？我就是这样跟总督说的。"

基斯博不由得笑了起来，因为他想起了有关缪勒的传闻——据说只有他才敢和政府里的高官顶嘴。在所有的政府官员中，缪勒是唯一一个可以自由说话的人，因为在森林部，他是一个不可替代的人。

"基斯博，要是我发现你并没有在森林中巡查，好好工作，而是坐在家里炮制用来应付我的各种报告的话，我就会毫不客气地把你调到沙漠中工作，此外，我还要你将所有的沙漠都绿化成绿洲！你要知道，我实在是恨透了在需要我们踏踏实实工作的时候，还要应付那些没有实际意义的各种公文和报告。"

"先生，我可不愿意花费时间去做报告，告诉你，我和你一样，非常讨厌那些报告。"

说完，他们便开始交流起工作来。缪勒问了基斯博一些问题，然后又向基斯博传达了一些命令和要求。他们的对话一直持续到了晚饭结束的时间。对基斯博来说，这顿晚餐算是他这几个月以来吃得最讲究、最文明的一次了。虽然吃得很简陋，但这并不影响他们的兴致。

这顿在森林中进行的晚餐，先从烤淡水鱼开始，最后以热咖啡和白兰地结尾。

"噢!"吃完饭后,缪勒点燃了一根雪茄,满足地坐进了他那把破旧的折叠椅中,他轻轻地叹了一口气后,说:"在写公文和报告的时候,我是一个十足的思想家,甚至还是一个无神论者!可是,一旦进入到森林,我就变成了一个基督徒了!"他让雪茄自由地在嘴巴中游走,两只手随意地搭在膝头,双眼聚精会神地望着前方,仿佛要将眼前这个神秘的森林看透一般。森林中不时地有树枝在"咝咝"作响,就像身旁火堆里发出的声音一样。缪勒吸了一口雪茄,然后开始低吟海涅的诗句。

"写得真是太好了!太好了!'没错,我在创造着奇迹,的确,这奇迹从来都是没有止境的。'我记得,当初的森林面积还没有你的膝盖头那么大呢。每当到了旱季的时候,这儿的牛群就没有食物吃,只能啃食死牛们的骨头。现在,树木在这一带又重新长了出来。它们都是自由自在的思想家、梦想家种植出来的!因为这些人很清楚没有树木的后果!但是,树木还是敬仰它们的神灵——'基督徒的神灵们在哭泣。'(这是海涅写的一句诗)基斯博,因为基督徒敬仰的神灵们是没有办法在森林中存活的!"

突然,一个黑色的影子出现在了马道上,他不停地移动着,然后又慢慢地走进了星光之中。

"没错,轻一点儿,森林中的牧神就要来拜访我们了,他来了,你快看,基斯博,他就是我所说的那个神!快看!"缪勒激动地说。

那个人正是莫格利,他头戴花环,手里握着一根树枝向着他们走来——因为莫格利对火有很强的防备心理，所以，他随时准备着一有什么动静就逃到森林中去。

"他是我的朋友。"基斯博说，"噢！说了要来找我的，莫格利！"

还没等缪勒喘一口气，莫格利就飞快地走到了基斯博的身边。

"我没有想到，真的没有想到，可是那个时候我并不知道这件事，我们在河边杀死的那只老虎，他的配偶亲眼看见了我们，她每天都在找你呢！我要是早知道了，肯定不会从你身边走开，她刚刚已经盯上你了，先生，我失算了啊！"莫格利非常激动地说。

"他的脑袋有点儿不好，可能发疯了。"基斯博解释说，"每当他说起生活在这里的动物时，就好像他们是好朋友一般。"

"这是当然的！如果连牧神都不了解动物，那还指望谁知道？"缪勒非常认真地说，"他刚刚说什么老虎——你认识的这位神？"

基斯博看了看莫格利，然后点燃了一根雪茄，当他还没有对缪勒说完莫格利的各种事迹时，他的雪茄已经烧完了。缪勒只是认真地听着，没有说一句话，"他没有疯。"当基斯博结束后，缪勒终于开口说道，"你要知道，他那并不是发疯。"

"他不是发疯是什么……今天早上，他突然生气地走了，只因为我要求他讲清楚究竟是怎么做到的那些事儿。我还在猜想呢，他到底是在什么地方着了魔。"

"不是的,他并没有着魔,所有的一切都是他的本事,太神奇了!但是,这样的人一般是活不了多久的。你的那个偷钱的仆人,他难道没有说是什么东西在鞭打他吗?没有说是什么在驱赶马吗?而那只被他驱赶的羚羊,肯定是不会说话的,所以我们也不知道是怎么回事儿。"

"确实,但是尽管我非常认真地听着,这点我敢保证,我确实能听到很多声音……可我并没有听到什么动静,那头大羚羊,还有我的仆人就是突然地冲了过来,而且全都受到了惊吓。"

缪勒并没有回答基斯博,而是开始仔仔细细地打量起莫格利来。接着,他朝莫格利做了一个手势,示意他走近一些。莫格利点了点头,然后轻轻地走向缪勒。

"没事儿,"缪勒用当地话说,"请伸出你的胳膊。"缪勒在仔细检查完莫格利的胳膊之后,点了点头,然后说:"没错,和我想象的一模一样,让我再看一眼你的膝盖吧。"基斯博看着缪勒摸了摸莫格利的膝盖后,微微地笑了起来。

在莫格利的脚踝上,几个白色的伤疤引起了缪勒的注意。"这些是你小时候留下来的吗?"缪勒问。

"它们是伙伴们留给我的纪念,是爱的纪念。"莫格利笑道,接着他又转身问基斯博,"这位什么都知道的先生是谁啊?"

"等一会儿我就告诉你。朋友,他们现在在哪里?"缪勒问。

莫格利抬起胳膊在自己的脑袋上画了一个圆。

"原来是这样！你是不是知道如何驱赶大羚羊？看，我的马就在那边，你可不可以将她带到这儿来，而且不要惊吓到她！"

"我可不可以将她带到这儿来，而且不要惊吓到她！"莫格利跟着说了一遍，接着，他又提高了他的音调，"如果你能松开她的缰绳，这件事就太容易办到了！"

"快松开马的缰绳！"缪勒对着马棚中的马夫大声喊道。只见马夫刚刚松开马腿上的绳子，那匹高大的母马就竖起了双耳。

"当心，我可不想让她逃到森林中去！"缪勒说。

莫格利什么也没有说，只是注视着熊熊燃烧的烈火，一动不动——他的样子像极了小说中描述的各种神灵。紧接着，那匹母马就冲着莫格利鸣叫了一声，然后快速地朝着莫格利飞奔而去，然后一头扑进了莫格利的怀中，她的头上还带着汗水。

"母马是自己跑过去的，我的马也是这样！"基斯博激动地说。

"你看看她流汗了吗？"莫格利说。

基斯博摸了摸母马潮乎乎的头。

"行了。"缪勒喊道。

"行了。"莫格利跟着重复说，他们身后的一大块岩石又将莫格利的话给弹了回来。

"这是一件非常不可思议的事情，对吗？"基斯博说。

"不，不，是神奇，神奇透了！基斯博，难道你还不明白吗？"

"好吧,我承认,我确实不太明白。"

"那我就不说破了。因为莫格利跟你说过,他会让你知道的,我要是说明白了,就没有意义了。不过,他为什么能一直活到现在,我倒是弄不清楚。好了,莫格利,你听着,"缪勒转身对莫格利说,"我是整个印度森林的管理者,我也不清楚我的下面究竟有多少个工作者,或许有好几千个,或许只有几个。现在,我给你一个任务,再也不要在森林中东奔西跑、游手好闲了,也不要为了卖弄自己或是为了好玩去驱赶野兽们,你现在就到我的身边来,为我服务,因为我是整个森林部的主要负责人,是一个政府官员,而你,就住在这儿,当一名森林警员吧!要是没有命令允许村民到森林中放羊,你就赶走所有的羊群;如果得到命令,你就让羊群进来;要是这儿的野猪和羚羊的数量超额,你就想办法让他们减少一些;你需要向基斯博先生报告,告诉他森林里老虎的动态,还有动物们的活动情况;由于你能敏锐地发现森林火灾,所以一旦失火你就要立即发出警报!当你完成好这些任务后,不仅每个月都会收到一笔工资,在不久的将来,你或许还会结婚、生子,最后,你还将获得一笔丰厚的养老金,你觉得怎么样呢?"

"这个正好是我……"基斯博开口道。

"基斯博先生在今天早上还跟我说过这件事儿呢,一整天了,我一直都在琢磨这件事儿,现在,我已经有答案了。我可以去工作,如果只是服务于这片森林,而非其他地方,如果只跟先生在一块儿工作,而非其他人的话,我就答应你。怎么样?"

"没问题,等一个星期后,政府的聘用通知就会下达,到那个时候,你就可以在基斯博先生的平房旁搭建一间属于你自己的房子!"

"我正打算和你说这件事儿的。"基斯博笑道。

"只要能见到他,就再也不用听别人怎么介绍了。相信我,基斯博,他是一个优秀的护林员,没有第二个人能做到像他这样!总有一天,你也会这么说的。莫格利,他是这片森林中所有动物的兄弟!"

"要是我还能多了解他一些,那我就可以安心了。"

"你能够做到的。告诉你,在我工作的三十多年里,也曾亲眼见过一个和他一样的孩子。那个孩子刚开始和他一样,但过了不久就死去了,可是他,莫格利,却活了下来!他是整个人类历史的源头,是开端,就好比伊甸园的亚当一般,我们现在唯一缺的就是夏娃了!不对,他甚至比童话和传说都要古老,他和森林一样古老!"

在接下来的深夜中,缪勒只是不停地抽着烟,注视着黑夜。他一会儿走进自己的帐篷中,一会儿又身穿华美的睡衣慢慢地走出来。在一片沉寂之中,缪勒对着森林说了一句话:"我知道了,无论我是不是基督教徒,这一生,我都不可能弄清楚森林的秘密!"

一个星期后,在一个午夜,怒气冲冲的加富尔来到了基斯博的床边,他用低沉的声音想要唤醒熟睡中的基斯博:"先生,请起床!"他的情绪有些失控:"先生,请拿上你的枪,我的名誉没有了……快起来,现在大家都睡着了,把他杀了算了。"看着怒不可遏的加富尔,基斯博感到有些莫名其妙。

"原来那个浑蛋一直都是有目的的,心甘情愿地帮我干活,打扫卫生……我恨不得打死他,现在,两个人竟然一起逃走了……现在,他们正坐在魔鬼之中……先生,请起来,跟着我来吧!"

加富尔将枪塞进了基斯博的手中,然后拉着基斯博走过了游廊。"请轻轻地跟着我走,他们现在就坐在森林里,要是就在这里打枪,应该都能轻而易举地击中他!"

"到底怎么了?发生了什么事情?"基斯博迷迷糊糊地问道。

"还有谁!莫格利!他的魔鬼们!可恶,还有我那可怜的女儿!"加富尔咬牙切齿地说。

基斯博立即吹了一声口哨,然后跟着加富尔走了。他原本就猜到,加富尔不会无缘无故地在半夜里痛打他的女儿的,而莫格利也不会什么也不说就拼命地为加富尔干活。再说了,在森林中,求爱的速度一直都是非常快的!

森林中传出了一阵悠扬的笛声,仿佛一个神灵在夜间低声吟唱。当基斯博和加富尔靠近时,那声音变成了微弱的耳语。一条羊肠小路的尽头是一个半圆形的空地,空地周围长满了杂草和大树。在空地中,有一根倒下来的枯树,上面坐着的正是莫格利,还有加富尔的女儿,她正幸福地依偎在莫格利的胳膊中。四匹健壮的狼正直立着后腿,伴随着莫格利的音乐翩翩起舞。

"他们就是莫格利的魔鬼们!"加富尔说,他的手中握着十几颗子弹。只见那四匹狼在音乐声中躺了下来,纷纷用

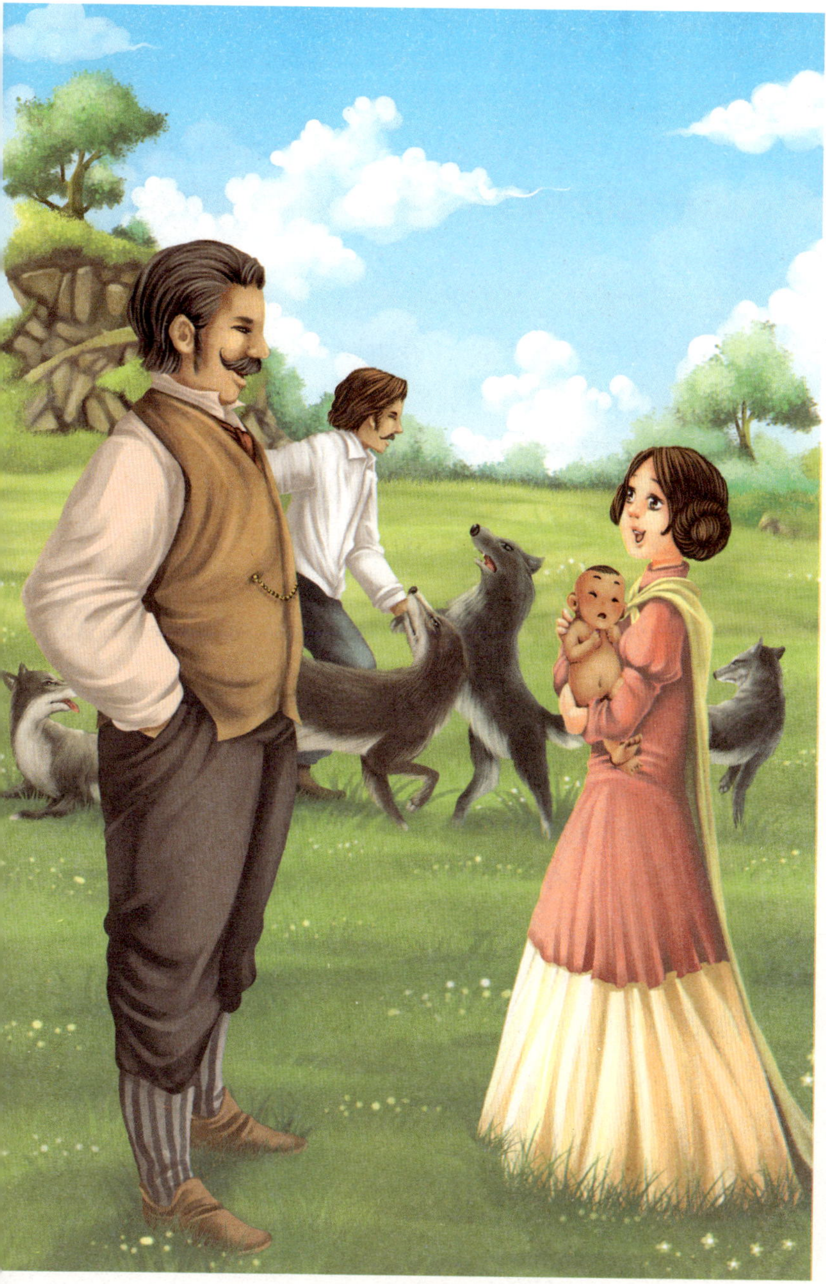

绿色的眼睛望着姑娘。

"你快看!"莫格利温柔地说,"他们并不可怕!我早就说过啊,他们是非常友好的,可你的父亲却总是说他们是魔鬼……"

姑娘轻声笑了笑,基斯博惊讶地发现这个总是默默无闻的小姑娘今天却俨然变成了一个美丽动人的少妇。

"他们是我的亲兄弟,我们吃同一个狼母亲的奶长大,受到同一个狼父亲的保护……我以前一直是狼群中的狼,但有一天,狼群因为我是人,将我赶出了狼群。"

"是谁赶走了你?"姑娘依偎在莫格利的怀中羞涩地问道。

"是丛林中的野兽们,你大概不会相信,是他们赶走了我,但我的四个兄弟却永远跟着我。后来,我们一起来到了人类的世界中,并且渐渐学会了人类的语言。我的四个兄弟一直跟随着我,也就是在那段时间里,我开始吃做熟了的食物,并且学会了大声说话。我走过了许多村庄,放过牛,也打过猎,但从来没有人能伤害到我!"莫格利摸了摸其中一匹狼的脑袋说,"四个兄弟跟着我走过了千万个村子。那些年,我的肚子总是吃不饱,因此,我学会了打猎和跟踪,我调遣我的兄弟们,就像国王一样,此外,我还为人们赶过羚羊,也为人们赶过大马!其实驱赶他们是非常简单的,就像现在。"莫格利提高了音量,"我知道你的父亲,还有基斯博先生就在身后。我知道你的父亲经常打你,需要我下达命令让他在森林中跑一圈吗?"

这时,一匹狼吼叫着站了起来。

站在基斯博身边的加富尔早已开始不停地颤抖起来,接着基斯博感到身边空荡荡的,因为加富尔早已经溜得无影无踪了。

"不久,我就要服务于基斯博先生了,而我的兄弟们也要听从于他的指挥。现在,你先藏到一边的草丛中去吧。"说完,莫格利便让一匹狼带着姑娘躲进了草丛中。接着,莫格利转身对基斯博说:"基斯博先生,这就是我所有的魔法了。当那位缪勒先生摸过我的胳膊和腿之后,他就明白了,因为他知道狼孩有一段时间是要依靠胳膊和腿行走的,先生,这件事儿很神奇吗?"

"确实,这么说,就是这四匹狼在驱赶羚羊?"

"没错,我的兄弟们就是我的双眼和双脚。"

"好了,莫格利,你让加富尔名誉扫地,要知道,他的女儿跟着你私奔可不是一件光彩的事情,你得按照习俗娶了他的女儿。"

"我知道,天亮后,我会主动找他谈的!先生,现在已经是睡觉的时间了,而这儿又是我的住处……"莫格利还没说完,便消失在了黑暗之中。

基斯博回到平房后,发现加富尔正在游廊上发疯似的乱喊乱叫。

"冷静一点儿,"基斯博说,"缪勒先生已经聘用他了,他现在不仅是政府的工作人员,而且在退休以后还有一笔不菲的养老金。"

"不,政府为什么要给这样一条狗发养老金!"

"小声点儿,难道你要让所有的人都知道这件事儿吗?

放心吧，他会成为一个非常优秀的男子汉的！"

"他刚刚是否说过，要是我不同意的话，就让魔鬼继续追我？"

"他是这么说过，要知道，他可是一个什么都会的巫师呀！"基斯博神秘地说。

一听到这些，加富尔的脸色煞白，过了一会儿，他只好抽泣着答应了莫格利和女儿的婚事。

一年后，当缪勒和基斯博骑着马巡视森林的时候，他们意外地在一处草丛中看到了一个光着身子的棕色婴儿。缪勒惊讶地发现他竟然是莫格利的儿子，随后，他们又见到了孩子的母亲。

"莫格利刚刚去河边抓鱼了，您是想见见他吗？"妇人有礼貌地对缪勒说。这时，四匹狼也走了过来，他们一见到基斯博就围着他欢跳起来。

"你说的那些关于莫格利的话非常正确！"基斯博说，"我原本是想告诉你的，但在这一年里，我和这些家伙们快乐地生活在一起，所以就忘记了这件事儿！抱歉……"

"不，不用抱歉！"缪勒笑道，"天啊！我不得不承认，这真是一个伟大的奇迹！"

ANIMAL NOVELS

>> 白海豹

　　《白海豹》讲述了一只勇敢的白海豹历尽艰辛，为海豹家族寻找安全栖息地的故事。白海豹在目睹了人类屠杀海豹的惨剧之后，毅然决定要找到一个适合海豹居住且人类永远也找不到的地方。在寻找的过程中，海豹遭到了其他海豹的嘲笑，遇到了数不清的困难、危险，但他从来没有放弃过。最终，白海豹跟着海牛找到了梦想中的岛屿，并让海豹家族过上了安定幸福的生活。

噢！我最亲爱的小宝贝，不要出声了，

此时夜色正浓，海面上波涛汹涌，上面闪耀着绿色的光芒。

明月悬挂于海面之上，它正低着头，

仔细地倾听着我们的喃喃细语，

我们在波浪之间渐入梦乡。

浪花在相互拍击着，它们就是你软绵绵的枕头！

噢！亲爱的宝贝感到疲惫了，

将身子蜷成一团，好轻松入睡！

没有剧烈的风暴吵醒你，

没有凶恶的鲨鱼追赶你，

噢！我最亲爱的宝贝，在大海的怀抱中，睡着了。

——海豹的摇篮曲

下面这个故事发生在遥远的白令海峡上。

在一个名为圣保罗的小岛上，有一个叫诺瓦斯托什那的地方，这个地方也被称为"东北岬"。这个故事已经过去许多年了,是一个名叫里莫幸的小鹲鹩讲给我听的。

里莫幸曾经被大风吹到了一艘开往日本的大船上,后来,我在缆绳上发现了他,并将他带回了船舱。我想尽各种办法给他保暖,然后又喂了他几天食物。慢慢地,这个小东西终于恢复了体力,足以让他再次飞回圣保罗。这个里莫幸虽然是一只非常古怪的小鸟,但他讲的故事还是十分值得相信的。

里莫幸说,除了有很重要的事情要去办以外,平时是没有人愿意去诺瓦斯托什那的,那儿的常客就只有海豹了。海豹们每年都会定期来到那儿。在这个世界上,诺瓦斯托什那是海豹们休息的最佳场所,因此,每当夏天来临的时候,总会有不计其数的海豹们不远万里地来到那儿。

西凯奇知道这个道理,因此,不管每年的春季他身处什么地方,一定会及时赶到诺瓦斯托什那——他的速度好比鱼雷艇一般。一旦到达诺瓦斯托什那,西凯奇便要与一同赶来的伙伴们打斗近一个月,他们必须要在这个地方抢到一个尽量靠近海的地方。

西凯奇今年已经十五岁了,是一只身材庞大的灰海豹,他的肩上长满了细毛,嘴巴里有一对看起来非常吓人的长牙。在他用鳍肢支撑在地面上,然后站立起来的时候,足足有一米多高。如果哪个人有胆量给他称称体重,恐怕他的重量将有七百多斤。尽管西凯奇浑身伤痕累累,但他仍旧随时准备着要去进行一场激烈的搏斗。当同类来袭的时候,他会假装将头扭到一边,好像不敢直视伙伴的样子,等到对方放松警惕,他就会突然一击,迅速将头甩过去,然后用他的尖牙紧紧咬住对方的脖子。当对方想要逃走时，西凯奇也不会追过去。

依照海域的法规，当海豹搏斗失败后，胜利的一方不能对其穷追不舍。西凯奇从来都是很遵守这条法规的。他之所以会和同类激战，只是为了给自己的孩子们找一个靠近海边的育儿场所。可是，每年都会有成千上万只抱着同样目的的海豹来到这儿，当四五万只海豹咆哮着在海边激斗的时候，那场景的确非常恐怖。

站在一座名叫哈钦森的山上，抬头望去，你就会发现在一片不算太大的海滩上，除了密密麻麻的正在打斗中的海豹外，就再也找不到其他东西了；而在旁边的海浪中，你还能看到满是海豹的脑袋，他们正向海滩赶来，做足了准备要激战一场。这些固执得有些愚蠢的海豹们在海浪中搏斗，在海滩上激战，在平滑的岩石上相互攻击。直到六月初的时候，母海豹们才会游到这片海岛上，因为她们可不想在此之前被公海豹们撕成碎片。而那些还没有伴侣的年轻海豹们则会小心地穿过激战中的海豹，慢慢走到内陆。他们三五成群地在沙滩上游玩，然后将地面上生长的各种植物全都踩死。其他海豹称这些年轻的海豹为"霍勒斯契基"——就是说他们是"单身汉"的意思——像这样的海豹，仅仅在诺瓦斯托什那就有三十多万只。

这年的春天，西凯奇刚刚结束了战斗，这已经是他今年第四十五次进行搏斗了，他的妻子——面容和善、眼神温柔的马特卡慢慢地游上了海滩。西凯奇不耐烦地一下子咬住马特卡的脖子，将她叼进了自己占领的地盘中，然后生气地大声说:"真是的,你每次都会迟到!这段时间去哪里了?"

一般情况下,西凯奇会在海滩上停留四个月,期间都是不会吃东西的,因此,他在这个时候总是没有什么好脾气。马特卡很了解西凯奇,所以她知道最好不要和他顶嘴。她环顾了四周后,便无比温柔地望着西凯奇说:"你真细心,每次都能占领到这么好的地方!"

"这是当然,"西凯奇说,"你瞧瞧我!"此时,西凯奇的身体上差不多已经有二十道伤口了,他的一只眼睛还差一点儿被打瞎了。

"哎,看看这些公海豹!看看你们!"马特卡开始扑打自己的后鳍肢,"你们为什么不能安安静静地坐下来好好商量一下呢,然后和平地划分地盘和住处,快看看你,这样子就像和鲸鱼打过架一样!"

"自从五月以来,我除了打斗就没有干过别的!今年的这块地方确实很不像样,你看,至少有一百只外地海豹来到了这儿,他们大概都是从鲁卡卢赶来的,你说他们怎么就不能好好地待在自己原来居住的地方呢?"

"我常常在想,为什么我们一定要在这儿拼命地挤,而不去海獭岛,这样我们或许会生活得更好!"马特卡说。

"亲爱的,只有单身汉才会去那儿呢!如果我们也搬去那儿,所有的海豹都会嘲笑我们的,我们得为自己争一点儿面子才行啊!"

说完,西凯奇假装将脑袋缩进了肥硕的肩膀之中,他表面上是在休息,其实一直都保持着高度的警惕,随时防备着同类过来争夺领地。

现在,差不多所有的母海豹都上岸了,哪怕是在好几千米以外的地方,都能清清楚楚地听到从海滩上发出来的吵闹声,这喧闹声大得几乎能盖过最猛烈的海浪呼啸。这一片的海域大约居住了上百万只海豹——年迈的海豹、海豹母亲、刚刚出生的海豹、单身海豹。所有的海豹一起混战、大声嚷嚷、爬行、玩耍;一起到海里游泳,然后一起上岸;他们一个挨一个地躺在海滩上,一眼望去竟看不到头;他们成群结队地在浓雾中走动,然后不断发生各种冲突。诺瓦斯托什那从来都是雾气蒙蒙的,每当阳光在一瞬间照射在这片海域上时,所有的事物才会焕发出各自的色彩和光芒。

马特卡的孩子科迪克就是在这样一个混战的海域中诞生的,和其他刚刚出生的海豹宝宝一样,这个小家伙有着和肩膀一样宽的脑袋,几乎看不到他的脖子,浅蓝色的眼睛看上去总是水汪汪的。可是,科迪克有一点却和其他海豹宝宝不同——他的皮毛有些异样,这使得马特卡开始仔细地打量起他来。

"西凯奇!"马特卡在反复思量之后,终于开口说道,"你看看我们的孩子,他好像要变成白颜色的了!"

"你在胡说什么!"西凯奇抽动着他的鼻子说,"这个世上怎么会有白颜色的海豹存在呢?"

"可这确实是事实!"马特卡说,"从今以后,这个世上就会生活着一只白颜色的海豹了!"接着,马特卡低下头,温柔地对着科迪克唱起了一首歌,这是所有的海豹母亲都会对她的孩子唱的歌——

现在,你出生还没有满六个星期,可不要到海里游泳,要不然你会不小心沉入水底!

夏季里的风暴,还有可怕的杀人鲸,这些都会是你的克星。

我可爱的小东西,遭遇克星是很不幸的!

但还是在岸边安心地玩耍、长大吧!

这样,你就不会犯错,然后回归到大海的怀抱!

最初的时候,科迪克完全不能明白这番话的意思,他只是紧紧地挨着马特卡,然后在她的身边滑动鳍肢,不停地爬来爬去。同时,他还学会了当西凯奇在和其他海豹进行搏斗的时候,快速地从西凯奇的身边闪躲开。

马特卡常常游到海水中寻找食物,然后每两天给科迪克喂一次吃的,所以科迪克总能美美地吃一餐,不久,科迪克就长得非常壮实了。

当科迪克第一次爬到内陆时,他在那里遇到了几万只和自己年龄相仿的小海豹。所有的小海豹就像小狗一样玩耍,他们全都躺在软绵绵的沙滩上睡觉,然后等睡醒了继续玩耍。在这一片沙滩上生活的老海豹是不会注意小海豹的,而那些单身的海豹也已经占领了自己的领土,因此,小海豹们常常能在这儿无拘无束地玩个够。

每当马特卡从大海中捕完食游上岸后,总会径直来到内陆寻找科迪克。她会对着沙滩轻轻地发出一阵好像绵羊似的呼唤,然后等待科迪克的回应。随后,她就慢悠悠地晃动着自己的前肢,朝着科迪克发出声响的方向走去。途中,马特卡往往会撞倒无数只小海豹,他们有的滚到一边,有的则东倒西歪地换一个位置。在这儿,经常会有好几百只海豹母亲寻找孩子,因为所有的小海豹都是非常贪玩的。马特卡经常对科迪克说:"只要不躺在泥土里,让自己生疥疮;只要不被硬石块擦伤身体;只要不到大海中游泳,这儿就没有任何东西可以伤害到你!"

刚出生没多久的小海豹是不怎么会游泳的,他们会因为学不会游泳而感到闷闷不乐。在科迪克第一次到海水中游泳的时候,他被巨大的海浪抛到了高空中,然后,他的脑袋沉了下去,后鳍肢一下子被甩到了半空中。这和马特卡唱的歌曲中的歌词一样,如果不是又一个海浪将科迪克抛到了海滩上,恐怕他早就被淹死了。

自从有了那次游泳的经历后,科迪克便学会了将整个身体趴进沙滩上的水滩里,这个深度恰好能让海水在海浪冲过来时没过他的小身子,然后他就在水坑中滑动鳍肢,与此同时提防着随时袭来的海浪带来的危险。在两个星期的时间里,科迪克努力学习了如何使用自己的鳍肢——他总是在海水中挣扎,不停地进进出出,当被海水呛到的时候,总会咳嗽半天,接着就在沙滩上休息一会儿,等醒来之后又继续回到海水中。最终,他变成了大海中的一个真正的成员了。

接着,你可以好好想象一下科迪克和他的伙伴们在一块儿玩耍时的情形:有的小家伙一下子沉入浪底,有的则漂浮在浪头上,他们就这么坐在浪头上,然后随着水花掉落到岸边。有的时候,他们会用尾巴支撑着站立起来,然后就像老海豹一样抓脑袋;有的时候就趴在光溜溜的岩石上做游戏——王宫里的国王(围成一个圈,将别的海豹推出圈外,或是从高处推下去的一种游戏)。

在海岸边，科迪克总能看到一个鳍冒出海面，他知道那是杀人鲸的鳍，这种杀人鲸又叫虎鲸，会残忍地吃掉抓获的海豹。每当见到杀人鲸，科迪克就会快速躲开，然后这只游走在海岸边的杀人鲸就会装成若无其事的样子离开。

差不多十月底的时候，海豹家庭们开始陆陆续续地离开圣保罗，慢慢地，这边的海域上已经没有相互搏斗的海豹了。而这个时候，单身的海豹们就可以随心所欲地在海滩上玩耍了。

"科迪克，明年的时候，"马特卡说，"你将成为一只单身海豹，也就是霍勒斯契基，所以，你必须在今年学会如何抓鱼！"

于是，马特卡带着科迪克一起横渡太平洋。在马特卡的耐心指导下，科迪克渐渐学会了如何将鳍肢小心翼翼地收拢在身体的两侧，然后让自己的小鼻子露出水面，仰面躺在海面上休息、睡觉。对于一只小海豹来说，海洋上此起彼伏的海浪就是最舒服的摇篮了。渐渐地，当科迪克躺在海面上时，能够感觉到身体有一些刺痒。于是，马特卡告诫科迪克应该注意感觉"水情"——一旦感觉到刺痒，就应该立即游离这一带，因为不好的天气即将来临。

"用不了多久，"马特卡骄傲地说，"你就知道该判断去哪个方向了！现在，我们只要跟着聪明的海猪游就可以了。你知道吗？海猪就是海豚，他们是非常有智慧的！"这时，一群海豚从海面上潜入了水下，科迪克见状，便立即跟了上去。

"你们是怎么判断应该去哪个方向的呢？"科迪克追上

海豚们,气喘吁吁地说。

海豚的首领听到了科迪克的声音,转头对他翻了一个白眼,然后淡淡地说:"因为我的尾巴感到了刺痒!这说明在我的后面将会有一场巨大的风暴,赶紧跟上来!如果你在游到赤道的南边,感觉到尾巴刺痒时,那就意味着你的前面即将有一场风暴,所以你就应该去北方。赶紧跟上,这一片的海水让我非常难受。"

在海水中,科迪克学到了许多本领,上面所说的只是其中的一点。在马特卡的帮助下,小科迪克渐渐学会了应该如何在水底按照沙洲的痕迹去寻找比目鱼和鳕鱼;如何在海草丛中将各种小鳕鱼赶出来;知道了如何潜到深海处,然后像箭一样快速冲进每一艘躺在那儿的沉船,从里面赶出一群群惊慌失措的鱼群;知道了如何在电闪雷鸣的时刻,在巨大的浪头上跃动,接着用粗短的尾巴对着军舰鸟致意;知道了如何像海豚一样弯起尾巴,将鳍收拢在身体的两侧,然后高高地跃出水面;知道了怎样在水中捕捉快速游动的鱼群;知道了绝不能停下来观望途中遇到的大船或是小艇,特别是当遇到划艇的时候。

当六个月的海中生活结束的时候,科迪克差不多已经学会了在海中生活所应该具备的所有知识和技能。而就在这段时间里,科迪克的鳍肢从来都是浸泡在海水中的。

一天,当科迪克躺在胡安费尔南德斯岛的某个地方的时候,他突然感到浑身乏力,一股懒洋洋的感觉涌上心头,这种感觉就跟人类在春天会感受到困乏一样。就在这时,他渐渐想起了从前在诺瓦斯托什那海滩度过的日子。那是一个美丽的海滩,他和伙伴们在海滩上尽情玩耍、嬉戏,随处可以听到海豹们的吼叫声,还可以闻到海草的清香。想起这些,科迪克不由得转身向着北方游了过去。途中,他碰见了许多曾经在一起玩耍过的伙伴,他们也正准备游去那儿。有的伙伴说:"科迪克,你好啊!我们在今年全都变成了霍勒斯契基,我们这些单身海豹全都能在海浪上舞蹈、在草地中玩耍了!不过,科迪克,你怎么穿着一身白色的衣服呢?"

现在,科迪克几乎完全变成了一只白色的海豹,这种与众不同的白色让他感到非常得意,但是,他在嘴巴上只是淡淡地说:"我们还是快点儿赶路吧,一想到那儿,我的骨头都是痒的!"于是,他们便一起快速地游到了自己出生的海域。在很远的地方,他们就听到了从海滩上传来的长辈们打斗的声音。

当晚,所有刚刚从外面回来的小海豹们一起跳着美丽的舞蹈。在炎热的夏季,这一片的海面上到处闪闪发光,每一只海豹的尾巴上都像有火苗在燃烧似的,当他们跳出海面的时候,就仿佛火焰在跳跃。接着,科迪克和其他一岁的小海豹们一起来到了单身海豹们的领地,他们尽情地在草地中翻滚,讲述着各自的神奇经历。当他们讨论起太平洋时,每只小海豹就像大孩子一样自豪、骄傲。这时,一群三四岁样子的海豹冲了过来,他们大声叫道:"快闪开,你们这帮小家伙!大海是很深的,还有许多你们不知道的事情呢!先别高兴得太早,等绕过了好望角再来说说你们的经历吧!嗯?那边那个一岁的小家伙,告诉我,你在哪里弄来的这身白色的外衣?"

"不，这并不是我从哪里弄来的，"科迪克说，"是长出来的！"就在他准备去碰撞那个对自己说话不太客气的海豹时，两个人从后面的沙丘中走了过来，他们有着黑色的头发、红扑扑的脸蛋。在此之前，科迪克是从来没有见过人类的，于是，他低着头发出了一阵好像咳嗽的叫声，而那只刚刚说话的单身海豹只是急急忙忙地爬了一会儿，然后就傻呆呆地不动了。走过来的这两个人正是当地的猎人头领克瑞克·布特林，还有他的儿子帕特拉莫，他们居住的村庄距离这儿不到五百米。原来，他们准备从这儿赶几只海豹到屠宰场中（他们驱赶海豹的时候就像驱赶山羊一样），然后再将他们的皮剥下来做大衣。

"嘿！"帕特拉莫激动地说，"快看，那是一只白色的海豹！"

克瑞克·布特林带着满脸的污垢和烟尘看了一眼科迪克，这个人是阿留申人，而阿留申人是根本不在乎自己的脸是否干净的。这时，克瑞克·布特林的脸一下子变得煞白，他赶紧捧起双手，嘴巴里振振有词地开始祷告起来："千万不要碰他！我有生以来，从来没有见过白色的海豹！或许，这只海豹是扎哈洛夫的灵魂变出来的！你可知道，他在去年的时候遇到了风暴，然后失踪了！"

"这只白海豹不吉利，我才不会靠近他呢！"帕特拉莫说，"难道真的是扎哈洛夫回来了？天啊，我还欠他几个海鸥蛋呢！"

"别再看他了！"克瑞克低着头说，"就赶那只，那只四岁的海豹。本来今天应该要剥下两百多张海豹皮的，可如今捕猎的季节才刚刚开始，而手下的工人又没有什么经验。算了，虽然只剥了一百多张，但还是算了吧！好了，赶紧动手吧！"

于是，帕特拉莫从身上掏出一对海豹的骨头来，然后对着海豹们不停地撞击着两块骨头。这时，只见所有的海豹都停了下来，然后不断从鼻子中发出喘气声。接着，帕特拉莫开始慢慢地走近海豹，几只海豹就开始跟着移动起来。于是，海豹们就这样在克瑞克的摆布下向着内陆行进，他们完全没有任何想要反抗的意思，更没有任何行动想要回到海豹群中去。当这群海豹被赶走后，几万只海豹就继续若无其事地玩耍。在海豹群中，唯独科迪克发出了质疑，但谁也说不出原因，他们只知道每年都会有人类定期到这儿带走一群海豹，而且他们一来就是两个月。

"我一定要去看个究竟。"科迪克说，于是，他便摇摆着小身体跟了上去，他鼓鼓的双眼都要从眼眶中掉出来了。

"发现了吗，那个白颜色的海豹跟了过来。"帕特拉莫惊恐地说，"从来没有哪只海豹敢跟过来。"

"不要出声！"克瑞克说，"我确定他就是扎哈洛夫的灵魂，我一会儿就会跟萨满（萨满教的男巫）说明这件事情。"

虽然到屠宰场只有大约五百米远，但他们足足走了一个多小时才到达。因为有经验的克瑞克明白，如果走得太快了，海豹们的身体就会快速升温，在这种情况下剥的皮就是一块块的，不完整。为了避免这种情况发生，他们走得非常慢，途中还路过了一个名叫"海狮脖子"和韦伯思特交易所

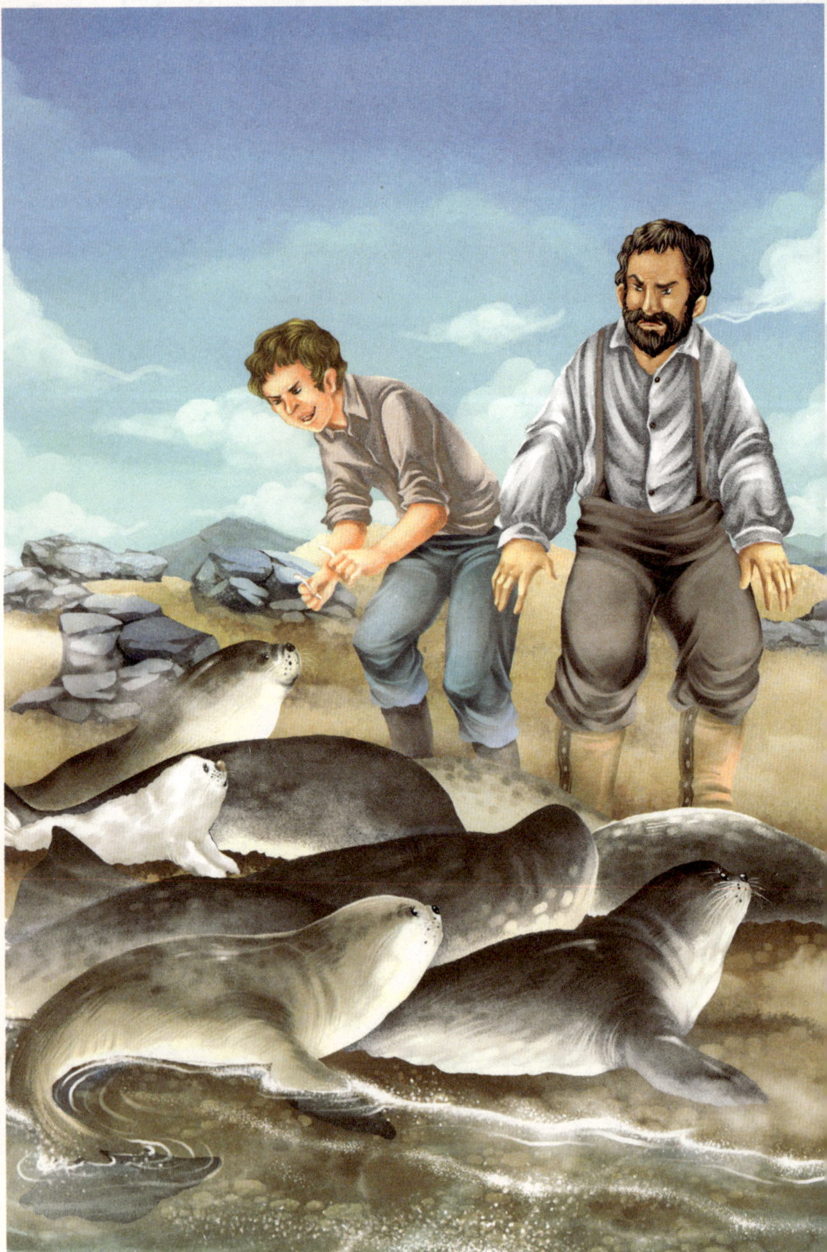

的地方。最后，他们来到了一个盐库，这儿正好是海滩上的海豹们看不见的地方。

小科迪克就这样一直紧紧地跟在他们后面，他感觉自己走了很长的时间，仿佛来到了世界的尽头，但依旧能清晰地听到身后传来的海豹们欢跳的声音。这时，克瑞克掏出了一块怀表，就地坐了下来，他准备让这群海豹休息半个小时。浓浓的大雾在克瑞克的帽子上结出了一些水滴，当水滴掉落下来的时候，克瑞克仿佛都能听到水滴的声音。没过一会儿，十来个人朝这边走了过来，他们每个人手里都握着一根铁皮棍。只见克瑞克指了指几只身体发热的海豹，然后，那些手持铁棍的人就伸出穿着沉重皮靴的脚将被指的海豹踢倒（这些人脚上穿的皮靴都是用海象的皮做的）。随后，克瑞克便命令他们动手，那几个人就猛地拿棍子朝海豹们的头上打去……

大约十几分钟之后，科迪克就再也不能认出他的伙伴们了——他们的皮被人类残忍地剥了下来，然后一抖，扔在一旁堆成了一堆。

科迪克再也看不下去了，他转身朝着大海拼命跑去（在短时间里，海豹是可以快速奔跑的），他那刚刚长出来的胡子也被吓得立了起来。当科迪克跑到"海狮脖子"附近时，他一下子将鳍肢高高地举过头顶，然后猛地扎进了大海中。他一边浸泡在海水中，一边慌张、难过地喘着粗气。这时，一只趴在海岸附近的海狮没好气地说道："你到这儿来做什么？"要知道，海狮从来都是很讨厌和别人打交道的。

"我很难过！觉得很孤独！"科迪克说，"就在刚才，人类杀光了所有的单身海豹!"

"别胡说了!"海狮将头扭了过去,"你听,你的伙伴们还是那么吵闹!你是不是看到克瑞克杀死了被驱赶的那部分海豹?他很早就这么干了,大约都有三十年了吧!"

"真的好可怕!"科迪克说。

这时,一个海浪从背后冲了过来,科迪克向前滑动了一下鳍肢,然后爬上了一块礁石。

"看不出来,你这个一岁大的小家伙,游泳本领倒是不错!"海狮用欣赏的口吻说,"我知道,在你们这些海豹眼中,屠杀这种事情确实非常恐怖。但是,你们每年都来这儿,当然会让人类知道。要是你们能找到一个人类没有去过的岛屿,或许可以躲过人类的杀戮。"

"世界上真的有这样的岛屿吗?"科迪克问。

"我可不敢保证,尽管我已经跟着大比目鱼保尔图斯游了近二十年了。但我觉得你很喜欢和聪明、有智慧的动物说话,或许,你可以去海象岛,去找找西韦奇,说不定他知道一些什么……小家伙,不用这么慌慌张张的,如果我是你,一定会先休息一会儿,因为到那儿得游上六千多米呢。"

科迪克想了想,听取了海狮的建议。他回到海滩后,和其他熟睡中的海豹们一样颤抖着身子休息了近半个小时。接着,他便直接朝着海象岛的方向游了过去。海象岛坐落在诺瓦斯托什那的东北角,是一个由岩石组成的岛屿,那儿除了居住着海象外,随处可见海鸥的窝巢。

科迪克在海水中游了不知多长时间,终于在距离西韦奇休息的地方不远处上岸了。西韦奇是一只相貌非常丑陋的大海象，他有着肥胖的身体，满身的疙瘩，长长的獠牙和胖乎乎的脖子。西韦奇一直都是粗鲁无礼的，当然除了睡觉以外——当他睡着的时候，喜欢将后鳍肢一半露在水面上，另一半则浸泡在水中。

"快醒一醒！"科迪克大声喊道，因为周围全是海鸥吵闹的声音。

"嗯？嗯？发生什么事儿了？"西韦奇说，当他抬起头的时候，一不小心用獠牙触碰到了身旁的另外一只海象，而这只海象又用獠牙惊醒了另外一只，接着，一只碰醒一只，最后，海滩上所有的海象都醒了过来。他们全都莫名其妙地瞪着双眼到处看，谁都没有注意到小小的科迪克。

"嘿！是我在喊你！"科迪克大声叫道。

"噢！你看！这只小海豹的皮被剥了！"西韦奇说，这时，所有的海象都朝科迪克望去。你大可以想象，此时的科迪克就好像一个瘦小的小男孩不小心走进了一家酒吧，而那些醉意正浓的成年人们则双眼直勾勾地盯着他。科迪克不想再听到任何有关"剥"的词汇，于是，他赶紧大声问道："请问有没有一个地方是人类没有去过，而我们海豹是可以去的？"

"嘿，那你自己去找啊！"西韦奇慢慢地闭上了双眼，"快离开这儿，我们都很忙呢！"

突然，科迪克一下子跳跃起来，他扯着嗓子尖叫道："你这个吃蛤蟆的老家伙！你这个吃蛤蟆的老家伙！"科迪克早就知道，虽然西韦奇总是想装出一副非常可怕的模样，但他从来不抓鱼吃，一辈子只吃水草和蛤蟆。岛上最喜欢凑热闹的海鸥、角嘴海雀，还有三趾鸥一听到科迪克的叫喊，便纷纷跟着大声嚷嚷起来。里莫幸说这些动物足足叫了五六分钟，那巨大的声音，就算在一旁开枪恐怕都听不见枪声了。西韦奇在吵闹的声音中不停地摇摆着身体，嘴巴里发出一阵阵生气的喊声。

"你到底愿不愿意告诉我？"科迪克累坏了。

"你去问一问海牛吧！"西韦奇说，"如果他们还没有死的话，就一定会告诉你的。"

"那我要怎样找到海牛呢？"科迪克一边转身游向海里一边回头问道。

"在大海中，唯独海牛比西韦奇还要丑陋，还要没有礼貌！"海鸥毫不客气地叫道，"比西韦奇还要没有礼貌！"

科迪克离开海象岛后，又回到了诺瓦斯托什那。他对伙伴们说了自己的想法，可没有一只海豹对他的想法感兴趣。他们只是淡淡地告诉科迪克，一直以来，人类都是使用这样的方法驱赶海豹群——这只不过是人类平时工作中的一小部分而已——要是科迪克不喜欢看到如此丑陋的事情，他大可以不去屠宰场那儿——其他的海豹们就从来没有去过屠宰场，也没有见过海豹被屠杀的场景，所以，他们永远不会和科迪克想到一起，况且科迪克还是一只白颜色的海豹。

"当你长得和我一样强壮，能独自争夺到整个育婴场所时，人类就不敢驱赶你了！只要再过五年，我亲爱的宝贝，你便有足够的能力去为自己而战斗了！"爸爸西凯奇听了科迪克的想法后说。而温柔的马特卡也说："我的孩子，我们都没有办法阻止人类的残酷屠杀，所以，科迪克，只管去海里游玩吧！"于是，科迪克只得继续回到海水中玩耍，但是，他那颗小小的心是非常沉重的。

就在这一年的秋季，固执的科迪克独自离开了海滩，因为在他那个圆圆的小脑袋中，早已拿定了一个主意——必须要找到海牛！如果大海中真的生活着这样一种动物的话，然后他必须寻找到一片适合海豹们居住的海滩！那儿的海滩是坚实的、美丽的，而且人类绝对找不到他们！

就这样，科迪克一直在海洋中漫游，他甚至穿越了整个太平洋，每天至少游四十万米。一路上，他所遇到的危险不计其数：有时，他差点儿就要被各种险恶的鲨鱼给抓住了；有时，他又遇到了各种游走在海底中的狡猾恶棍；有时，他也会碰到彬彬有礼的大鱼……但是，他始终没有找到海牛，还有那个美丽的岛屿。

途中，科迪克曾发现过一些美丽的岛屿，那里也有可以供海豹们游玩的岩石、斜坡，但科迪克总能在地平线上看到一些烟火，那是人类在抓获鲸鱼后在炼制鲸鱼油时飘散出来的烟火。就算见不到烟火升起，科迪克也能在岛上发现海豹曾经居住的痕迹，而且也遭到了人类的猎杀。科迪克明白，只要人类去过一次的地方，以后还会再去的。

在偶然的一次机会中，科迪克和一只短尾巴信天翁相识了。这只老信天翁告诉科迪克说，克谷爱伦岛是一个既安全又美丽的岛屿，于是，科迪克便找到了那儿。可当科迪克到达那里的时候，正好遇到了电闪雷鸣的坏天气，可怜的科迪克差一点儿就撞死在一个悬崖上。直到暴风雨过去之后，科迪克才发现这座岛屿上竟然也有海豹们生活过的遗迹。科迪克上过岸的岛屿全是这样的情况。

里莫幸在跟我讲这个故事的时候，罗列了一长串岛屿的名字，因为科迪克花费了整整五年的时间去寻找岛屿，每年，他都会回到诺瓦斯托什那休息一段时间。在休息的时间里，他的种种行为总会受到伙伴们的嘲笑。科迪克去过厄瓜多尔西部的一个名叫加拉帕戈斯的群岛，这个群岛位于赤道上，科迪克差点儿就被那儿的太阳给晒死。科迪克还去过南奥克尼群岛、高福斯群岛……他甚至还去过好望角旁边的一个非常小的岛屿。他每到一处，当地的动物们就会说同样一句话——海豹来过这儿，但全都被人类杀死了。在远离太平洋的地方，科迪克找到了一个岛屿，上面生活着几只脱了毛的海豹，他们说人类也来过那儿，哪怕那个地方再偏僻。

一听到这句话，科迪克突然失去了信心，他转身游过了好望角，朝着诺瓦斯托什那的方向游去。在回去的途中，他路过了一个满是绿色植物的岛屿，岛上住着一只年迈的、早已奄奄一息的老海豹，于是，好心的科迪克为他寻找了一些食物，并对他说起了自己所遇到的伤心事。

"我现在就要回到诺瓦斯托什那了，"科迪克说，"就算是将我一起驱赶到屠宰场，我也认了。"

"再试一次好吗？"老海豹虚弱地说，"这片岛屿只剩下我这么一只海豹了，在人类疯狂屠杀海豹的日子里，岛屿上流传着这样一个传说：据说某天会有一只从北方游来的白色海豹，他将带领着所有的海豹去找一个安全、美丽的岛屿。我已经很老了，可能活不到那天，但其他的海豹们可以看见！所以，你应该再尝试一次！"

科迪克感到精神振奋，然后庄重地说："在诺瓦斯托什那，唯独我有着白色的皮肤，无论怎样，我都要找到那片梦想中的岛屿。"

那年夏天，当科迪克回到诺瓦斯托什那时，妈妈马特卡对他说希望他能找到一只雌海豹，然后安安心心地在海滩上生活下去。妈妈这么说是因为科迪克早已到了结婚的年龄。如今，科迪克俨然已经是另外一个西凯奇了——他满身都是白色的、卷曲的细毛，身材和西凯奇一般健壮、强大。

"我还需要一年的时间，妈妈。"科迪克请求道，"要知道，成功往往在于坚持。"

奇怪的是，海滩上竟然也有一只雌海豹希望推迟自己的结婚时间。就在科迪克准备出去进行最后一次探险的前夕，他和美丽的雌海豹在海滩上跳起了动人的舞蹈。

这次，科迪克首先跟着一大群比目鱼游向了西边。他之所以要跟随比目鱼，是为了保证每天都能吃到一百多斤的鱼来维持体力。后来，他感到有些困了，便蜷缩在涌向科珀岛的巨浪窝里休息睡觉。

大概到了深夜的时候，他突然感到水底的海草在轻轻地触碰自己，由于他非常熟悉这块地方，于是便自言自语道："今晚的涨潮比较厉害。"接着，他就在海水中打了一个滚，然后睁开眼睛，突然，他仿佛受惊的小猫一样跳了起来，因为在浅水处，他看见了一群身材庞大的东西，这些巨大的家伙正用力地啃食着海中的尖草。

"快看！"科迪克激动地说，"他们究竟是什么动物啊？"

这些庞大的家伙既不像海狮、海象、鲸鱼，又不像海洋中的其他鱼类，况且科迪克几乎认识海洋中的所有动物。这些从来没有见过的动物长着长长的身子，他们并没有后鳍肢，只是长着一个铲子状的短尾巴。他们行动时的样子看上去非常迟钝，在吃草的时候，他们通过自己的尾巴来保持身体的平衡。科迪克还发现他们会不时地相互敬礼鞠躬，当他们舞动自己的前肢时，就仿佛一个挥舞着手臂的肥胖男人。

"嘿！"科迪克打招呼道，"你们的捕猎怎么样？"只见那些大家伙只是向他鞠了一躬作为回应，接着，他们又开始继续吃尖草。他们张开大大的嘴巴咬上一把尖草，然后不慌不忙地细细咀嚼着。

"这是什么吃法？"科迪克说。这时，他们又开始鞠躬了。科迪克有些不耐烦起来。"不错，"他叫道，"就算你们比我的前鳍肢上多出了一个关节，但也用不着这样向我炫耀吧！我知道，你们鞠起躬来姿态十分优美，可我确实很想认识你们，应该怎么称呼你们呢？"他们只是睁大了绿色的眼睛，没说一句话。

"我知道了。"科迪克说，"你们是所有动物中比西韦奇还要没礼貌、长相还要丑陋的动物！"突然，科迪克猛地想起自己在一岁的时候听到海鸥说过的话，原来，他们就是自己多年来一直寻找的海牛，科迪克激动得一连翻了好几个跟头。

海牛们继续吃着尖草，科迪克则在一旁轮番使用自己曾经学过的各种语言和他们交谈，可是始终没有一只海牛正眼瞧他，原来他们不会说话，他们甚至都不和自己的同伴说话。但是，正如你想象的，他们只是通过前鳍肢来传递各种非常简单的信息。

天亮的时候，海牛终于开始慢慢地朝着北方游去，一路上他们不时地相互鞠躬，科迪克跟在后面心想："像他们这么不会自我保护的动物，如果没有一个安宁的地方保护他们，恐怕早就被杀完了。所以，他们居住的地方一定也适合我们居住，不过，如果他们能游快一些就好了！"

科迪克会这么不耐烦也是有理由的，因为海牛们每天都要在海岸附近活动很久，夜间，他们还必须吃草，所以每天只能向前走几千米。而科迪克则在他们周围不停地游来游去，试图通过这样的方法来催促他们提高速度。此外，更让科迪克感到痛苦的是，他们每隔一段时间就要聚到一块儿鞠躬，这差点儿让科迪克气得咬掉了自己的胡子。后来，当科迪克发现海牛们正沿着一条暖流向前游行的时候，他才对他们有了一些敬意。

终于，在一天晚上，海牛们突然一下子沉进了水中，科迪克赶紧跟了过去。在游过了一片闪着银色光芒的水域后，科迪克发现这是海牛们游得最快的一次，科迪克怎么也没有想到，原来海牛们的速度是如此之快。他们很快就游到了一个峭壁边，在峭壁的深处有一个黑色的大洞，只见海牛们一个接一个地钻了进去。就这样，科迪克跟着海牛游了很久，当海牛们再次浮上水面的时候，科迪克早已迫不及待地想要呼吸新鲜空气了。

科迪克浮在海面上，不停地喘着粗气，这个时候，他已经来到了"海底隧道"的另一端，这是一片视野开阔的海域,"跟着他们游了这么久,结果证明,确实是非常值得的。"科迪克想道。

这时,海牛们已经各自散开了,他们全都在海滩上寻觅着海草。眼前的这片海域是科迪克有生以来见过的最为满意的:平滑的岩石可以作为最佳育婴场所,而后边陆地上的斜坡,正好可以当成游戏区域。在这里,海豹们不仅可以自由自在地跳舞,还能在青草丛中快乐地翻滚,其中最重要的一点是,科迪克在这儿没有发现任何人类的足迹,对他这样一个经验丰富的海豹来讲,这是绝对不会判断错的。

科迪克首先做的第一件事就是考察在这儿捕猎是不是真的很方便,接着,他又顺着海滩游了过去,亲自数了一下那些美丽的矮沙岛,所有的沙岛都若隐若现地站立在雾气之中。在北方的那一片海面之上,散布着一些沙洲、岩石,还有浅滩,这些就形成了一道天然的保护屏障,能将船只远远地阻挡在外面。在岛屿与陆地之间有一带非常深的海域,海水一直延伸到了峭壁边,而进入到这一片海域的"隧道口"就处在峭壁之下的一个地方。

"这是一个比诺瓦斯托什那还要好上百倍的地方!"科迪克高兴地说,"这些海牛比我想象中的还要聪明!人类完全没有办法进入到这里来!在这个世界上,恐怕再也找不到第二个比这里还要安全的地方了!"

这个时候,科迪克不由得想起了那只在出发前与自己依依不舍的雌海豹,这让他感到必须快点儿返回到诺瓦斯托什那。但尽管如此,他还是细心地对这片海域进行了检查,因为只有这样才能保证回去后能回答海豹们提出的所有问题。

科迪克快速沉到水底，又重新确认了一下"隧道"的入口处，接着便飞速地穿过了"隧道"。在这个世界上，也许只有海牛和海豹才能找到这个地方了！

当科迪克再次浮上水面的时候，他回头望了望峭壁，感觉自己像做了一场美梦似的。

这次，科迪克在返回的途中用到了自己最大的速度，但尽管这样，他还是在六天之后才到达诺瓦斯托什那。

在"海狮脖子"上岸之后，科迪克看到了这个岛屿上的第一只海豹，那是一只终日守候在那儿的雌海豹。当她看到科迪克的时候，她就明白了，这位了不起的公海豹一定找到了梦想中的岛屿。

接着，科迪克激动地将自己的这次发现告诉给了所有的海豹，但包括西凯奇在内的所有海豹们在听完之后，都开始嘲笑他。在海豹群中，走出了一只和科迪克年纪差不多的公海豹来，他满脸不屑地对科迪克说："科迪克，这种方法确实非常好！你从一个其他海豹都不曾去过的海域回来，然后站在这儿要求大家都离开。请你记住，我们都是通过搏斗才获得领地的，可你却从来没有战斗过！你一直在外面四处乱转，最后，却希望通过这个谎言来骗走大家！"

所有的海豹一听此言就开始大笑起来，这只海豹便更加得意了，他摇头晃脑的，认为自己非常厉害和了不起，因为他前不久刚和一只雌海豹成了家。

"我根本就不用因为育婴场而和你们搏斗！"科迪克大声说，"因为我们完全可以不用搏斗就能拥有一片舒适、安全的海域！"

"是这样吗？如果你不想搏斗，那我们确实就无话可说了！"那只海豹夸张地笑道，他的声音非常刺耳。

"如果我赢了，你愿意跟着我离开吗？"科迪克问，很显然，一场血肉模糊的搏击是在所难免了。科迪克浑身的毛都气得竖了起来，眼睛里闪耀着绿色的光芒。

"当然没有问题，"公海豹得意地说，"如果你赢了的话，我一定跟着你离开！"

这只骄傲的公海豹已经没有机会改变决定了，因为科迪克猛地朝着他冲了过来，他那尖锐的獠牙瞬间咬住了公海豹的脖子。接着，科迪克重重地往后面一沉，将公海豹整个身体牢牢地压在了地面上。科迪克使劲地甩动着身体，将公海豹完全压制在海滩上。

随后，科迪克怒吼道："我在过去的五年时间里，一直在为大家寻找一片安详的居住之地，难道真要将你们愚蠢的脑袋从脖子上拔下来，你们才愿意相信这一切，是吗？好吧，那我现在就好好教训你们一顿吧！"

里莫幸说他每年都能在海滩上看到成千上万只海豹在海滩上搏斗的场景，但他说从来没有见过一只像科迪克那般勇猛的海豹。一旦有海豹冲向科迪克，他就会迅速咬住对方的脖子，一直咬到对方喘不过气来，最后再重重地将他摔倒在地。当对方跪地求饶时，科迪克才会转身对付下一个发出攻击的海豹。

不知你还记不记得，科迪克因为长期在外面探险，因此他并不像其他海豹一样四个月不吃东西，另外加上常年的海洋生活，他锻炼出了一副健壮的身体。而这里面对他最有利的是，他并没有和其他海豹一样经历过长达一个月的连续搏斗，所以他有充足的精力。怒气冲天的科迪克看上去威风极了，他浑身的毛发都立了起来，双眼闪耀着可怕的光芒，獠牙闪闪发光。

老西凯奇见到自己的儿子在海滩上像抓捕比目鱼一般将海豹们不停地咬来咬去，将身体强壮的海豹们撞得七零八落，他忍不住一下子吼叫着冲了出来，"听着，我的儿子科迪克或许真的有一些傻，但他绝对是这片海滩上最出色的战士！我的好儿子，小心一点儿，别打到了你的爸爸，因为我们永远是一起的！"

科迪克在混战中吼叫一声，作为对西凯奇的回应。接着，西凯奇便摇摇晃晃地走上前去，他气得胡须全都竖了起来。马特卡和那只雌海豹此时则向后退了几步，她们全都用充满赞赏的目光注视着这两只公海豹。在这场壮观的混战之中，两只公海豹在不断地与海豹们搏斗着，一直到没有哪一只海豹再敢抬起头来注视他们为止。父子俩咆哮着在众海豹之间不停地来回走动着。

夜晚的时候，北极光闪耀着穿过了雾气，这时，科迪克才登上了一块岩石，他低下头，看了看岩石下满地皮开肉绽的海豹们。

"现在，我确实是让你们记住了！"科迪克说。

"太要命了！"西凯奇挺了挺身体，艰难地说道，他的身上满是伤痕，"儿子，你真是我的骄傲，就算是杀人鲸来了，也未必能杀成这样！好了，儿子，我要去你说的那个地方，如果真的存在这样的地方的话！"

"听着,还有谁不愿意和我一块儿去'海底隧道'的吗?大声说,快回答我!不然,我又得好好教训你们一下了!"科迪克对着海豹们大声吼道。

接着,底下响起了一片极不情愿的声音:"我们愿意一同前往。"这几个声音弱弱地说:"我们同意跟随着强大的科迪克,跟随着白色的海豹一起离开!"

这时,科迪克才骄傲地将自己的脖子缩进了强壮的两肩之间。他全身都是血,早已不是一只白颜色的海豹了,但对于这些伤口,科迪克早就满不在乎了。

终于,过了一个星期之后,科迪克带领着大约由一万只海豹组成的大军离开了诺瓦斯托什那,他们向着北方游去。

当他们离开的时候,留在诺瓦斯托什那的那些海豹们还在大声辱骂科迪克,说跟着他离开的海豹们是白痴、笨蛋。但直到第二年的春季,当这两批海豹在海水中碰面的时候,离开的海豹们说起了在新海滩上发生的种种趣事,他们讲的故事是如此的生动、有趣,接着,又有更多的海豹跟着他们去了新海域。

当然,他们并不是一次离开诺瓦斯托什那的,因为他们必须要在小脑袋里思考很长时间才能将以前的错误观念更正过来。

时间慢慢地过去了,终于又有更多的海豹离开了原来居住的地方,前往那个隐蔽的新海滩。

整个夏季,科迪克都躺在干净的海滩上,他变得越来越壮实、高大。在科迪克的周围,数不清的海豹们正在人类永远也无法到达的海水中快乐地玩耍着。

ANIMAL NOVELS

>> 利基—蒂基—塔维

《利基—蒂基—塔维》以一只小獴为故事主人翁，讲述了小獴是如何通过自己的力量战胜凶猛可怕的眼镜蛇的故事。在故事中，小獴和父母失散后，得到了小男孩特比全家的收留。在一次邂逅中，小獴认识了自己的敌手——蛇，并在接下来的日子里，与蛇展开了殊死搏斗。最后，小獴凭借机智、勇敢和毅力战胜了眼镜蛇，挽救了特比全家的生命。

他慢慢地钻进了那个洞中,红眼睛对着皱皮怒吼。

只听红眼睛说:"耐格,快来与死神跳支舞吧!"

眼对着眼,头顶着头,(保持你的步伐,耐格。)

只要死一个,舞蹈就会结束。(请你自便,耐格。)

转动、围绕、摇晃——(快点儿躲起来吧,耐格。)

噢!皱皮的死神失败了!(你要倒霉了,耐格!)

下面要讲的是利基—蒂基—塔维与蛇单打独斗的故事,这次战斗发生在一间平房的浴室中。一只名叫塔尔奇的长尾缝叶莺在这儿帮助过利基—蒂基。另外,有一只麝鼠也好心地提醒过利基—蒂基,这只麝鼠总是喜欢紧靠着墙根行走,而且从来不会到地板的中央去。但是,这次战斗还是由利基—蒂基独自完成的。

吉卜林丛林书 THE JUNGLE BOOKS

利基—蒂基其实是一只小獴，他有着像小猫一样的皮毛和细长的尾巴，但他的生活习性和小脑袋却像极了黄鼠狼。他的眼睛，还有那只不停颤抖的小鼻子都是粉粉的红色。他可以将尾巴上的皮毛竖立起来，看上去就像是一把洗瓶子的刷子。当他急急忙忙地穿过草地时，就会发出一阵准备战斗的低吼声，这声音听上去就像是："里克——迪克——蒂基——蒂基——迪克……"

这一年夏天的时候，一场大水把他和父母冲散了，他不停地叫着、嚷着，使劲用脚蹬着，最后被大水带到了一条路边的水沟中。在水中，他抬头看见了一丛漂浮在水面上的青草，于是，他奋力游向青草，然后紧紧地拽在手里，渐渐地，他没有了知觉。等他再次清醒过来的时候，发现自己已经躺在了一条小路上，那是一座花园中的小路。

这时，一个小男孩走了过来，他望着满身是水的利基—蒂基说："快来看啊！这儿躺着一只死獴，我们可以为他办一个简单的葬礼吗？"

"孩子，或许他还没有死，"孩子的妈妈说，"我们把他弄干吧！"

于是，他们便将湿漉漉的利基—蒂基带回了屋子。这时，一个男人将利基—蒂基的毛拧干，然后仔细地看了看他，接着告诉孩子说他并没有死，只是昏过去了。接着，男人用棉花将利基—蒂基包了起来。很快，利基—蒂基就睁开了眼睛，然后又打了好几个喷嚏。

"你看，他醒了！"这个刚刚搬到这儿来的英国男人说，"千万不要吓唬他，让我们瞧瞧这个小家伙究竟会怎做呢……"

想要吓唬到獴,恐怕是这个世界上最难做到的事情,因为这些小家伙们总是对周围的事物充满了强烈的好奇心。在獴的家族里,流传着一句俗语:"四处转转,四处看看。"利基—蒂基确确实实是一只獴,所以,当他醒来后,就开始活跃起来。等他确定棉花并不是什么美味的食物之后,便自由自在地在整个桌子上跑开了。接着,他又安静地坐下来整理皮毛,一会儿又用爪子挠痒,最后,他猛地跳到了小男孩的肩膀上。

"没事,特比。"男人说,"他是在告诉你,他想和你做朋友。"

"呀,他在碰我的下巴呢!"特比有些害怕地说。

只见利基—蒂基先是看了看小男孩的领口,然后用鼻子使劲闻了闻,接着又嗅了嗅男孩的小耳朵,最后跳到地板上,开始不停地揉搓自己的鼻子。

"噢!"特比的妈妈柔声说道,"看来是因为我们对他太友好了,不然一只野生动物是绝不会如此温顺的!"

"我所知道的獴都是这个样子的,"男孩的父亲说,"如果特比不倒着抓起他的尾巴,或是将他关进铁笼子中,他是不会伤害我们的。他会整天在屋子里来回地跑。好了,我们先给他一点儿食物吃吧。"

特比的妈妈喂给利基—蒂基一片生肉,利基—蒂基十分满意他们的食物。等品尝完美食后,利基—蒂基就来到了阳台上,因为那儿有温暖的阳光,可以帮助他晾干皮毛上的水,这让他感到舒服极了。

"我能在这间房子里找到许多东西!"利基—蒂基自言自语道,"这么大的房子,对于我们全家来说,恐怕一辈子都找不到如此多的东西,我得继续留在这儿,然后将它们一个个找出来。"

于是,在接下来的一天里,利基—蒂基就不停地在各个房间中跑来跑去。在看洗澡盆的时候,他差一点儿就把自己给淹死了;在看写字台的时候,他几乎将自己的鼻子伸进了墨水中;他想看看男孩的父亲是怎样写字的,于是便慢慢地爬上了他的膝头,结果,差点儿没被燃烧的雪茄给烫到;天快要黑的时候,他一溜烟地跑进了特比的房间;当特比准备睡觉的时候,他就快速地爬上了特比的床。这个小家伙,从来没有睡过一个踏实觉,一旦听到四周有什么响声,他就会立即跳起来仔细聆听一番,然后一定要找到声音的来源才肯罢休。

爸爸妈妈每天在入睡之前都要去特比的房间里看看他,这天也不例外。当他们发现利基—蒂基也躺在特比的被子中时,特比的妈妈开始担心起来,"你说这个小家伙会不会在半夜的时候咬伤我们的孩子?""相信我,他是不会这么做的。"男人说,"没有什么比这个小家伙更安全了,就算是可怕的蛇钻进了屋子里也没事儿!"可是,特比的妈妈却不敢想象这么恐怖的事情竟然会发生。

第二天清早,特比带着利基—蒂基去吃早餐。妈妈为利基—蒂基准备了一些鸡蛋和香蕉,然后利基—蒂基在每个人的膝头上都坐了一会儿。对于一只有礼貌的獴来说,他们都非常希望自己能在有生之年成为一只家养的獴,可以在不同

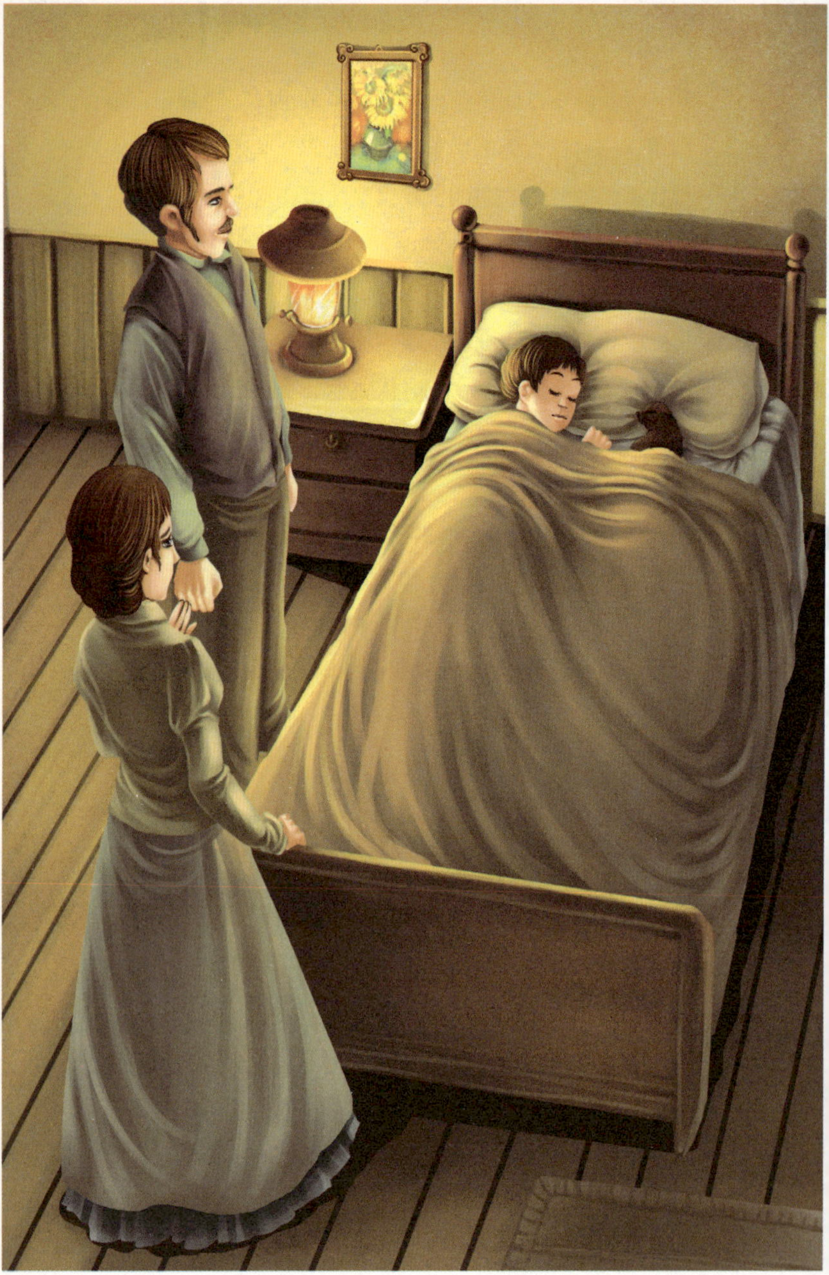

的房间里转来转去。利基—蒂基的母亲曾经在一个做军官的人类家庭中生活过,因此,她知道应该怎样和人类打交道,并且将这些全都讲给了利基—蒂基听。

吃完早餐后,利基—蒂基去了房子前面的花园里,他想看看在那里是不是又能发现什么新奇事物。这是一个野生的大花园,里面只有几种植物是人工培养的。花园里长着橘子树、菩提树,还有各种茂密的草丛。"这儿真是一个好猎场!"利基—蒂基高兴地说,一想起这些,他浑身的皮毛都竖了起来,尾巴更是变成了一把刷子似的。他兴奋地在花园中东奔西跑、左闻右嗅,最后,当他来到一片荆棘丛旁时,听到了从里面发出来的哭泣声。

原来,哭泣的正是长尾缝叶莺塔尔奇,还有他的妻子。这两只长尾缝叶莺将两片大树叶当屏障,然后再用植物的纤维将树叶缝在一起,窝里放满了各种绒毛和棉花,这儿就是他们温暖的小家了。此时的塔尔奇正和妻子坐在窝边痛苦地哭泣着。

"发生什么事了?"利基—蒂基关切地问道。

"我们太难受了。"塔尔奇悲痛地说,"就在昨晚,我们的一个孩子被耐格吃了,只是因为他不小心从窝里掉了下去。"

"那确实很不幸,"利基—蒂基同情地说,"但因为我是新到这儿的,所以不知道耐格是谁……"

突然,这两只长尾缝叶莺都不出声了,只见他们颤抖着缩进了自己的小窝中。与此同时,利基—蒂基脚边的草丛中发出了一阵可怕的"嗞嗞"声——听到如此阴森的声响,利基—蒂基也不由得向后退了几步。随后，脖子上长满褶皱的耐格慢慢地从草丛中钻了出来，原来，耐格是一条眼镜蛇。耐格有着长约一米的身体，当他完全从草丛中钻出来的时候，整个身体的三分之一都立了起来。他不停地前后摇摆着身子，用于保持身体平衡。耐格睁大了眼睛，恶狠狠地盯着利基—蒂基，对于一条蛇来说，不管他的内心想什么，绝不会在他的眼神中有任何表现。

"你刚刚问谁是耐格，是吗？"眼镜蛇说，"我就是凶猛的耐格！当大神梵天（印度教的主神）在睡眠时，人间的第一条蛇撑开了自己脖子上的皮为他遮阳挡雨，于是，伟大的神就将荣誉与标志赐予了我们眼镜蛇家族。你就好好看着吧，害怕了吗？"

这时，耐格脖子上的皮撑得更大了。在眼镜蛇胀起的皮后面，还有一个像眼镜框一般的花纹，又好像是一对纽扣似的。

利基—蒂基不由得有些慌乱了，不过，对于獴来说，是没有东西能吓到他们的。利基—蒂基在和爸爸妈妈一起生活的时候，从来没有见过活生生的眼镜蛇，只是妈妈喂他吃过死的眼镜蛇。这个小獴知道，一只成年獴的使命就是与蛇搏斗，然后吃掉他们。关于獴的职责，其实耐格也是非常清楚的，在他的内心深处，事实上也隐藏着巨大的恐惧。

"嘿！"利基—蒂基竖起了尾巴上的毛，气愤地说，"无论你是不是有大神赐予的荣耀，难道你就觉得自己有权利去吃别人的孩子吗？"

耐格并没有立即回答利基—蒂基，他一边在心里盘算着，一边注视着利基—蒂基背后的那片草丛，在那儿，正发生着一些极不容易被察觉的事情。在耐格看来，一旦花园中出现了一只獴，对于他的家庭来说，就意味着即将迎来灭顶之灾。想到这儿，他轻轻地将头扭到了一边，然后又将身子向旁边挪了一小块儿，他这么做是想解除利基—蒂基的警惕状态。"既然你这么说了，那我们就好好谈谈吧！"耐格说，"既然你可以去吃鸟蛋，那为什么我们就不能去吃小鸟呢？"

"小心，小心你的后头！"塔尔奇在窝里喊道。

利基—蒂基知道不能浪费时间朝后看，于是，他猛地向上一跃，结果一条母眼镜蛇扑了一个空。原来，这条母眼镜蛇正是耐格的妻子——耐格阿娜，她是想趁丈夫和利基—蒂基说话的时机，从背后下手干掉他。当利基—蒂基还在半空中的时候，他听到了耐格阿娜发出的可怕的"咝咝"声，当他掉落到地面上时，差不多整个身体都落到了耐格阿娜的背部。要是利基—蒂基是一只捕猎经验丰富的老獴，就会在这个时候用力咬断眼镜蛇的背部，可利基—蒂基还太小，他担心蛇会迅速发起反攻，于是，他只是轻轻地咬了一口，而且时间非常短。接着，他迅速地远离了正在不停挣扎中的耐格阿娜的身体。

"该死的塔尔奇！"耐格一边愤怒地说，一边尽量甩动自己的身体，想要够到位于高处的塔尔奇。聪明的塔尔奇将自己的窝修建在眼镜蛇达不到的地方，在耐格的跳跃下，他的窝只是轻轻地晃动了一下。

这时，利基—蒂基的双眼已经变得通红。当獴的眼睛开始变成红色的时候,这就意味着他要发怒了。利基—蒂基仿佛一只袋鼠,利用自己的后肢和尾巴支撑在地面上,然后愤怒地坐在地上观察周围,嘴巴里不停地低吼着。此时,耐格已经和耐格阿娜在草丛中消失得无影无踪了。

一般情况下,蛇如果在搏斗中失败了,就会一声不吭地消失,而且不会暴露下一步的任何行动。利基—蒂基在原地坐了一会儿,他不想去追赶他们了,因为他并没有太大的胜算去打败两条大蛇。于是,他迅速离开原地,来到一条路边坐下来。他反复地考虑着,觉得这件事对他来说并不是轻而易举就能过去的。

要是你以前读过一些科普类或是博物学的书籍,你就会看到书中介绍说,当獴在搏斗中负伤后,会立即吃下一些草药疗伤。其实这样的说法是错误的。事实上,搏斗的胜败完全取决于速度——眼镜蛇的袭击与獴跳跃到高空中的对抗——蛇在发动进攻的时候,速度是非常快的,几乎没有谁能清楚地看到他们甩出脑袋时的动作,因此,对獴来说,快速地躲闪是最有效的灵丹妙药。尽管利基—蒂基并没有什么捕杀眼镜蛇的经验,但一想到自己在这么小的年纪就快速地躲过了眼镜蛇从背后发动的攻击,他就对自己又充满了信心。这时,特比朝着这边跑了过来,而利基—蒂基就坐在原地等着他过来拥抱自己。

特比刚刚准备弯下腰的时候,突然地面上有个东西往后动了一下,然后只听一个小小的声音说道:"当心!我可会要了你的命!"原来,说话的正是一条喜欢在泥地中活动的灰色小蛇,他的名字叫科瑞特。这条小蛇所具有的毒性并不比耐格的小，只要被他咬一口，随时都会有生命危险。但由于他身材短小，因此，大家都不怎么提防他，所以，他带来的危害往往更大。

　　此时，利基—蒂基的双眼又变成了火红的颜色，他左右摇晃着身子径直向科瑞特扑了过去。利基—蒂基现在的动作源自獴的整个家族，虽然他的样子看上去十分滑稽可笑，可这在对付一条蛇的时候还是很奏效的，因为这种动作不仅能保持他的身体平衡，而且还能让他从任意一个方向对蛇发动进攻。这一次的搏斗对利基—蒂基来说可就没有上次轻松了，因为科瑞特的身材短小，所以动起来非常灵活，他随时都有机会袭击利基—蒂基的嘴巴或是眼睛，除非利基—蒂基一下子便能死死地咬住蛇的致命之处——靠近后脑的地方。幼小的利基—蒂基哪里知道这些，他气红了双眼，不停地晃动身体，开始寻找最佳攻击时机。就在这个时候，科瑞特猛地发起了袭击，利基—蒂基连忙闪躲到一边，想要扑到科瑞特的旁边。科瑞特将灰色的脑袋狠狠地一甩，差点儿咬到了利基—蒂基的肩头，幸好利基—蒂基躲得及时。他奋力往空中一跳，跃过了科瑞特，科瑞特急忙转身追赶利基—蒂基的双脚。

　　特比见状，连忙大叫："快看啊！他在抓蛇，我们那只小獴正在抓蛇！"随即，利基—蒂基听到妈妈在屋子里发出一声尖叫。特比的爸爸赶紧抓起一根铁棍冲了出来，在他正要赶过来的时候，科瑞特由于冲得太猛，没有防备落在自己背上的利基—蒂基，利基—蒂基只是使劲用两只前爪拼命压住蛇背，然后朝蛇头一咬，这时，蛇便不再动弹了。在獴的家族里，当他们杀死一条蛇后，一般都会把整条蛇吃掉，但利基—蒂基并没有吃掉他的大餐，因为他知道，一旦自己吃得太饱，动作就会变得非常迟缓，如果想要拥有灵活的动作和敏捷的速度，他必须得瘦一些。

当结束战斗后，利基—蒂基想离开这儿，去沙地里舒舒服服地洗个沙浴。这时，特比的爸爸才刚刚赶来，他拿着铁棍，不停地抽打着已经死去的蛇。特比的妈妈朝着利基—蒂基跑了过来，她温柔地抱起利基—蒂基，然后将他搂在怀中不停地哭着，还说是他救了自己的孩子。特比的爸爸也站在一旁说，利基—蒂基来到家里是命中注定的，而小特比则睁大眼睛站在一旁，他仍旧有些惊恐。在特比妈妈的怀抱中，利基—蒂基暗暗觉得有些好笑，因为他并不能理解他们为什么要哭泣和大惊小怪，反而觉得他们应该安抚一下小特比才对，他刚刚吓坏了，但尽管这样，利基—蒂基的内心还是非常开心的。

在吃晚餐的时候，利基—蒂基可以任意在餐桌上走动，因为体力消耗太大，他本应该吃下更多的食物，但一想起耐格夫妇，他就努力控制住了自己的食欲。虽然特比的妈妈不停地抚摸他，特比还让他坐在自己的肩膀上，但他还是随时保持着警惕，双眼通红。

晚上的时候，特比将利基—蒂基带到房间里，并且一定要让他睡在自己的胸前。利基—蒂基是一只非常有教养的獴，他不但没有抓咬特比，而且等他睡着之后，就赶紧跳下床开始在各个房间里巡查。当他在黑暗中行走的时候，正好遇到了一只紧靠着墙根走路的麝鼠，他叫顾昆德拉。顾昆德拉一遇到利基—蒂基,就开始不停地哭泣起来。顾昆德拉的胆子很小,每当他决心要冲到屋子中央时,最后总是由于害怕而没有做到。

"千万不要杀我!"顾昆德拉低低地说,"请你不要杀我!"

"难道你觉得我会杀麝鼠吗?"利基—蒂基说,他感到很不解。

"我怎么会知道,"顾昆德拉伤心地说,"可怕的耐格会不会在哪天看不清,错误地把我当成了你,然后杀了我!这多么可怕呀!"

"别担心,这种事情是不可能发生的!"利基—蒂基说,"我知道你一直都不敢去外面的花园里玩耍,而耐格也只会待在花园里的。"

"可是……"顾昆德拉突然停住了,"小声点儿,要知道,耐格随时随地都有可能出现。"

顿时,顾昆德拉开始哇哇大哭起来。"我真是太不幸了!"他抽泣道,"我胆小到竟然不敢跑到地板中央去!小声一点儿,难道你真的没有听到吗?我不能说,真的,什么都不能说!"

于是,利基—蒂基只好竖起耳朵仔细地听了听,屋子里安静极了。这时,他仿佛听到了世界上最细小的声音——这声音好像是蜜蜂在窗户上爬动时发出来的——是蛇皮与地面摩擦时发出来的声音。

"顾昆德拉,你没说错,那声音不是耐格发出来的,就是耐格阿娜弄出来的!"利基—蒂基说,"这声音正准备爬到浴室的排水口。没错，我确实应该早点儿料到的，是我疏忽了。"

于是，利基—蒂基小心地走进了特比的浴室里，他在那儿没有发现任何可疑动静，于是，他又来到特比爸爸妈妈的浴室。

在这间浴室的墙角，利基—蒂基发现那儿有一小块砖被卸了下来，人们将那儿设计成了一个排水口，用来清空浴盆中的水。浴盆被放在一个台子上，利基—蒂基看了看台子，然后顺着台子滑进了排水道中，这时，他已经能听到外面的交谈声了，那是耐格夫妇在月光下的低语声。

"一旦这座房子里没有人类居住了，"耐格阿娜说，"那只可恶的獴就必须离开，到那个时候，这座房子和花园就又是我们的地盘了！现在，你快进去，然后先将那个白天打死科瑞特的男人咬死，接着通知我一声，最后我们一起去杀死那只獴。"

"咬死这些人，真的有好处吗？"耐格说。

"只要人都死光了，獴也就不能在这里生存下去了，接着，我们便是这儿的主人，可以呼风唤雨了！你可要记住，我们的孩子或许在明天就要出生了，我可不想他们一出生就挤在那么狭小的地方生活。"

"我倒没有考虑到这一点。"耐格说，"好，我这就进去，但是，我想咱们不用再去杀那只獴了。我先杀死那个高大的男人，然后咬死他的妻子，如果还有时间，我再杀了他们的孩子，最后悄悄地离开。等房子空了，那个利基—蒂基自然就会走了。"

听到耐格的话，利基—蒂基气得全身仿佛被针扎了一般难受，他又急又恨，胡须全都竖了起来。这时，耐格一头钻进了排水管中，利基—蒂基连忙躲了起来，尽管利基—蒂基非常愤怒，但当他看到耐格拖着长长的身体进入到浴室中时，心里仍不免有些没把握。耐格快速地将身体盘了起来，然后抬头观察黑漆漆的浴室。

"嗯，如果在这儿和他搏斗，恐怕会惊动外面的耐格阿娜，到时候就不好办了。如果在表面光滑而又宽敞的地板上与他交战，他又会占据上风的，应该怎么办呢！"利基—蒂基心里不停地寻思道。

耐格开始摇摆自己的身体，利基—蒂基能听到，耐格此时正在一口最大的水缸旁喝水。"棒极了！"耐格高兴地说，"看看，科瑞特白天被那个男人杀死的时候，是因为他手里握着一根铁棍，我想他现在一定还带着那根铁棍睡觉呢，可是，他明天早上就不会拿着铁棍来洗澡了，所以我就在这儿等着他来好了，耐格阿娜，听到没有？我就在这儿等着他！"

外面一片寂静，没有任何回应，利基—蒂基明白耐格阿娜已经走了。只见耐格将整个身子缠绕在水缸底部，而此时的利基—蒂基则站在一旁的黑暗处一动不动，仿佛死去了一般。

一个多小时之后，利基—蒂基开始悄悄地向着大水缸移去。这时，耐格已经睡着了。利基—蒂基站在耐格身后，反复思考着应该从哪个地方下手好。"如果我冲过去咬他的脊背，但又不能一下子死死咬住的话，"利基—蒂基心想，

"那么，他就一定会剧烈地反抗，一旦他反抗——啊！利基—蒂基！"他又仔细地看了看耐格的脖子，对他来说，耐格的脖子实在是太粗了，他肯定咬不住。但要是直接去咬耐格的尾巴，这恐怕只会激怒耐格，让他变得更加暴躁。

"看来只能咬他的脑袋了，而且一定得死死地咬住！"利基—蒂基决定了，"就这样，而且一旦咬下去，死都不能放开。"

接着，利基—蒂基便尽力扑了过去。耐格的脑袋就在水缸下边，但离水缸还是有一些空隙的。当利基—蒂基咬住耐格的脑袋时，他立即用身体靠在了水缸上，然后用力将耐格的脑袋往下面压。对利基—蒂基来说，他只有一秒钟的时间，但因为他发挥了这个支点的作用，所以大大地增加了胜算。接着，耐格开始疯狂地挣扎起来，他发狂地摇摆着身体，这个情形就像狗用嘴叼着老鼠甩来甩去一般。利基—蒂基不知道在地板上撞击了多少次，然后又上上下下地转了几个圈。利基—蒂基双眼通红，一个劲儿地咬住耐格的脑袋不松口，而耐格则拼命地摇晃身体，就像一根皮鞭似的不停拍打地面，还打落了不少盆子、洗具用品。利基—蒂基紧紧地咬着，他想自己恐怕都要被撞死了，但为了整个獴家族的荣耀，哪怕是死了，他还是希望当人类发现他的时候，自己仍旧紧紧地咬着耐格的脑袋。渐渐地，利基—蒂基感到有些犯晕了，他浑身疼痛，身体仿佛都要散架了似的。就在这个时候，他的身后发出了一声巨响，好像打雷一般，接着，便是一股巨大的热浪，这股热浪冲得他一下子失去了知觉。原来，这是两颗子弹的威力——高大的男人被浴室中的喧闹声

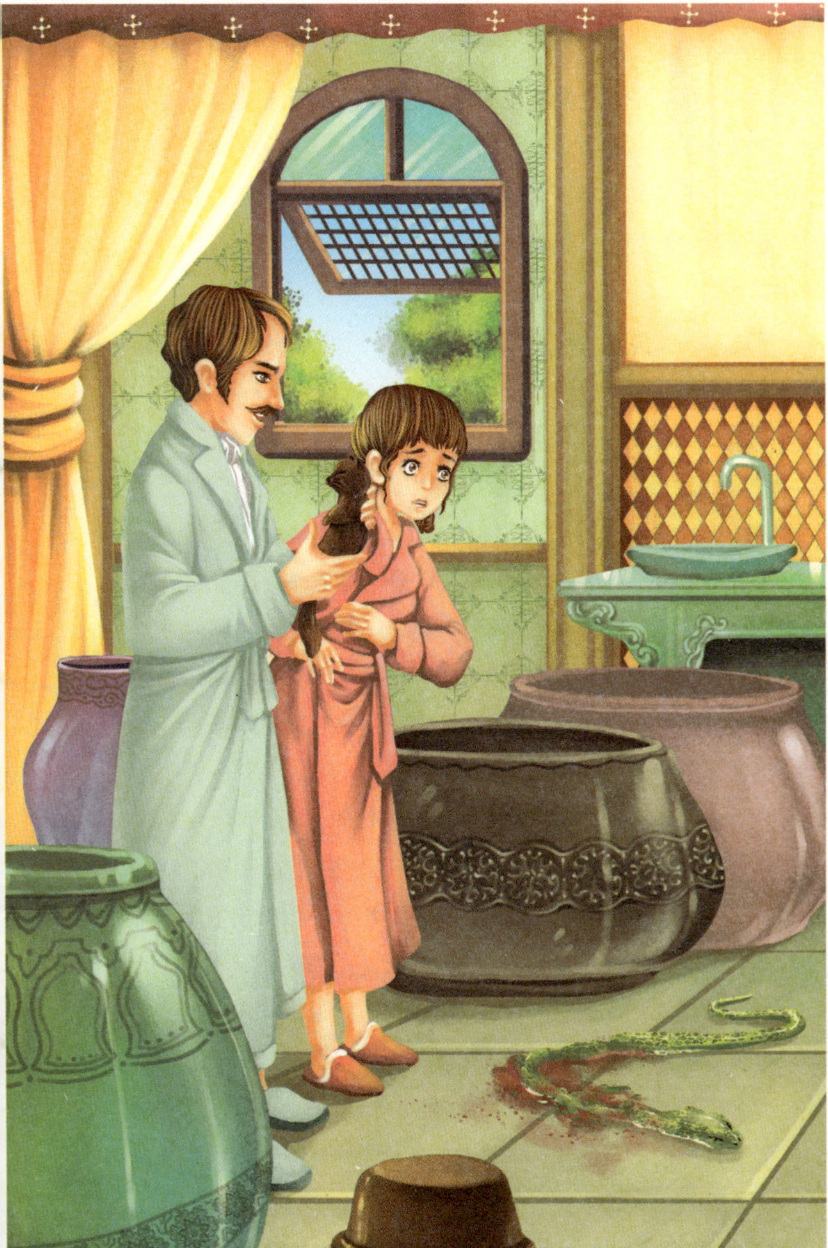

给吵醒了，他连忙找来了猎枪，当子弹穿透耐格的脖子时，火光便燃烧起来了。

利基—蒂基躺在地板上一动不动，他双眼紧闭，想着自己大概已经死了，而耐格则躺在一旁再也没有动弹过。男人走了过来，轻轻地捧起虚弱的利基—蒂基对妻子说："你看，他救了我们全家的性命。"

最后，利基—蒂基终于疲惫地回到了特比的房间，尽管他现在已经累得要死了，但他还是用了很长的时间来抖动身体，他想看看自己是不是和想象中的那样，被耐格撕成了碎片。

等到第二天清晨的时候，利基—蒂基感到浑身疼痛难忍，但他的心里还是充满了幸福感。"现在，耐格阿娜该要和我清清总账了！这个狠毒的耐格阿娜，恐怕五个耐格都没有她坏！不过，不知道他们的蛇蛋究竟藏在哪儿，什么时候孵出来，天啊！我必须去找塔尔奇！"想着，利基—蒂基便顾不上吃早餐，赶紧来到了花园中。

当他找到塔尔奇的时候，塔尔奇正站在窝里高唱凯歌，一旁的清洁工正在清扫浴室，他将耐格的尸体扔在了垃圾堆上。原来，耐格被杀死的消息早已传遍了整个花园。

"愚蠢的家伙！"利基—蒂基生气地说，"你怎么还有时间唱歌？"

"可怕的耐格终于死了，他死了！"塔尔奇高兴地唱着，"勇敢的利基—蒂基啊，死死地咬住他的脑袋！他再也不会吃我的孩子了！"

"你说得没错！但耐格阿娜现在在哪儿？"利基—蒂基

警惕地说。

"当耐格阿娜去排水口那儿呼唤耐格的时候,竟然发现清洁工用木棍将他扔到了垃圾堆上!"塔尔奇再一次高声唱道。

"如果我能跳到那么高,一定会将你们的孩子全都弄下来!"利基—蒂基气坏了,"你完全不知道应该做什么!你们在上面确实很安全。可我呢,我必须在地面上和他们战斗!塔尔奇,你停一会儿吧!"

"好的,我听命于伟大的利基—蒂基,我现在不唱歌了!"塔尔奇高兴地说,"请问有什么事儿吗,我最可敬的英雄?"

"我已经问过你三次了!耐格阿娜现在究竟在哪儿?"

"她现在在垃圾堆那儿悼念她的亡夫!我最伟大的利基—蒂基!"

"够了,塔尔奇!你知道耐格阿娜将她的蛇蛋藏在哪里了吗?"

"耐格阿娜早在几个星期以前就把他们的蛇蛋藏在了围墙那头,就是瓜田那里。因为那儿整天都有太阳照射,所以非常温暖。"

"就在围墙那边,是吗?"

"利基—蒂基,难道你是要吃掉他们的蛇蛋吗?"

"不,塔尔奇,你能用脑袋思考一下吗?我这就去一趟瓜田,但如果就这么去了,她一定会发现我的。所以,你赶紧飞到垃圾堆旁边,假装翅膀折断了,然后将耐格阿娜引到这儿来。"

塔尔奇的确是个非常愚笨的家伙，他的脑袋中永远只能思考一个问题。他明白耐格阿娜的孩子也是从蛋里孵化出来的，就像自己的孩子一样，因此，当利基—蒂基说要去找蛇蛋的时候，他觉得这么做是不对的。但塔尔奇的妻子是一只非常聪明的小鸟，她很快就明白了利基—蒂基的用意——蛇蛋里的小蛇很快就会变成战斗力很强的小眼镜蛇。于是，她连忙飞了出来，让塔尔奇照顾孩子。

很快，塔尔奇的妻子就来到了耐格阿娜的面前。她站在地上不断拍打着翅膀大声喊道："噢！怎么办，住在房子中的小男孩朝我扔小石头，打断了我的翅膀！"这时，她扑打得更加吃力了。

"要不是因为你们的提醒，那个利基—蒂基恐怕早就死了！现在你翅膀断了，竟然还敢到我这里来，看来真是不想活了！"说着，耐格阿娜朝着她爬过去。

"那个调皮的小男孩，他打断了我的翅膀！"她又一次高声叫道。

"正好，我还要找那一家人算账呢！今天，他们让我的耐格躺在了垃圾堆上，不用等到天黑，我就要让他们全家都躺在地面上！小傻瓜，别跑了，要抓你不是什么问题！快看着我！"

塔尔奇的妻子明白，绝对不能看蛇，更不能看他们的眼睛，因为他们的眼神会让小鸟们吓得不敢动弹。她只是继续扑打自己的翅膀，然后站在地面上不停地尖叫。这时，耐格阿娜也加快了爬行速度。

一听到塔尔奇妻子的叫喊声，利基—蒂基便急急忙忙地奔到了瓜田边。在这一堆乱七八糟的枯枝烂叶中，他终于找到了耐格阿娜的二十五个蛇蛋。耐格阿娜严严实实地藏好了这些蛋，它们一个个长得和鸡蛋差不多大，唯独表面是一层蛋皮，而不是蛋壳。

"幸好我及时赶来了。"利基—蒂基之所以会这么说，是因为他已经能看到蛋皮里蜷缩着的小蛇了。利基—蒂基非常清楚，刚刚出生的小眼镜蛇同样具有很强的战斗力，他们甚至可以杀死一个人或是一只獴。

于是，利基—蒂基赶紧开始咬蛇蛋，并小心翼翼地将它们给踩死。他不断地检查着四周，确定是不是还有蛇蛋被漏掉了。最后，落叶中只剩下三个蛇蛋了，利基—蒂基这才稍微松了一口气，然后笑了笑。

就在这个时候，不远处传来了塔尔奇妻子的尖叫声："天啊！快来！利基—蒂基！耐格阿娜去房子那儿了，现在，她已经爬上了阳台——快点儿过来！因为她想杀人，她要杀人了！"

利基—蒂基赶紧弄破了其中的两枚蛇蛋，然后叼起第三枚蛇蛋，匆匆忙忙地冲出了瓜田，快速向着阳台跑去。这时，他能看到特比正在和特比的爸爸妈妈坐在阳台上吃早餐，但他们并没有动手触碰桌子上的食物，只是呆呆地坐在椅子上，一动不动。原来，这时的耐格阿娜已经爬上了特比身边的一张席子上，他们之间的距离那么近，仿佛只要耐格阿娜轻轻一动，就能死死咬住特比的腿。耐格阿娜正高兴地唱着凯歌。

"小家伙，是你的爸爸残忍地杀害了我的丈夫，"耐格

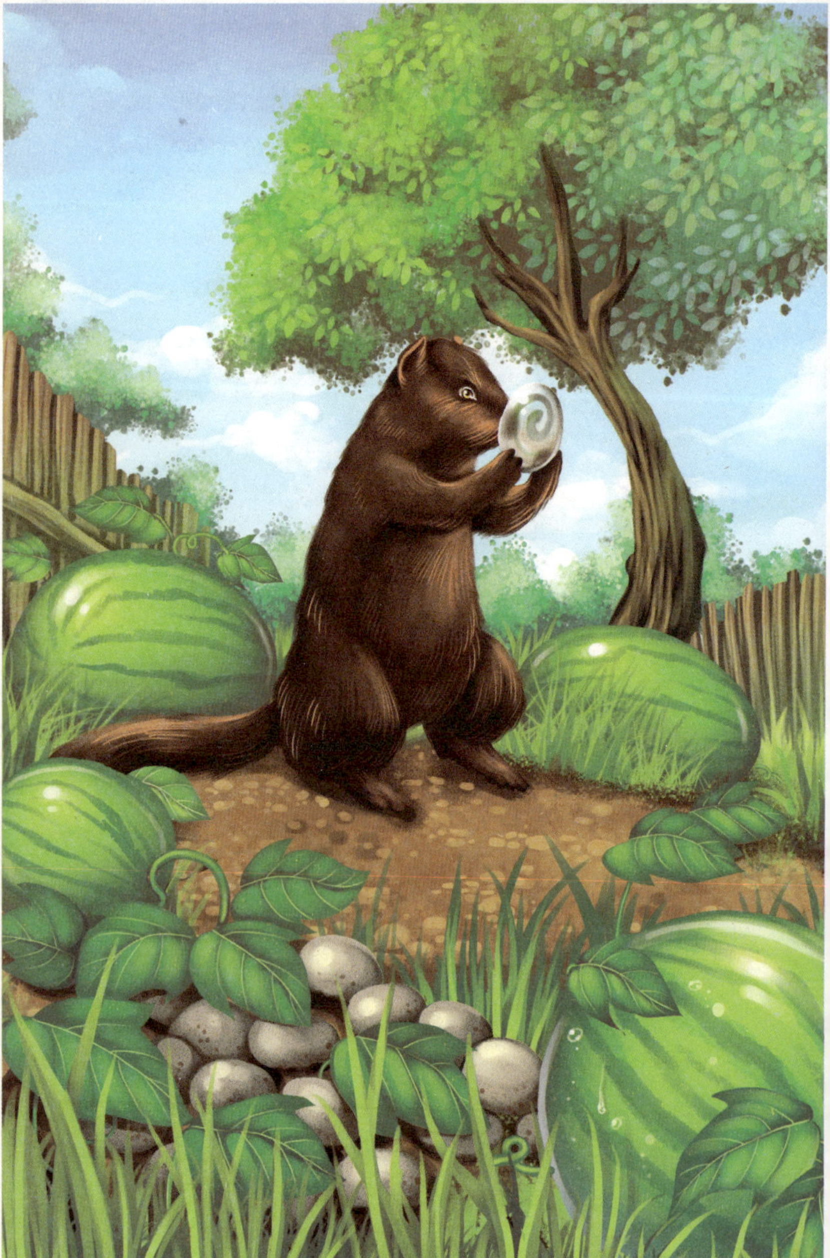

阿娜说，"好好坐着，不要动，现在我并没有打算要杀死你，耐心等一会儿，你们三个愚蠢的人，不许动，只要一动，我就会杀了你们，就算不动，我还是会杀死你们！噢！愚笨的人啊，竟然杀害了我的丈夫！"

特比的爸爸紧紧地盯着特比，他只能轻声说："勇敢的特比，千万不要动，一定要镇定下来。"

利基—蒂基快速冲向这边，他大声喊道："耐格阿娜，这是我们之间的较量，和他们无关！快点儿转过你的身子来！看这儿！"

"好啊，你也来了！"耐格阿娜并没有移动自己的身子，"你先看着你的朋友们都是怎么死去的吧，等解决完他们，我再和你算账！你要是再向前走一步，我就立即咬死这个小家伙！"

"你还是先去看看你的孩子们吧！"利基—蒂基说。

耐格阿娜微微地侧了一下身子，她一眼瞧见了一枚放在阳台上的小蛇蛋。"噢！不要，还给我，把蛇蛋还给我！"她愤怒地吼道。

利基—蒂基将蛇蛋放置在自己的两脚之间，眼睛红得吓人，"我不知道这枚蛇蛋到底有多么珍贵，他是一条眼镜蛇，或许还是一条眼镜蛇的帝王呢！但我只知道它是最后一枚蛇蛋了，你们窝里的最后一枚！而其他的蛇蛋呢，现在恐怕已经被蚂蚁给吃光了。"

突然，耐格阿娜猛地转过身体，现在，她满脑子都是蛇蛋，其他的一切都不在乎了。当利基—蒂基看到特比的爸爸快速地抓过特比时，他知道特比已经安全了。

"快来吧,耐格阿娜,快来和我决斗吧!但我保证,过不了多久,你这个寡妇就可以去找你的丈夫了!"利基—蒂基跳着说道。

耐格阿娜感到情况不妙,一来不能再去杀特比了,二来自己的孩子正在利基—蒂基的手中。

"求你了,把最后一个孩子还给我吧!我保证,我会离开这儿,再也不回来了!"耐格阿娜说着,便将脖子缩了回来。

"没错,你确实再也不会回来了,因为过不了多久,你就要和你的耐格一起躺在垃圾堆上了,好了,我们决斗吧!听着,高大的男人已经进去拿枪了,我们决斗吧!"

利基—蒂基不停地跳跃着,但始终与耐格阿娜保持一定的安全距离,他的双眼红彤彤的,好像一对燃烧的铁球。终于,耐格阿娜铆足了劲儿发起了进攻,利基—蒂基急忙躲过去。接着,耐格阿娜再一次发动进攻,就这样,她的脑袋不停地与阳台上的席子发生碰撞,随后,她又将身子盘成了一个圆圈,仿佛钟表里的发条一样。利基—蒂基趁机跳到她的身后,她连忙转身,让自己的头始终和利基—蒂基的头对立着。

慢慢地,利基—蒂基忘记了那个放在阳台上的蛇蛋,而耐格阿娜已经离蛇蛋愈来愈近了。终于,耐格阿娜一下子叼住了那个蛇蛋,然后像离弦的箭一样冲了出去,利基—蒂基急急忙忙赶上去。

利基—蒂基明白自己必须要抓到耐格阿娜,不然将来会有数不清的麻烦。

在经过塔尔奇的窝巢边时，利基—蒂基听到塔尔奇仍旧在唱着歌，但他的妻子是非常聪明的，当她看到耐格阿娜带着蛇蛋逃离时，她赶紧飞了出来，不停地在耐格阿娜的脑袋上拍打自己的翅膀。

如果塔尔奇当时也出来帮忙，恐怕早已让耐格阿娜调转了方向。但塔尔奇妻子的帮忙还是发挥了一些作用，虽然只有一秒钟的停顿，但最终还是让利基—蒂基追了上来。他一下子用尖牙咬住了耐格阿娜的尾巴，然后随着她一块儿钻进了蛇洞中——哪怕是最老练的獴，也绝不会轻易钻进蛇洞中的，因为一旦进入洞中，他就很难想到眼镜蛇会从哪个地方出来袭击他。

在这个黑乎乎的蛇洞里，利基—蒂基只是紧咬着耐格阿娜的尾巴不放，将自己的四肢当成刹车，死死地蹬着地面上的泥土。

突然，蛇洞门口的草丛不再摇晃了，塔尔奇悲伤地说："我们的英雄死了，完了，可怕的耐格阿娜一定是在洞里杀死了他！"

正当塔尔奇在窝巢中自顾自地唱挽歌时，蛇洞门口的草丛又开始摇晃起来，紧接着，满身泥土的利基—蒂基拖着沉重的步子慢慢地走了出来。他轻轻地打了几个喷嚏，然后说："所有的噩梦都结束了！他们再也不会出现了！"

当住在附近的蚂蚁们听到这句话时，赶紧有秩序地爬进了蛇洞中，他们要检查一下利基—蒂基有没有撒谎。

这个时候，利基—蒂基只是疲惫地蜷起了身体，然后倒在地面上沉沉地睡去了——他一直睡着，直到下午接近黄昏的时候才慢慢醒来。

"好了,"利基—蒂基说,"我得回到特比的身边。塔尔奇,告诉啄木鸟耐格夫妇都死了,他一定会让整个花园都知道的!"

当利基—蒂基走在回去的路上时,他听到啄木鸟发出了"叮叮当当"的愉快的声音,很快,整个花园都热闹起来:小鸟们齐声欢唱,青蛙们呱呱直叫……因为耐格夫妇曾经捕食过它们。

利基—蒂基终于回到了房子跟前,特比的父母全都出来了,他们望着小小的利基—蒂基,几乎都要哭了出来。

晚上的时候,利基—蒂基吃了很多食物,一直到他再也吃不下为止,接着,他便跳上特比的肩膀,跟着他一块儿去休息。

半夜里,特比的爸爸妈妈去了特比的房间,看到利基—蒂基正躺在特比的身边熟睡着。

"这个小家伙救了我们全家人的命!"特比的妈妈轻声说着。

突然,利基—蒂基猛地坐了起来,他总是睡不安稳,就像其他獴一样!"噢!是你们啊!"利基—蒂基笑道,"不用担心了,眼镜蛇们都死光了,就算他们还没有死完,不是还有我在这儿嘛!"

这个名叫利基—蒂基的小家伙有权利感到自豪和骄傲,但他从来没有骄傲过。就像其他獴一样,他继续用自己的尖牙利爪和敏捷身手保护着整座花园,从此再也没有一条眼镜蛇敢进入这座花园。

ANIMAL NOVELS
>> 大象图麦

在《大象图麦》中,作者讲述了一个发生在丛林中的美妙故事。故事中,男孩小图麦和父亲一起参加赶象的工作。一天晚上,小图麦的大象凯拉·诺格挣脱绳索出走,好奇的小图麦一同跟了过去。接着,在大象凯拉·诺格的引领下,小图麦亲眼目睹了一场别人从未见过的象群跳舞的壮观景象。作者以充满幻想的笔调,表达了自己对丛林的热爱,颂扬了动物们的纯净和善良。

我还铭记着自己的过去,我讨厌那绳索和链子。

我还铭记着以前的力气,铭记着丛林中的一点一滴。

我不想将自己的脊背出卖给人类,仅仅是为了得到一些甘蔗,

我想离开,去找我的同胞们,去找居住在丛林中的伙伴们。

我要离开,一直走到天亮,一直走到清晨的到来。

为了迎接亲吻我的清风,为了享受爱抚我的泉水,

我必须忘记脚上的铁链,撞开那束缚我的栅栏。

我要重新享受曾经失去的爱,重新拥有一起玩耍的伙伴们。

凯拉·诺格(意为"黑色大蛇")是一头大象的外号,直到今天,他已经为印度政府工作快四十七个年头了,可以

毫不夸张地说，只要是大象能够胜任的活儿，他全都做过。凯拉·诺格在被人类抓获的时候才二十岁，如今，他差不多都要七十岁了——在大象群中，这样的年纪确实算是高龄了。他还清楚地记得自己的额头曾被贴了一块大大的皮垫子，然后他用脑袋将一个深陷在泥坑里的大炮给弄了出来，那个时候，正是在发生阿富汗战争之前，当时的凯拉·诺格还很年轻，力气也不够大。

凯拉·诺格是和妈妈一起被人类抓获的，他的妈妈叫勒德哈·佩里，是"可爱"的意思。在凯拉·诺格换牙齿之前，他的妈妈就告诫他，胆子越大，就越能避免不必要的伤害。对于妈妈的忠告，凯拉·诺格到后来才知道是非常有道理的，因为当他第一次亲眼见到炸弹在自己的面前爆炸时，自己吓得赶紧往后倒退，结果不小心撞倒了身后堆放枪支的铁架子，当时，架子上的尖刀一下子全都刺进了他身体中最柔嫩的地方。因此，在凯拉·诺格满二十五岁之前，他已经学会了克服自己的恐惧感，这让他在所有服务于政府的大象中成为了最受人爱护、伙食最好的一头。凯拉·诺格曾背着一千多斤重的帐篷在印度的领土上来回奔波；曾被庞大的蒸汽吊车吊起来，然后被运送到一艘大船上，接着，他们又在大洋上漂流了许多天，最后抵达一个荒芜的、远离印度的国家。接下来的日子，他便在这个国家里不停地搬运大炮，接着又亲眼见证了这个国家皇帝的死去；紧接着，凯拉·诺格又跟随着轮船回到了印度，所有的军人都笑称应该也给他发一枚战争的勋章！过了十多年以后，他又被带到了一个名叫阿里·姆斯基德的地方。在那儿，他亲眼目睹了自己的同胞们一个接一个地悲惨死去，他们有的因为严寒，有的因为酷暑，还有的因为疾病和饥饿；再后来，他还去了一次南方，在一个港口城市，他整天在码头之间搬运各种木材。就在那里，他一怒之下将一头不听话、干活偷工减料的大象好好地教训了一番。

经过这次事件之后，人们便不再让他负责搬运木材了，他们将他派到了伽罗山，并让他和其他几十头有素养的大象一起协助人们抓捕野象。印度的政府是十分注重大象的，他们还为此设置了一个很大的部门，部门的工作人员整天什么事都不做，就是为了到处搜索、抓捕和训练大象。训练结束后，他们就会将这些大象送往全国各地，让他们到需要工作的地方去。

凯拉·诺格是一头巨大的家伙，当他用后脚站立起来的时候，足足有十米高，他那长长的獠牙被割断了，现在只有一米多长，在长牙的末端，人们还为他绑了一块铜皮，这样做可以防止长牙裂开。凯拉·诺格虽然不像其他野象或是没有经过专门训练的大象那样拥有一副尖锐的长牙，但他的这对长牙一样能完成更多的事情。

时间就这么慢慢过去了，人们带领着象群翻山越岭，小心翼翼地驱赶着那些刚刚抓获的、成群结队的野象们。

最终，五十多头大野象被赶进了一个庞大的围栏中，接着，一个由几根大木头组成的大门猛地从半空中掉落下来，正好不偏不倚地挡在了围栏门口，这就完完全全阻断了野象们的出路。

凯拉·诺格依照人类的吩咐，进入到围栏中。此时的围栏中，火把不停地闪耀着，野象不断发出低吼。凯拉·诺格在众多野象之中，看见了一头个子最大、獠牙最长的野象，接着，他便对这头野象发动了猛烈的进攻——恶狠狠地推挤他，毫不客气地鞭打他，将他教训得服服帖帖的。在这段时间里，人们就会骑在其他经过训练的大象身上，丢出绳子将那些弱小一些的野象捆起来。

聪明老练的凯拉·诺格熟悉所有的战斗技巧，几乎到了无所不知的程度。在他的一生中，曾多次遭受到凶猛老虎的袭击。在和老虎对抗的时候，他首先会将自己的长鼻子卷起来，这样就能很好地保护自己的鼻子。接着，凯拉·诺格还会使用自己发明的各种动作，仿佛一把猛烈舞动中的镰刀似的，很快，他就将扑过来的老虎狠狠地撞到一边。接着，他再用自己宽大的膝头重重地压在老虎的身体上，当老虎躺在地面上喘着粗气、发出惨叫的时候，他才停下来，于是，这块地面上就只有一团毛乎乎的绒毛了。最后，凯拉·诺格就叼起老虎的尾巴，拖着离开。

"没错。"大图麦大声说。他是一个负责驾驭凯拉·诺格的赶象者，是赶象者黑图麦的儿子，也是大象图麦的亲孙子。大象图麦是凯拉·诺格被抓获时的现场见证人，而黑图麦则和凯拉·诺格一起去过阿比西尼亚。"凯拉·诺格谁都不怕，当然除了我以外，我们家族已经有三代人照顾过他了，而且他还要一直活下去，到了第四代人也都要一直活下去……"

"凯拉·诺格同样也怕我！"说话的人正是小图麦。这个小家伙今年已经有十岁了，当他挺直身体时，大概有一米多高。他浑身光溜溜的，只在腰际缠了一条粗布。

小图麦是大图麦最大的孩子，依照家族的传统，等他长大后，就要继承他父亲大图麦的工作——坐在凯拉·诺格的背上，然后从父亲的手中接过那根已经被抚摸得非常光滑的驯象棒。这根沉甸甸的驯象棒已经经过了他的曾祖父、他的祖父，还有父亲的手，很快就要传到小图麦的手中了。小图麦深深地明白自己说的是什么。他一出生就生活在了凯拉·诺格庞大的身躯下，当他还不会走路、不会说话的时候就开始玩弄凯拉·诺格的大鼻子。一学会走路，他就和凯拉·诺格一起跳进河水中洗澡。从前，当小图麦还是个婴儿的时候，大图麦就把这个光溜溜的棕色小东西高举起来，将他摆在凯拉·诺格的面前，告诉他这就是他未来的主人，并且要他对这个小家伙行礼。当时，凯拉·诺格就决定一定不能伤害这个小家伙，并且在以后的日子里要好好听从这个小家伙稚嫩的命令声。

"这是当然，"小图麦高兴地说，"这个庞大的家伙是怕我的。"接着，他来到凯拉·诺格的身边，命令他抬起每一条大腿。

"啊！"小图麦大声说，"你的个子真的很大！"他摇了摇长满头发的脑袋说，"我的父亲说过，政府官员为你们掏了许多钱，但你们是属于我们的，我们是赶象人！凯拉·诺格，将来等你老的时候，一定会有哪个王公相中你，他会依照你庞大的身躯和有素养的举止来出价钱，然后将你从政府那儿带走。在接下来的日子里，你就再也不用干活了。你的耳朵会被挂上沉重的黄金耳环，背部放上黄金的轿子，身躯上挂满各种绣着金线的红布……到那个时候，你只要抬头挺胸地走在队伍的最前面就行了，而我，我还要坐在你的脖子上。啊！凯拉·诺格啊，我手持驯象棒，还会有一群人，手持黄色的棍子为我们开道……这是一件多么好的事情，对吧，凯拉·诺格！但归根结底，这还是没有自由自在地在森林中捕猎来得好！"

"嗯？"大图麦哼着鼻子说，"这个笨小子！在森林中捕猎可不是什么好差事！我的傻小子啊，我已经越来越老了，不太喜欢做赶野象的工作了。我只想在一块空地上用砖块做几间象房，然后用围栏将大象们隔开，接着让大象都牢牢地拴在木桩上。我还需要一条宽敞的大马路，这样我就能在那儿训练大象了。这种整天翻山越岭、四处奔波的日子我已经讨厌透了，我再也不想过这样的野营日子了！啊，想想坎普尔（印度北部的一个城市），那儿的军营正好是我想要的生活，不仅靠近集市，而且每天只要工作三个小时就可以了。"

大图麦口中所说的坎普尔军营，小图麦是去过的，他还清楚地记得那儿的象房，他没有回应父亲。事实上，小图麦非常喜欢在野外奔波，他不喜欢父亲所说的那些宽敞的大马路，不喜欢在专门培育的、用来喂养大象的草地中割草，不喜欢每天消磨无聊的时光，不喜欢看到凯拉·诺格生气地被绑在木桩上。

小图麦非常喜欢在狭窄的小道中攀爬，那儿仅仅容得下一头大象经过；小图麦喜欢低头观看整个山谷的景致；小图麦喜欢看着野象们吃草，看着他们在几千米外的草地中若隐若现；小图麦喜欢山谷中细细的暖雨，那个时候，整个山地都被大雾笼罩；小图麦喜欢夜晚随心所欲地在森林中野营，然后迎接第二天美丽早晨的到来；小图麦喜欢看着赶象人小心翼翼地驱赶着刚刚抓获的野象，更喜欢发生在昨天晚上的场景：当他们将野象们赶进围栏中时，整个围栏灯火通明，到处都是惊天动地的喧闹声。当野象们发现无路可逃时，他们就会发狂地冲撞栅栏的大木头，但迎接他们的只有人类的吼叫声，还有各种火把、子弹，于是，野象们只得向围栏中央退去。

在那个时候，哪怕是一个小男孩，都能发挥作用，更何况小图麦非常能干，能完成三个小男孩的工作量。小图麦不停地挥动着手中的大火把，尖声冲围栏喊叫。

当然，在整个过程中，最值得期待的场面还是在他们把野象驱赶进围栏之后。那个时候的围栏，和世界末日来临时的样子差不多，巨大的喧闹声让人们听不到说话声，只能通过相互打手势来交流。这时，小图麦就会敏捷地爬上那个剧烈晃动的围栏柱子的顶部。他那棕色的头发在火把的照射下微微泛白，当微风吹来时，就在肩头飘散开来，看上去像极了森林中的小精灵。每当喧闹声稍微减弱了一些，这个小家伙的声音就立即会盖住所有的吼叫声，连大象们被绳索捆绑时所发出的呻吟声也不例外。小图麦之所以会这么卖力地高声呼喊，是因为他想为战斗在围栏里的凯拉·诺格加油。

"前进啊，前进啊，我的黑色大蛇，凯拉·诺格！用你的大牙顶他！噢，嘿，啊！小心啊，小心啊，快打他，快打他！小心那根柱子，啊！嘿！啊啊！"伴随着小图麦的尖声呼喊，凯拉·诺格正在围栏中与一头凶猛的野象激烈地搏斗着，他们猛烈地在围栏中来回挪动。一些站在旁边的老赶象人一边擦去滑进眼睛里的汗水，一边对着小图麦点头微笑，这时，小图麦就会高高兴兴地站在柱子上更加激动地扭动起自己的小身体。

在捕抓大象的时候，小图麦做的不仅仅只是扭动一下身躯而已。

一天，他们在晚上展开了捕猎行动。当时，一个赶象人正试图捆住一头不停挣扎的小象，在捕象的时候，捆绑一头大象反而比捆绑一头小象容易得多。这个时候，绳子掉了下来，小图麦站在柱子顶部看到了这一幕，于是他赶紧从柱子上滑下来，走到了愤怒的野象们中间。他拾起地上的绳子，然后将它抛给了那个恼火的赶象人。凯拉·诺格一见到小图麦，便低头用大鼻子将他抱了起来，接着就将小图麦交给了正坐在自己背上的大图麦。当大图麦接过小图麦的时候，不由分说地就是一顿打，然后才将他放回柱子顶部。

等到第二天，大图麦开始不停地指责小图麦，他生气地说："不争气的家伙！难道在象房里工作不比在野外扎营来得舒服？你一定要自己亲自去抓捕那些危险的野象吗？我告诉你，现在那些挣钱少得可怜的猎手们已经将昨天发生的事情告诉给皮德森大人了。"听了这句话，小图麦有些害怕了，他并不怎么了解白人，但在他看来，皮德森大人是一位伟大的白人，甚至是这个世界上最伟大、最了不起的人。这个皮德森大人，是所有捕象人的最高首领——他捕获过无数只大象，而且全都交给了政府，关于如何抓捕大象，恐怕没有人能比他知道得更多了!

"那么……那么……接下来会怎么样呢?"小图麦不安地说。

"结果会怎么样?会非常糟糕!皮德森大人如此疯狂,要不然,他怎么能抓捕到那么多野象?他或许会看中你,让你去做一个捕象人,然后你就整天在充满各种病菌的森林中睡觉,最后被围栏中发狂的大象们踩得四分五裂。你昨天真是胡闹,要是能躲过这一次,不出什么意外就行!下个星期,这次的捕象行动就要结束了,而我们这些来自平原的人马上就可以回到以前的兵站中去。那个时候,我们就能在宽敞的大马路上行走,然后将这次的事情全都忘掉!不过,最让我生气的是,我的儿子竟然去管那些闲事,捕象是那些脏兮兮的丛林佬们干的活,你不应该去帮助他们的!要知道,凯拉·诺格只服从于我一个人的命令,因此,只有我才能和他一起进入围栏!你要明白,凯拉·诺格并不是那些野蛮捕象人的助手,而是一头荣耀的战象!而我的工作呢,就是舒舒服服地坐在凯拉·诺格的背上,你要知道,这可是做赶象人的好处呢——和捕象人完全不同——我是指赶象人!而且在退休以后,还能拿到政府发放的丰厚的养老金!你这个大图麦的后代,难道想要在泥土里被野象们踩吗?笨蛋!傻瓜!真是没有出息!好了,现在带着凯拉·诺格去河里洗澡吧,小心他的耳朵,还要仔细检查一下他的大脚上有没有被什么尖刺给扎到了。快去吧,不然那个皮德森大人是一定要让你去做捕象人的——丛林中的笨熊,一个专门跟踪野象的笨家伙!真是丢人!好了,快去吧!"

小图麦什么也没有说，只是低着头默默地走开了。但当他检查凯拉·诺格的大脚时，还是忍不住将自己的委屈告诉了大象。

"但是，这并没有什么……"小图麦翻起了凯拉·诺格的右耳，"有人已经告诉了皮德森大人这件事儿，他或许记住了我的名字，或许……或许……谁都不知道啊！看！我在这儿找到了一根很大的刺！小心，凯拉·诺格！"

在随后的几天里，人们将捕获的大象赶到了一起，并让一起来的两头经过训练的大象走在两边，将这些新抓获的大象们夹在中间走，他们这么做是为了避免大象在去往平原的过程中给他们惹麻烦。

与此同时，随行的人们还仔细地清点了一下身上携带的绳子、毯子等物品，还有那些在搏斗中损坏的或是丢失了的物资。

就在这段时间里，皮德森大人骑着巴德米妮也来到了这儿。巴德米妮是一头聪明、机灵的母象。抓捕野象的季节已经快要结束了，皮德森大人差不多结清了所有工人的工资。一位工作人员正坐在桌子边给工人们发工钱。这些工人一领到自己的工钱，便立即回到自己负责的大象身边，走进了那些准备出发的队伍中。这些在围栏中干活的猎人、捕象人以及猎人助手常年待在山中，此时，大部分人都骑在了大象背上。所有的大象都是皮德森大人的"军队"，这些人一看到新抓获的野象没有按照队伍行走，便会嘻嘻哈哈地一直笑个不停。

大图麦领着小图麦朝那个发钱的工作人员走去，捕象人的首领马库阿·阿皮小声地对身边的一个人说:"刚刚跟着去领钱的那个人,或许能成为一个优秀的捕象能手,但属于这个森林中的猎手就要被送到平原中去了,这会毁了他身上的才能。"

野象是所有活着的动物中发出动静最小的一类,想要找到他们,一定要有满身的耳朵才行,而那个一直躺在巴德米妮背上休息的皮德森大人恰巧有这本事,于是,他便转身问道:"你刚刚说什么?一直到现在,我都没有听说过哪个生活在平原上的赶象人能聪明到捆住大象!"

"他还不是一个赶象人,只是一个没有成年的小男孩罢了。上次,我们在一起赶象的时候,他一下子跳进了围栏里面,然后将掉在地面上的绳索扔给了巴莱克,那个时候,我们是想让一头不停挣扎的小象和他的妈妈分开。"说着,马库阿·阿皮指了指小图麦,皮德森大人探出脑袋看了看,小图麦发现了皮德森大人,就朝着他鞠了一躬。

"听说你会扔绳子?瞧你,或许你还没有拴大象的木桩那么高呢,过来,告诉我你的名字!"皮德森大人温和地对小图麦说。

面对伟大的皮德森大人,小图麦又是害羞,又是害怕,他一句话都说不出来,只是转身对凯拉·诺格打了一个手势,然后凯拉·诺格缓缓地走过来,用大鼻子将他举了起来,直到他能面对皮德森大人了为止。

在面对皮德森大人的时候,小图麦不由得用手挡住了自己的脸,他实在是太害羞了。

"哈哈!"皮德森大人摸了摸自己的小胡须笑道,"小家伙，为什么要教这个大家伙做这个动作——把你高高地举起来，是为了去偷别人屋顶上晾晒的玉米吗？"

"我们是不会偷玉米的，尊敬的皮德森大人，我们这些穷人要偷就会去偷甜瓜，大人。"小图麦低声说，这句话把四周的人群全都逗乐了。事实上，这些人中的大多数都在小时候教过自己的大象学这个动作。小图麦更加不好意思了，要不是被大象的鼻子围着悬在半空中，他一定会在地上找个洞钻进去的。

"大人，他的名字叫图麦，是我的大儿子！"大图麦在下面不由得皱起了眉头，"这个坏小子，大人，他就应该坐牢去！"

"我可不能赞同你！"皮德森大人笑道，"他还这么小，就敢独自面对围栏，这样的孩子是不会坐牢的！好啦，小家伙，这儿有四枚硬币，拿去吧，买一点儿好吃的糖果。瞧你的小脑袋，上面长了不少头发呢，乱糟糟的！我想就在不久的将来，你一定能成为一名出色的捕象人！"

听到这儿，大图麦的整个脸都要皱到一起去了。

"但是你得记住啊，围栏并不是让孩子们进去玩的地方。"皮德森大人对大图麦说。

"大人，我是不是永远都不能去围栏了？"小图麦鼓起勇气问。

"没错，"皮德森大人再一次大笑道，"除非你看到了野象们跳舞的情形，那个时候你才能去围栏里。如果你真看见了，就告诉我，我会让你进入每一个围栏中去的。"

人群再一次大笑起来，因为他们都明白这不过是一句玩

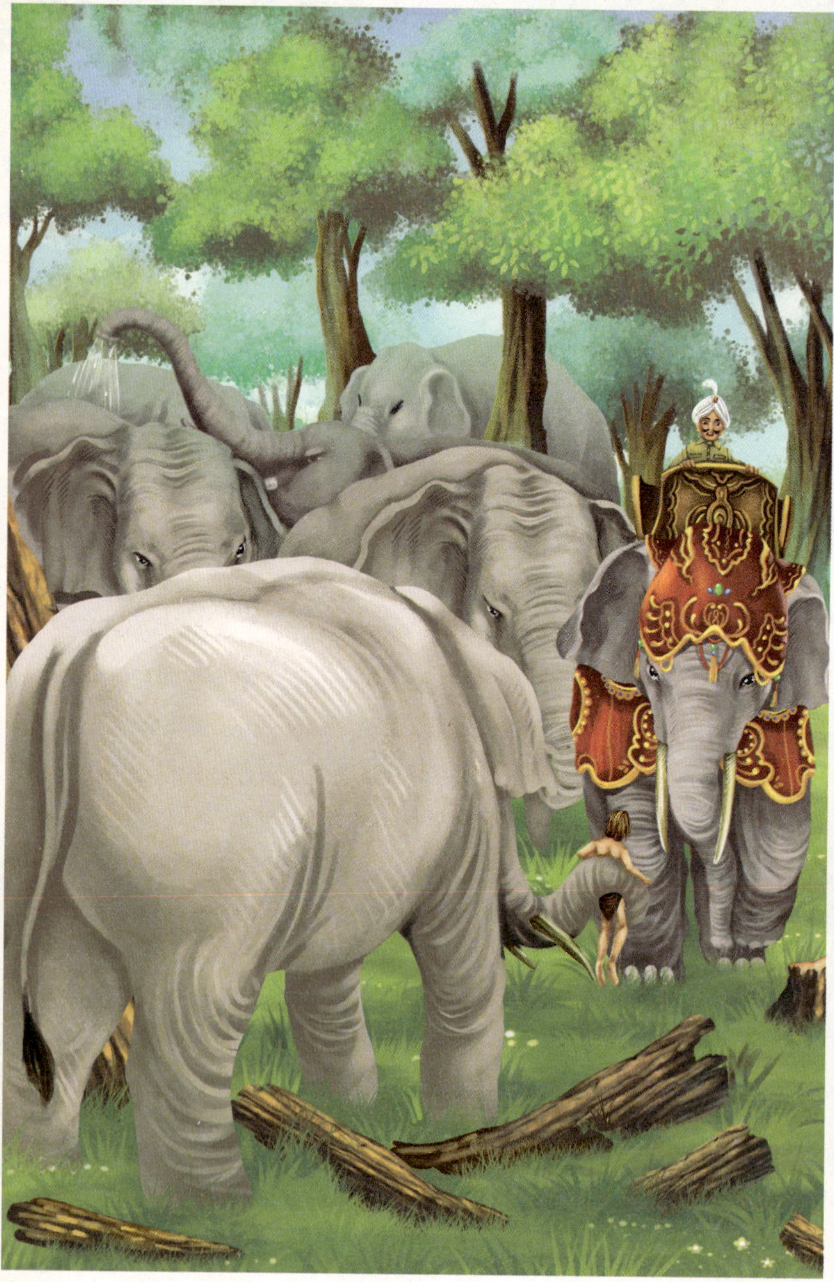

笑话，皮德森大人的意思是小图麦永远都不会再进入围栏中去。人们传说，在森林的深处，存在着一块空旷的地方，这样的地方被称为"大象们的舞场"，但人们只是在机会好的时候才见过这样的空地，从来没有哪个人真正亲眼看过大象们跳舞。在赶象人中，要是有谁夸张地吹嘘自己拥有强大的本领和胆子时，就会有人对他说："难道你见过大象跳舞了吗？"

凯拉·诺格小心地松开了小图麦，当他安安稳稳地落到地面后，小图麦便向皮德森大人鞠了一躬，然后跟着大图麦离开了。接着，小图麦将那四枚硬币交给了自己的母亲，当时，她正在哄还是小婴儿的弟弟睡觉。

休息了一会儿之后，所有人都骑上了大象的背部，伴随着大象们发出的各种低吼声、尖叫声，摇摇晃晃地向着平原走去。

这一路上可真是热闹极了，每当遇到河水或是水滩的时候，那些刚刚抓获的野象们就要发出一些动静，赶象人必须要哄着、打着这些大象们才能继续前进。

经过早上的事情，大图麦简直是气坏了，他不停地用驯象棒恶狠狠地刺着凯拉·诺格，但坐在一边的小图麦高兴得不得了，他一路上就是不停地笑，一句话也说不出来。是的，伟大的皮德森大人看到了他，而且还奖赏了他四枚硬币，他此时的感受就像是队伍中的士兵受到了司令的特别表扬一般。

"妈妈，你知道皮德森大人所说的那句话是什么意思吗？什么叫大象跳舞？"小图麦不解地问妈妈。

大图麦听到了小图麦的提问，连忙转过身，没好气地说："他的意思就是说你这一辈子都不可能当捕象人了，没错，这就是他的意思了！嘿！你们走在前面的，为什么不走了，你们挡住路了！"

走在前面的捕象人生气地转过身吼道："嘿！既然觉得我们挡路了，那就让你的凯拉·诺格出来，让他教训教训我带领的这些小象，好让他们都守守规矩。真不知道皮德森大人为什么要我们和你们这些生活在平原上的赶象人一起走！大图麦，你就过来呀，叫你的大象们都并排着走吧。天啊！我带领的这些新抓捕来的大象们肯定是中邪了，要不就是听到了还在森林中活动的伙伴们发出来的声音……"

凯拉·诺格走上前，使劲地撞击了一下刚刚抓捕来的野象，这一撞，让那个说话的人都有一些喘不过气了。大图麦听到那个捕象人的话后，便得意地说："上次过来捕猎的时候，我们已经将这座山上的所有野象都抓捕完了！现在，这些野象之所以这么不听话，恐怕是你没有什么本事驯服他们吧！我可没有那么多闲工夫，难道整个队伍的秩序都必须要我和凯拉·诺格来负责吗？"

"大家听到他是怎么说的了吗？"另外一个捕象人说，"什么叫'我们已经将这座山上的所有野象都抓捕完了'！原来你们这些平原人是这样的聪明！所有人都知道野象们的心里是怎么想的，我们之所以会结束抓捕，是因为打猎的时间已经结束了，恐怕只有那些从来没有见过森林的笨蛋才不知道吧！因此，就在今天晚上，所有的野象们都要……嘿！我为什么要浪费时间跟你说这个……"

"他们会做什么？"小图麦好奇地问。

"嗯？原来是你这个小家伙啊！那我就告诉你这个明白人吧，你的爸爸刚才不是说他已经抓完了山上所有的野象吗？那么你就能在今天晚上见到野象们跳舞的情形了！所以，你的爸爸应该在今天晚上为大象们多加一根铁链才行呢！"那人说道。

"胡说！"大图麦不高兴地说，"我们家族已经有三代人照顾过大象了，但从来没有人见过大象跳舞，你说的真是荒唐！"

"当然，你们这些生活在平原里的人当然没有听说过，那么我们今晚就看看吧，要不干脆别拴你的大象了。我以前倒是见过大象跳舞的地方……嘿，波普，前面究竟有几个弯？这儿又要过河了，小象们应该游过去才行，后面的，你们赶紧停下来，不要动了……"

于是，这群赶象人和捕象人就一边说着、吵着、争着，一边过了河，接着，他们就向着一个专门用来转运新抓获的大象而设立的营地走去。

可是，还在距离营地非常远的时候，这批新抓的大象就一个个早已怒气冲天了。

到达营地之后，人们在大象的腿上绑上了粗粗的铁链，然后又将他们牢牢地拴在木桩上，而那些新抓获的大象除了绑上铁链之外，还被好几道绳索给捆住了，随后，人们还在这些大象面前放了许多草和饲料。那些来自山里的捕象人要在天黑之前赶回到皮德森大人那儿，因此，当他们收拾完后，便急急忙忙地准备动身离开了。

在临走之前，这些来自山里的捕象人还特地叮嘱那些来自平原的赶象人，告诉他们一定要在晚上的时候注意大象的行动。当平原的赶象人追问他们为什么的时候，这些人只是哈哈大笑，并没有回答他们。

夜幕来临时，小图麦细心地安排了凯拉·诺格的晚餐，接着，他便一个人来到营地中转悠。他想在营地中找到一面手鼓，因为此时的小图麦心里乐开了花。当一个印度小孩感到非常开心的时候，他并不会四处瞎跑，更不会大喊大叫，他只会一个人带着得意的微笑坐在地上。而对小图麦来说，最开心的事就是他和皮德森大人交谈过了！要是他现在找不到他想要的手鼓的话，我觉得他一定会发狂的。幸好，在营地里，一个卖糖的商人有一面手鼓，他大方地将这面手鼓借给了小图麦。

此时，星星已经高高地挂在夜空中了，小图麦坐在地上，将手鼓放在两个膝盖之间，然后独自一人在凯拉·诺格的面前"叮叮咚咚"地拍起手鼓来。每当他想起今天得到的荣耀时，就愈发激动，然后拍得也更加带劲儿了。小图麦只是一个劲儿地拍着，即使没有任何配乐，也没有半句歌词，他依旧非常开心。

那些新抓获的大象们纷纷扯了扯绑在腿上的绳子，他们不停地发出一阵尖叫声或是像喇叭一样的低吼声。此刻，四周安静极了，小图麦能听到妈妈在营地里哄小弟弟睡觉时唱的那首歌谣。那首古老的歌谣转述了大神湿婆（印度教的主神，是毁灭之神）说的话，歌谣述说了自然界中动物们应该吃什么东西。这是一首非常温柔的歌谣，其中有一段是这样唱的——

　　湿婆恩泽了世间万物，赐予了丰收，风儿开始吹动。
　　在很久以前，他就坐在大门口，
　　将各种食物、各种命运，还有辛苦的劳作分配下去，
　　每个人都得到一份，不管是宝座上的国王，还是乞讨中的乞丐。
　　所有的事物都是他创造的，他就是守护之神湿婆！
　　噢！噢！他创造了所有的事物——
　　荆棘赐给了骆驼，青草给予了牛群，
　　而妈妈的那颗心则全给了我的儿。啊！我的宝贝！

　　妈妈每次唱到一句歌词的结尾时，小图麦就用手使劲儿拍响手鼓，然后发出一阵"咚咚"声。慢慢地，小图麦感到有些困倦了，他伸了伸四肢，一头躺在大象的饲料上睡着了。

　　很快，所有的大象们都像往常那样一个接一个地躺了下去，唯独凯拉·诺格依旧直直地站立着。在徐徐吹来的山风中，他竖起了双耳，不停地左右摇晃着自己的身体。在这个安静的夜里，空气中充满了各式各样的响声——竹叶在相互触碰时发出的"咔嚓"声；不知名的动物躲在草丛中发出的"咝咝"声；眯着眼睛的小鸟发出的凄厉的叫声（其实，小鸟们到了晚上是非常清醒的）；还有那些远在天边的瀑布发出的水流声——所有的声音都交融在了一起，反而衬得这个夜晚更加宁静了。

　　小图麦稍微休息了一会儿后慢慢地睁开了眼睛，他看到此时夜色正浓，而凯拉·诺格依旧站在那儿，他的耳朵高高

地竖了起来，像在仔细地倾听着什么。小图麦翻了一个身，将身下的饲料弄得"咯吱"直响。接着，他又抬头看到月光之下，凯拉·诺格的背部形成了一个巨大的曲线。突然，小图麦听到了一声低吼——那是野象们发出来的声音，不知道是从哪个遥远的地方传过来的。当这声音划过夜空的时候，就仿佛一根掉落在地面上的针发出的声音。

这下可好了，四周的大象像受到了枪打的惊吓似的，一下子全都跳了起来。大象们的低吼声吵醒了在营地中休息的赶象人，这些睡意正浓的赶象人纷纷走了出来，用大木棍敲击了一下木桩，好让它们更加牢靠地绑紧大象。接着他们又检查了一下捆绑大象的绳子，一直等到大象们都安静下来之后，他们才走回营地。

当大图麦走出来的时候，发现有一头大象几乎快挣脱木桩了，于是他只好将凯拉·诺格身上的绳索解了下来，然后紧紧地绑住那个不老实的家伙。这个时候，凯拉·诺格的腿上则只剩一根细细的草绳了，大图麦便不断地对凯拉·诺格说他是紧紧地将他拴住了，对于这一点，大图麦很放心，因为他的父亲，还有曾祖父已经无数次这么干过了。但是，此时的凯拉·诺格却并没有像以前那样发出低低的吼叫声回应主人的话，他只是在月光中安静地站着，微微地抬起大脑袋，然后打开耳朵，穿过黑夜望着月光之下的伽罗群山，似乎在等待着什么。

"要是这个大块头待会儿不老实，你就好好教训一下他，知道吗？"在临走前，大图麦嘱咐小图麦道，接着，他便转身回到营地里睡觉去了。正当小图麦准备睡觉的时候，他突然听到"嘣"的一声,应该是草绳断了,小图麦睁开眼睛,看到凯拉·诺格轻轻地挣开了绳索,正静静地踏着步子准备离开。他的动作非常轻,就像一片飘浮在天空中的云朵似的。小图麦连忙爬起来追了上去,他一边踏在满是月光的大路上,一边低声喊道:"亲爱的凯拉·诺格,请你把我也带上吧!"

凯拉·诺格停下了脚步,然后缓缓地向后退了三步,来到了小图麦的身边。接着,他低下头伸出了大鼻子,将小图麦卷到了自己的大脖子上。还没有等小图麦坐稳,凯拉·诺格就已经带着他进入森林了。

这时,大象队伍发出了一阵低低的怒吼声,随后,四周又恢复了平静。凯拉·诺格带着小图麦开始了在森林中的游走。有的时候,长得很高的草丛会从小图麦的两膝之间穿过,就像水浪在轻抚着船舷一般;有的时候,又会有长长的藤蔓抚摸过小图麦的后背,大树的枝叶会发出一阵响音。除了上面的这些动静外,凯拉·诺格的行走几乎没有发出任何声音,仿佛是在雾气中前进一样。

一路上,凯拉·诺格都是向山上走着,而小图麦早已分不清哪儿是哪儿了,但他能从密密麻麻的树叶间看到挂在夜空中的星斗。

凯拉·诺格沿着一条斜缓的坡路轻轻地爬上了一座山,他在那里稍微休息了一下。小图麦坐在凯拉·诺格的脖子上可以看到,在月光下,茂密的树木绵延数千米,一团团泛着蓝色光芒的雾正笼罩着各个山谷中轻盈流淌的小河。小图麦小心地向前探了探身体,然后低头看,忽然他感觉到整个森林和大地都要苏醒了——充满了生机与活力。这时，一只拍打着翅膀的蝙蝠飞过了小图麦的耳际，小图麦听到有一只豪猪在草丛中哼哼直响，又有一只棕熊在黑暗中挖掘着潮湿的泥土。

随后，小图麦又看不到夜空了，他能看到的只是茂密的树叶。这个时候，凯拉·诺格已经开始向着下面的地方冲了过去——这一次，他就仿佛一具失去控制的火炮，猛地冲下河岸——他是一口气冲下去的。凯拉·诺格那几条粗壮的大腿，就像是一个个规律运动的车轮一样，不停地晃动着。他的步子很大，每走出一步，膝头上的皮就会摩擦出沙沙的响声；前方的灌木丛被凯拉·诺格用力地劈开，像撕布一样发出哗哗声；两边的大树被凯拉·诺格拼命顶开，然后又像弹簧一样迅速地打了回来。他不停地晃动着自己的脑袋，用来开辟前方的道路。到处延伸的藤蔓一下子缠在了一块儿，全都挂在了凯拉·诺格大大的长牙上。而这个时候的小图麦则双手死死地抓着凯拉·诺格粗大的脖子，以免两边不计其数的树枝将他打了下去。

现在，小图麦真想回到营地里，回到那些待在营地里的大象群中。

渐渐地，脚下的草丛变得越来越潮湿、越来越柔软了，只要凯拉·诺格往前走一步，便会陷入到草地中，青草被踩得发出了一阵阵"咯吱"声。夜里的山谷寒气逼人，小图麦冻得浑身发抖。伴随着脚步声、水流声，凯拉·诺格在黑暗中不停地向着前方摸索。他一个大步跨过了河床，河水发出清脆的声音，透过这个声音，小图麦分明听到了更多的脚步声、吼叫声——他们不停地抽动着鼻子。

小图麦看了看周围，在一片浓雾之中，他好像看到了无数个摇晃的影子。

"啊！"小图麦低声说，他的牙齿因为寒冷而相互触碰着，"所有的野象都在今天晚上跑出来了，那么，他们是不是准备要去跳舞了？"

当凯拉·诺格走过河流的时候，他又要准备爬山了，但这次，他再也不用独自小心地开路了，而且也不用单独行动了。他们面前有一条大约两米宽的小路，两边被踩倒的野草们正努力地想要挺直身子。

就在几分钟之前，这儿一定有数不清的大象经过。小图麦趴在凯拉·诺格的身上，不由得回头一看，发现只有一头大野象正跟在他们后面。这头巨大的野象有一对长长的长牙，双眼通红，就像是燃烧中的煤块一样。接着，小图麦的头再一次被树枝给遮挡住了，他们朝着前方继续行进着，而且越来越高。一路上，四周随处可以听到低吼声、撞击声，还有树枝被折断时发出的声音。

终于，凯拉·诺格和小图麦来到了最高处，他们在两棵参天大树之间停了下来。

这是一片由大树围成的空地，面积看上去差不多有一万多平方米。小图麦低下头注意到，此时，空地上的地表非常结实，就像是砖铺的地板一样。空地中间还放着几棵大树，大树的树皮已经被踩掉了，露出了里面乳白色的木材，这些白色的木材在月光的照映下闪着好看的光芒。树枝上，许多开着白色大花的藤蔓正挂在上面，这些像小时钟一样的花垂在藤蔓上一动不动。空地上什么都没有，光溜溜的一片，唯有一片被踩得结结实实的地面。

空地上，除了周围站立着的大象以及他们在月光下的影子外，地面呈现出一片灰色。小图麦紧张地屏住了呼吸，他睁大双眼，想将接下来发生的事情看个清清楚楚。只见无数头大象从树枝之间摇摇晃晃地走了出来，尽管小图麦只会数到十，但他还是不停地数了起来，到最后，他都记不清自己到底数了多少个十。小图麦发现，这些大象在爬山坡的时候，会不停地相互碰撞，发出低沉的吼叫声，但只要一进入到这片空地，他们就会像无声无息的幽灵一般，开始轻轻地行走起来。

在所有在场的大象们中，有的是长着大白牙的公象，在他们臃肿的皮肤中，夹带着数不清的野果、树叶；有的是行动缓慢、身体肥胖的母象，而那些刚刚出生没多久，无比活泼、身材矮小、皮肤泛红的小野象就在母象的四肢之间来回走动；有的是骄傲的年轻大象，因为他们刚刚长出长牙；有的是瘦骨嶙峋、身材庞大的老象，她们是从来没有生育过的老母象，皮肤粗糙、情绪激动、面颊凹陷；有的是脾气暴躁的老公象，他们浑身是伤，有的是被皮鞭抽打过留下来的，有的是被人类用尖刀刺过的，同时，一块块干巴巴的泥土从他们身上抖落下来，那些都是他们在河水中玩耍、洗澡的时候沾上去的。其中，还有一头断了长牙的大公象，他的身上有一道非常可怕的疤痕，谁都知道，那是他与老虎在搏斗的时候遗留下来的纪念物。

这些大象们有的面对面站立，有的一对对地来回晃动，还有的则独自一个左右摇摆。

小图麦一点儿都不担心会受到野象们的攻击,因为他知道,只要自己紧紧地抓住凯拉·诺格的脖子,并一动不动地好好待着,他就不会发生什么意外,哪怕是在场面混乱的围栏中,那些被激怒的野象们也不会用大鼻子把骑在大象身上的人类给扫下去,况且这些身材庞大的家伙们今天并没有注意到他。

过了一会儿,他们突然听到从不远处的森林里传来了一阵清脆的铁链相互撞击的声音,他们全都吓了一跳,立即竖起耳朵注意倾听。嘿,原来只是虚惊一场,因为那是皮德森大人的母象巴德米妮脚上的铁链发出来的——她也向这边赶过来了,她大概是挣脱了木桩,因为没有办法取掉铁链,就直接跑了过来。小图麦还看到了许多从来没有见过面的大象,他们的身上有着深深的勒痕,那一定是被绳索给勒出来的,而这些大象也一定是属于附近哪个王公家的。

森林中的脚步声渐渐听不见了,凯拉·诺格发出一阵叽叽咕咕的声音,接着便摇摇摆摆地走到了象群之中。这时,所有的大象们都开始用自己的语言交流起来,他们不停地走动着。

小图麦安静地坐在凯拉·诺格的大背上,仔细地注视着下面象群的脊背和大耳朵。

小图麦能清楚地听见长牙们相互触碰时发出的"咔嚓"声,还有大鼻子缠在一起发出的"咝咝"声。当他们庞大的身躯挤到一起时,又会有剧烈的摩擦声。在他们的尾巴缠在一块儿时,又会有"嗖嗖"声。

这时，一片云朵遮挡住了明月，四周更加黑暗了，小图麦坐在凯拉·诺格的背上，仍旧能够听到周围大象们发出的各种声响。

小图麦心里很清楚，自己是不可能命令凯拉·诺格从象群中退出离去的，因此，他只得咬了咬牙，尽管他早已发起抖来。在围栏里的时候，最起码周围还有人，有火把，还有呐喊声，可现在，只有他一个是人类，而且四周漆黑，有的时候，大象的鼻子还会触碰到他。

再后来，一头大象开始低吼起来，紧接着，所有的大象都开始跟着他低吼，这阵让人感到害怕的吼叫声一直持续了大约十秒钟。身边的大树上挂满了露珠，可能是受到了吼叫的震动，现在全都掉落在了大象们的脊背上。

突然，他们又发出了一个更加低沉的吼叫。刚开始的时候，这个声音并不大，可还没等小图麦弄清楚到底发生了什么，这个声音渐渐变得响亮起来，而凯拉·诺格则开始有节奏地抬起自己的前腿，然后重重地踏在地面上——一、二、一、一、二、一……就像锤子敲击木头时那般沉稳和有规律。

现在，所有的大象都开始跺起脚来，那声音仿佛军队敲响了军营里的战鼓。树上再也没有水滴可以被抖落下来了，而那声音还是不停地响着，整个大地都在抖动。小图麦不由得捂住了双耳，他想抵挡这巨大的声音，可丝毫不起作用。

有一段时间，小图麦和凯拉·诺格一起冲向了空地的中间，于是，那重重的跺脚声就变成了踩踏植物的声音，没过几分钟，那声音又变回了之前那种沉重的跺脚声。接着，凯

拉·诺格又向前冲了过去，小图麦已经完全不知道自己现在究竟在空地的哪个方位了。

所有的大象都没有发出半点儿声音，唯独一两头小象叫了几声。小图麦能清楚地听见四周隆隆的敲击声，还有脚步在地面上拖动的声音，接着，那隆隆的声音又更加响亮了。像这样的场景大约持续了两个多钟头，小图麦感到浑身酸痛，仿佛每一根筋都在抖动，虽然看不见东西，但凭借嗅到的空气中的气息，他知道天马上就要亮了。

在天要破晓的时候，群山那边透出了一道淡淡的黄光，这道光像一声命令，让轰隆隆的声音瞬间停止。

当小图麦的脑袋中还在不停地轰鸣时，当他还没来得及在凯拉·诺格的脖子上换一个姿势时，四周的大象一下子全都不见了，他望了望四周，眼下只有凯拉·诺格、巴德米妮，还有另外一头身上绑着绳子的大象了。周围并没有其他大象的影子，也没有任何动静，他完全找不到一头大象行走的踪迹。

小图麦不由得瞪大了双眼，他向四周看了看，这里比昨晚看到的宽广了许多，而那些倒在空地中的木材也比之前的多了许多，周围的野草和树木也都倒在了一旁。终于，小图麦知道这片空地扩大的原因了——是大象们踩出来的，他们将绿色的植物踩成了碎块，然后将这些碎块踩成了碎片，接着又将碎片踩成了碎屑，最后，这些碎屑就被踏成了坚实的地表。

"啊！"小图麦疲惫地说，"我们回去吧，不然，我会掉下去的。"

那头身上绑着绳子的大象站在原地看着巴德米妮和凯拉·诺格离开后,才卷曲着鼻子转身走上了另外一条小路。

当皮德森大人准备吃早餐的时候,满身污泥的巴德米妮、凯拉·诺格,还有那个疲惫不堪的小图麦慢慢地走进了营地。

小图麦累坏了,他先是有气无力地向皮德森大人行了一个礼,然后微弱地说:"我看到了,大象跳舞,跳舞……"还没说完,小图麦便昏了过去,接着从凯拉·诺格的背上滑落下来。

等小图麦醒来的时候,天已经黑了,他正舒舒服服地躺在皮德森大人的大床上。其实,就在早上的时候,小图麦是醒过一次的,皮德森大人问明经过后便立即派人去检查了现场,他知道这个小孩子确实见到了大象跳舞。于是,他立即命人准备了羊肉和家禽,因为人们要开始欢庆了。

当大图麦急急忙忙赶过来时,亲眼见到捕象人的首领马库阿·阿皮高举着小图麦,大声喊道:"所有的象群和森林都宠爱着这个孩子,从今以后,他再也不叫小图麦了,他的名字是大象图麦,是最伟大的捕象人!"马库阿·阿皮激动地说:"因为他看到了人们从来没有见过的场景,我们一起向他致敬吧!"

伴随着马库阿·阿皮的吼叫,所有的大象都发出了最隆重的吼叫——那是只有印度最高总督才能听到的致敬声,但这一次的吼叫,全都给了小图麦,因为他只身一人进入到了伽罗山的深处,并亲眼看到了群象跳舞,那是人们从来不曾见过的景象。